绝代帝国 四哥的胜利

/ 燕山刀客 著

民主与建设出版社

图书在版编目（CIP）数据

四哥的胜利 . 绝代帝国 / 燕山刀客著 . -- 北京：
民主与建设出版社 , 2017.8

ISBN 978-7-5139-1448-2

Ⅰ . ①四… Ⅱ . ①燕… Ⅲ . ①长篇历史小说 – 中国 –
当代 Ⅳ . ① I247.5

中国版本图书馆 CIP 数据核字 (2017) 第 203237 号

四哥的胜利 . 绝代帝国
SIGEDESHENGLI JUEDAIDIGUO

出 版 人	许久文
作　　者	燕山刀客
责任编辑	刘树民
封面设计	仙境
出版发行	民主与建设出版社有限责任公司
电　　话	（010）59417747 59419778
社　　址	北京市海淀区西三环中路 10 号望海楼 E 座 7 层
邮　　编	100142
印　　刷	三河市华润印刷有限公司
版　　次	2017 年 9 月第 1 版　2017 年 9 月第 1 次印刷
开　　本	710 mm × 1000 mm　1/16
印　　张	21.5
字　　数	300 千字
书　　号	ISBN 978-7-5139-1448-2
定　　价	39.80 元

注：如有印、装质量问题，请与出版社联系。

序言：大明王朝的真正奠基人

每一个去过北京的人，都会被其悠久的历史文化及宏伟的古代建筑所吸引。

每一个生活在北京的人，都会对这座城市有一种莫名的热爱与依恋。

生活在北京，你不仅能亲眼见证历史，亲身参与历史，甚至能亲手改变历史。过去八百六十年来的大部分时间内，这里都是中国的政治、军事与文化中心。

从这里发出的一道道命令，深深地影响了国家发展进程；在这里成就的一个个伟人，在历史上烙下了深厚的印记；而历史给这个城市留下的一幢幢建筑、一个个街区、一道道城墙，都被收录进了世界文化遗产名录，永远为后人所保护、纪念和膜拜。

今天的北京，是中华人民共和国的首都，是拥有两千多万人口的特大城市，也是全世界屈指可数的超级大都会之一。可在六百多年前，大明王朝刚刚建立之时，它只不过是一座胡风浓厚、人口不足五十万的边陲要塞。

在北京建都的四个朝代中，金元清都是少数民族政权，只有明朝是汉人的王朝。况且，大明的都城原本并不在北京，而是在千里之外的南京。北京，这座深深地打上了北方游牧民族传统烙印的城市，能够在过去八百多年的时间中，几乎连续不断地成为中国历史的焦点与中心。最需要感谢的，是一个汉族皇帝。

正是他的坚持，让中国历史有了唯一一个以武力成功夺取江山的藩王；正是他的坚持，让北京这座胡风深厚的城市成为中华民族的天然首都；也正是他的坚持，让大明王朝维持了近三百年的统治而不倒。

他就是本书的主人公，明成祖朱棣。

自秦始皇以来，几乎没有一个皇帝对中国历史的影响能够达到朱棣那样的程度。朱棣的执政措施，甚至对整个人类世界的发展进程，产生了极其微妙和深远的影响。

是朱棣，而不是他的父亲大明开国皇帝朱元璋，决定了大明近三百年甚至是明清近六百年的历史走向。

是他，恢复了中国统一王朝在北方建都的传统，维护了国家的统一与稳定。虽然首次把国都放在远离中原核心区域的地方，但大明的国脉，从此维系了将近三百年。

是他，创设了对日后中国政治制度史影响深远的内阁制，改变了朱元璋时期皇权垄断一切的局面，为明朝中后期的宽松政治环境铺平了道路，甚至为资本主义萌芽的出现提供了可能。

是他，五次亲自率兵北征蒙古，为中国北方赢得了数十年的和平，几乎彻底根除了蒙古重新崛起、再次称霸欧亚大陆的可能性，并为这个民族最终完全融入中华民族大家庭，奠定了坚实基础。

是他，派出郑和，率领当时世界上规模最庞大、装备最先进、战斗力最强劲的船队，多次出使西洋，大大加强了中国与东南亚、西亚、东非国家的贸易往来，并且提高了大明王朝作为汉人朝廷的威望。甚至为日后西欧的地理大发现和环球航行，提供了非常有益的借鉴。

是他，集中了全国的优秀文人，兼收并蓄、海纳百川般编纂出了《永乐大典》，保存整理了中华民族最优秀最有创造力的文化精髓。相比《四库全书》对书籍的删削与篡改，《永乐大典》在最大程度上保留了经典的原貌。

是他，重新修建了北京宫城和皇城，疏通了大运河，让北京这个胡风浓厚的城市，第一次成为汉人王朝的首都，进而成为能够凝聚各民族人气的大都会。正因为建都北京，才促使蒙古、新疆和东北与中原的关系更为密切，今天的中国基本疆域才得以最后确立。

朱棣在六十五岁的暮年告别人间。以后的历代皇帝，尽管不再有成祖那样长远的眼光，那样宏大的气魄，那么超前的思维，但他们改变不了定都北京的既成事实，改变不了庞大的军事组织，改变不了繁忙的漕运体系，改变不了越来越完善的内阁制度，甚至改变不了死后埋进昌平万寿山的宿命。

朱棣死后，大明继续存在了二百二十年。这两百多年，很大程度上是运行在朱棣而不是朱元璋设计的跑道上。

至于世人所严重诟病的"靖难"之役，朱棣实在大有苦衷。如果不起兵造反，因为自身所处的特殊位置，他的命运只会比那些关在牢狱里的藩王更惨。而且在削藩问题上，朱元璋的继承人建文帝朱允炆有着严重的失误。以他的性格与治国能力，几乎不可能阻止鞑靼和瓦剌的重新崛起，也几乎不可能抵挡住他们的攻势，中国北方免不了又是一片生灵涂炭、山河破碎，重现南北朝的局面也未可知。可以说，那是一个需要朱棣也成就了朱棣的时代。朱棣背上了骂名，却完成了历史赋予的重要使命。

占领南京时的大开杀戒，"瓜蔓抄"，"灭十族"，以及后来的屠戮宫女、好大喜功等，当然是朱棣的历史污点。但人无完人，既然处于历史之中，就必然会带有历史局限性。况且，相比唐太宗李世民在玄武门兵变之后的大清洗，朱棣的所作所为恐怕谈不上丧心病狂。别的不说，建文皇帝的两个儿子，就没有被处死。首恶名单上的二十九个，实际上只处死了个别几个。

我们看看体现清朝官方立场的《明史》是怎么评价的：

"幅员之广，远迈汉唐；成功骏烈，卓乎盛矣！"

注意，这是对朱棣个人，而非大明王朝的评价。朱棣本人，无疑配得上这种赞誉。朱棣作为非开国皇帝而能被尊为成祖，这个荣誉绝对是当之无愧的。朱棣虽然开创了永乐盛世，但其历史地位却一直被低估，我觉得甚至完全可以这么说：朱棣，而不是朱元璋，才是大明王朝的真正奠基人和总设计师。

燕山刀客

2017 年 2 月于燕郊

目录

第一章 立威与立暴，原本一墙之隔

一、把握舆论导向，控制话语权

建文四年（1402）六月十四，南京城的战火逐渐熄灭，但斗争却远未停止。这原本是中国历史上普通的一天，此刻却因一个人、一件事而彻底改变。

高高耸立的奉天殿依旧庄严，铠甲鲜明的战士依旧英武，群臣的上朝参拜依旧有序。只是端坐在龙椅上的，不再是过去四年那个清秀文弱的朱允炆，而换成了体格壮实（真刀真枪中练出来的）、皮肤黝黑（常年风吹日晒的结果）、大长胡子的四叔。

此时，距正式造反（建文元年七月初四起兵"靖难"）未满三年，朱棣终于登上了梦寐以求的皇帝宝座。朱棣的胜利具有划时代的意义，它是一次地方藩王对中央朝廷的胜利（中国史上的第一次），也可以说是军人政权对文官政府的胜利。从某种角度上来说，朱棣称得上是缔造了一个新王朝，性质类似唐高祖李渊取代表弟——隋世祖杨广 ^①，只是朱棣没有改变大明国号罢了。

从这一天起，朱棣就由钦犯变成了皇帝，由造反者变成了接班人，由燕庶人变成了万岁爷。称呼的改变是容易的，但对于朱棣来说，如何真正完成角色的转变，无疑是他面临的重要课题。当然，他并非只会上马杀敌、不懂如何治国的武夫，这些年既有在特大城市（北平）的实际管理经验，又有道衍的悉心指导，不过治理这样一个庞大的帝国，他要走的路还很长，要交的学费自然不会少。

---

① 中国史书一般称其为隋炀帝，这是唐朝给杨广的污辱性谥号。

可以马上得天下，决不能马上治天下，这个道理朱棣岂能不明白。但是，相比李世民和忽必烈庞大的文官幕僚团队，朱棣真正信任的参谋，只有道衍一人。而且，这一年道衍已经六十八岁，体力和精力显然都不允许为新政权做太多工作。

道衍虽老，但见识和阅历很丰富，他提醒朱棣，既是打着"奉天靖难"的旗号，那一旦坐上皇位，要是不全面恢复洪武时代的旧政策，恐怕就说不过去了吧。这一点，朱棣本人当然也相当清楚。

因此，朱棣登基后立即颁布了一道命令，将当年的年号改为洪武三十五年，也就是说，朱允炆这四年建文白建了，他四叔不予以承认。如此一来，朱允炆执政的四年，就成了大明历史上被"革除"的时期[①]。

朱棣同时下旨，废除建文期间实行的，与洪武祖制相冲突的各项法规制度。其实，朱允炆根本没对爷爷的制度做出多么重大的调整（还没来得及），这道命令的象征性意义，显然要远远大于实际作用。但它至少向全国百姓清楚地阐明了，我朱棣是先皇思想最忠诚的继承人，我当皇帝是顺应天道的，你们不能反对啊！

朱允炆在位期间，曾经让方孝孺整理出了《明太祖实录》，当然是体现自身利益的。建文四年十月，朱棣上台不到一百天，就下令以侍读学士解缙为总裁，重新修订实录。

解缙并非北平府的老人，是刚刚投降的建文朝大臣，但早在洪武一朝，解缙就已经是闻名遐迩的大才子了。朱棣对他的起用，也对外宣示了一个清楚的信号：新皇帝任人唯贤，建文朝大臣不必有什么顾虑。

修订后的《明太祖实录》，极力塑造了四皇子的光辉形象，为朱棣争取了更多的话语权。最重要的一点，朱棣被说成是马皇后的嫡子。朱元璋死后，他

---

① 不过，到了万历二十三年（1595），建文年号又被朱棣的后代神宗朱翊钧恢复了。崇祯十七年（1644），南明福王朱由崧定建文庙号为"惠宗"，这与元朝最后一个皇帝妥懽帖睦尔的庙号相同。

又是在世诸皇子中最年长的，当然具备了合法继承皇位的资格。另外，还强调朱允炆同学并不是朱标嫡长子，仅凭这一点，就可以动摇朱允炆在人们心目中皇位第一继承人的地位了。

实录之中，还加入了朱标死后，朱元璋千方百计想立朱棣为太子的段落，甚至还有老皇帝临死前一再向身边重臣打听老四动态的内容，就差没写朱允炆逼死他爷爷，发动政变了。《明太宗实录》中，有如此描述：

> 三十一年闰五月，太祖不豫，遣中宫召上（朱棣）。已至淮安，太孙与齐泰等谋诈，令人赍敕符令上归国。及太祖大渐，问左右燕王来未，凡三问，无敢对者。
>
> 乙酉，太祖崩。是夜即敛，七日而葬，皇太孙遂矫诏嗣位。改明年为建文元年，踰月始讣诸王，且止勿奔丧。上闻讣，哀毁几绝，日南向恸哭。

这么为朱棣涂脂抹粉，难道就不怕别人识破？这个还真不用担心，那时绝大部分老百姓信息闭塞，很难有判断力。你告诉他，皇帝整天用金砍刀打柴，皇后经常用玉顶针纳鞋底，他都能相信；当然也有些能看出问题的人，就是坚决不说——人家还想混个一官半职，还想留着脑袋吃饭呢。

作为出生在大明王朝的第一个皇帝，建文帝力图逐步改变朱元璋重武轻文的做法，使国家的统治走上正轨。但他在位仅仅四年多，很多良好的动机还来不及付诸实施，很多大政方针还未能真正展开，这个政权就匆匆落幕了。

相比洪武时代，朱允炆对前朝政策的改变并不多，硬要给他扣上"建文新政"的帽子，显得不是恭维而是捧杀，想必此时这位小皇帝的心，一定是哇凉哇凉的。

二、犒赏功臣是门技术活儿

朱棣夺取了天下，那些跟随他打仗的人，自然取得了类似开国元勋的地位。

朱棣算不上特别厚道的人（慈不将兵），但他对下属那是真仗义，说封赏就真的是升官加饷，改善待遇，一点儿都不玩虚的。绝对不会像今天一些精明的老板，信誓旦旦地拍着胸脯大谈光明的未来，大玩非物质激励，大灌心灵鸡汤，宁可请小明星一顿饭花好几万，也不肯给员工加一百块工资，更不肯给他们升职。

朱棣也不是过河拆桥的人，更不会把帮过自己的人当成潜在威胁。他知道自己最应该感谢的是谁，可惜，这个人对高官厚禄实在没有什么兴趣。

难道他只对美色动心？也不是。

朱棣让他还俗，还送了几个美女照顾其日常生活，他一概拒绝。他白天穿着官服上朝，晚上依然住在寺院里。

谁这么没眼色啊，诚心让新皇帝不自在。要是在朱元璋时代，不接受赏赐的大臣，肯定得脑袋搬家。

全天下如果只有一个人敢这么做，那这个人一定是姚广孝。怎么，不认识啊？就是道衍大师，姚广孝是他的本名。

朱棣对道衍在过去二十年里所做的工作给予了高度评价。永乐二年（1404）封其为太子少师，恢复了本名姚广孝。朱棣骨子里并不喜欢太有个性的人，他自己就太有个性了，但对于姚广孝，他不会有任何厌恶情绪。

他们的友谊，是经得住时间考验的，也是不害怕小人离间的。

既然道衍功劳第一，那论功劳第二大的，恐怕是朱棣的亲儿子了。

朱高煦作战十分勇猛，经常能以一当十，更在东昌、灵璧和浦子口几大战役中，发挥了扭转战局的重要作用，甚至有过直接挽救老爹生命的功绩。因此，朱棣迟迟不立太子，似乎是想送给老二一份世界上最重的大礼包。

朱棣接下来想到的，当然是为自己效命几十年的张玉老将军。可惜后者已经不在人间，新皇帝慷慨地将"荣国公"头衔追赐给死者。长子张辅战功不多，基本上全程打酱油，却也能受封信安伯，这是他爹用命拼出来的，旁人自然不好说三道四。而且小张也很清楚，只要自己不犯什么事，认认真真地打酱油，老爹的"荣国公"头衔早晚还不是自己的！

朱能曾经创造了用三十人打跑几千人的嚣张纪录，绝对堪称燕军中（除朱高煦之外）的第一猛将。他被封为"成国公"，年俸二千二百石，同时担任左军都督府大都督。要知道，朱能这一年才三十三岁，在一众武将之中绝对只能算小朋友，可人家已经走到了人生高峰，未来的发展更是无法估量。朱棣当然希望，朱能再为自己服务三十年。（真的能吗？）

不过朱能并不是活人中酬劳最丰厚的，有人居然还能领年俸二千五百石。这哥们是谁啊？怎么不害怕朱能劈了他？还真不怕，人家有靠山。他就是朱高煦的死党丘福，受封为"淇国公"，出任中军都督府大都督。

相比朱能的高调，丘福一向谨小慎微，不乱逞能，正所谓小错不犯（没必要），大错也不犯（还没机会）。自打朱棣到了北平，丘福二十多来年一直在手下效力，到这一年已经是六十岁的老人了。在那个年代，国人最看重的显然不是能力，而是资历。

朱棣要在众将面前立威，就故意不把朱能列为头号功臣。朱棣这招敲山震虎，就是不想让朱能太过得意，欲望膨胀得一发不可收拾。朱能虽说打仗勇猛，可并不是张飞、李逵一类的粗人，当然也能明白皇帝的苦衷，并没有因此闹情绪。反正自己还年轻，反正自己也姓朱，反正到了关键时刻，皇帝信任的肯定不是姓丘的，还是自己！

能够活着封公的，也只有他们两人，已经阵亡的陈亨被封为"泾国公"，另外两名牺牲的将军谭渊和王真，则分别被封为"崇安侯"和"金乡侯"。

封赏死人，说明朱棣不忘旧情；封赏活人，说明主子还要继续重用他们。张武、陈圭、郑亨、孟善、火真、顾成、王忠、王聪、徐忠、张信、李远、郭亮、房宽和李彬十四人被封为侯，年俸八百石到一千五百石；徐祥、徐理、张辅、唐云等十七人被封为伯，年俸一千石。

大明朝廷有着明文规定，功臣的子孙想要继承死去先辈的爵位，一定要经过武科考试，确保本人素质能够达到带兵打仗的标准。这当然并不是什么不合理要求。但朱棣确实等不及了，因此政策一再放宽，考试成绩差点儿也无所谓了，这也让烈士的后代们相当感动。

不难看出，得到加封的大都是武将，其中既包括了燕山三护卫中的几乎全部重要将领，又涵盖了许多降将，这就有些不同寻常了。朱棣并不刻意偏袒北平老人，而是唯才是举，论功行赏。像在蔚州投降的李远，就深得朱棣信任，"封安平侯，禄千石，予世伯券"。在偷袭明军济宁粮库时，李远妙招迭出，大肆破坏，让朱棣印象深刻。这么一来，当然让这些降将有了归属感，不会认为自己是后妈生的。

如此大规模的封赏，通常是在王朝初建时才做的事情。洪武三年（1370）十一月，在北伐蒙古的明军主力班师返回南京之后，朱元璋也曾经大封功臣，封李善长为韩国公，徐达为魏国公，常茂（常遇春之子）为郑国公，李文忠（朱棣之舅）为曹国公，邓愈为卫国公，冯胜为宋国公。汤和、唐胜宗等二十八人则被封侯。

这份功臣名单，后人（就是在下）还给起了个别名，叫作《有生之年一定要收拾的三十四人》。据细心的历史学家统计，三十四位开国元老之中，被朱元璋直接处死的有十五个，儿子继承爵位之后被处死的有五个，因罪充军革职的有两人，儿子继承爵位之后充军革职的有九人。也就是说，没有善终的高达三十一人。朱棣的"靖难"成功，其实与建立一个新王朝没有多大区别。大赏功臣肯定是必须要做的。而且这些人应该感到庆幸，现在的皇帝和他老爸真的不同。

朱棣随时把先帝挂在嘴上，只是为了说明自己即位的合法性。但他并没有事事都照搬洪武大帝的作风。他封赏过的大多数人，还真的都得到了善终——当然死在战场上的除外，那是没办法。自始至终，朱棣也没有像老爸那样（亲自）残害功臣，既体现出了为人君者的大度量，又展示出了极其强烈的自信心。

其实，我们不妨看看三千年的中华文明史，大致可以得出这样一个结论：凡是由贵族首脑起兵夺权或篡位的，基本上不会大规模屠杀功臣；而由农民起义领袖转变而来的统治者，往往要大开杀戒。刘邦和朱元璋就是其中两个杰出代表，朱元璋做得更加露骨和无底线。

如此看来，贫农朱元璋家的老四，此时已经有一些贵族意识了。文官仅有茹常和王佐分别被封为平江伯和忠诚伯，其实俩哥们一点都不忠诚，都背叛了前老板朱允炆，并且在向新主子朱棣劝进时表现积极，在很多有骨气的文人眼中，他们就是小人的代名词啊！

朱棣封赏的，并不只是那些冲锋在前的军官和士兵。在北京、保定等地，曾经帮助燕军守城的普通市民，都能得到不同程度的奖励。在保定征发的运送砖石的妇女，每人都得到了赏钱一百、绢一匹、棉三两，这些人激动得语无伦次。朱棣过长江时，为他开船的船夫周小二，从一介草民提升为巡检，得到了彩帛二表里、钞百锭，这不算完，还免征徭三年。一个时辰所收获的回报，超过了普通人一生的努力。

对于帮过自己的人，朱棣是滴水之恩必涌泉相报，而且不管职位高低，身份贵贱。在那个没有手机和互联网的时代，皇帝的善举会通过口口相传的模式，让千家万户知道和感动（可见朱棣的营销功夫实在是了得）。但对那些对自己构成威胁的人，朱棣处理起来也不含糊。

三、立威与立暴，原本一墙之隔

朱棣占领了南京，登上了皇位，但等待他处理的问题依然非常多，甚至更加凶险。

1402 年是壬午年，而在这一年，朱棣对参与反抗自己又拒不归降的一些文臣武将进行了屠杀，造成了数千人的非正常死亡，这个惨痛的事件，被后世称为"壬午之难"。

"壬午之难"，被当成是朱棣一生中的最大败笔，也是把他归结于一代暴君的典型案例。但事实真这么简单吗？

朱棣"靖难"的理由，就是铲除齐泰、黄子澄等所谓的奸臣，要他是放过了这些人，一个都不杀，岂不是让"靖难"战争失去了他口中的合法性，让天下人无法认同？在诛杀反对派这一点上，朱棣与朱元璋确实有相同的一面，血液中还是充斥着其父的残暴基因，而且，朱棣似乎还有轻微的多重人格障碍（让削藩给害的，还装过疯）。

所以，齐泰、黄子澄一定要杀，还要让他们死得很惨。在这时候，朱棣确实表现得不够大度，但是，这也只限于他最痛恨的几个人而已。

谁让你们怂恿朱允炆削藩，把五个藩王搞得生不如死？

谁让你们破坏先帝留下的规矩，把好好的国家搞得杀机四伏？

谁让你们一步步把我逼上绝路，不起兵造反，还不得被你们活活整死？

杀掉少数几个，是为了保住更多的人，是敲山震虎，让建文旧臣尽快认清形势，不做无畏的挣扎和牺牲。

齐泰，这个建文团队里相对智商不那么低的一个，因为鬼点子特别有效，手段特别强硬，思想特别顽固，理所当然地被朱棣列入了非杀不可的大名单，而且高居第一位。老齐为了躲避追捕，把自己的坐骑——一匹白马用墨汁染成黑色。拼命逃跑。但人算不如天算，马饿了要吃草，累了也要出汗，由于汗流得太多，差不多相当于洗了个澡，把身上的墨汁全给洗掉了！可怜的齐泰就这样被人认出并当场抓获。不久之后，老齐就被作为战利品送到南京，送到了他的仇人朱棣面前。

朱棣对齐泰非常痛恨，知道这家伙心眼儿多，麻烦更多，也就不想走公开审判的形式了，直接让手下拉出去凌迟，把他身上的肉一片片地削下来。一直削了三千多刀，血流尽了才死，场面十分恐怖。让人佩服的是，在整个行刑的过程中，齐泰始终表现得特别坚定，始终骂不绝口，而齐泰的亲属，当然都被满门抄斩了。

齐泰算是一条好汉，错就错在，自己跟了一个无能的老板。

从其一贯表现来看，黄子澄根本不能算是朱棣的敌人，甚至可以说是四皇子的大恩人，最可靠的战略伙伴。齐泰要把朱棣三子扣为人质，他说要放走以免燕王疑心；齐泰要先削燕藩，他要先枝后干；他要起用李景隆为将，齐泰坚决反对……可以说，黄子澄为朱棣的"靖难"成功，是立下很大功劳的！他的突出贡献，是别人无法代替，也不可能代替的。

朱棣怎么对待他的"恩公"呢？当然不是封官重赏这么简单，还要感谢他十八代祖宗。当黄子澄在嘉兴被捕，扭送到朱棣面前时，这个书呆子智商不高，但还是挺有骨气，一口一个"殿下"，可把朱棣气坏了。黄子澄还预言："殿下向来悖谬，不足为训，恐子孙有效尤而起，无足怪者。"

黄子澄总算说对了一次，但朱棣显然不想让他多说了，并将其一家老小六十五人和宗族姻亲三百八十人全带过来，要他交代罪行，他于是就写下了："本为先帝文臣，不职谏削藩权不早，以成此凶残，后嗣慎不足法！"

朱棣大怒，于是命人先砍去黄子澄的双手，再砍了他的双脚，随后又一刀刀地将其磔杀。这还不算完，又将其直系亲属满门抄斩，姻亲发配到边疆服苦役。

在济南城下羞辱了朱棣的铁铉，于淮南被燕军俘虏，这年十月被押送到了南京。朱棣亲自审问这个给自己带来了诸多麻烦的人，铁铉居然背对朱棣坐在地下，很不配合，并且谩骂不止。朱棣命人先割掉其耳鼻，随后碎其身体，磔杀于闹市，让南京市民领略一下跟皇帝作对的下场。为了进一步警示后人，朱棣把铁铉八十岁的双亲发配海南，并把其妻女充为官妓。

礼部尚书陈迪在奸臣榜上高居第三，居然还排在方孝孺前面，当然是一定要杀的。朱棣把他和几个儿子同时处斩。临刑前，朱棣知道陈迪关在监狱里吃不到好的，想给这个老干部改善一下生活，于是很贴心地让士兵割下他几个儿子的耳鼻，煮熟了让这位老人家吃，还关切地问他味道如何，陈迪已经知道自己吃的是什么肉了，也就很配合地称赞说："忠臣孝子的肉，鲜美无比！"接着就"恩将仇报"地痛骂朱棣，朱棣无奈之下，只好把杀头改为凌迟。朱棣一向对女性宽大为怀，根本不想杀陈迪夫人，可她却竟然自尽了。

用非常规手段终结一个旧体制、建立一个新政权之后，对前朝的"不法分子"进行清洗，已经成了中国历史的一个惯例。《二十一史》《资治通鉴》中，记录了大量惨案。相比前人，朱棣也不能免俗，而且也有情绪宣泄的味道，就这一点来说，史官再怎么洗也洗不白。

当然，对于方孝孺这样的文坛领袖，朱棣是不想杀的。让老方活着比让他死对未来的统治更有利，而且，道衍已经跪下求过自己。但结果呢，我们大家都知道了。

当时的情况，很可能是这个样子滴：

当朱棣决定要正式即位时，需要找人写诏书。他一嫌自己手下那几个枪手文采不够，二希望方孝孺这样的文坛领袖来执笔，以显示新君的皇恩浩荡，人尽其才。

但是，当亲兵把方孝孺请到龙江大帐时，不解风情的老方一点儿都不配合。

他一进来就号啕大哭，显然是想破坏登基的喜庆气氛。更要命的是，老方见了朱棣，居然也不招呼，更不行礼，就当这个准皇帝是透明人。

朱棣居然从座位上很有风度地站起来，还试图安慰极度悲痛的方老师："先生不要太难过了，本王不过是效法周公，辅佐成王治理国家。"

方孝孺可不给他面子："成王在哪里？"

"成王不是死了嘛，过两天我就要以皇帝之礼厚葬。"（这叫杀人灭迹。）

"何不立成王之子？"

"这个国家需要长君。"（就是我啊！）

"何不立成王之弟？"

"这是我们的家事。"（你管得也太多了吧，一个五品官，这个口气和我说话！）

于是朱棣传令，把纸笔准备好放在姓方的跟前，写了，你就能活下来，不写，就让你从人世间消失！

方孝孺倒是听话，还真提起笔写开了，写得很慢很认真，朱棣也小有感动了，他甚至决定，原谅这个不近人情的书呆子。

老方扔掉了手中的笔，做了一个写完的 Pose，士兵把纸张拿给准皇帝，朱棣微笑地接在手中，轻松愉快地看了起来。不过看着看着，他的脸色如石蕊试纸一般改变着颜色，突然，朱棣猛地站了起来，飞起一脚，把桌子踢翻，笔墨纸砚撒了一地。可惜旁边没有女人，不然又是阵阵刺耳的尖叫声。

原来，这哪是继位诏书啊，倒更像是恶毒的人身攻击大字报。直接把当朝皇帝朱棣不加掩饰地狠狠咒骂了一通，说他大逆不道，是乱臣贼子，天人共愤，注定要遗臭万年，不一而足。朱棣虽说文化水平不高，这些字还是能认全的，意思也是能看得明白的。

这不太欺负人了吗？

"方孝孺，你顶撞我，不怕灭九族吗？"

羞辱朱棣的目标已经达到，方孝孺知道自己可以心安理得地去死了，不过这时，据说他情绪失控，说出了一句令别人非常惊讶、让自己非常后悔并给子孙后代带来了惨重代价的话：

"诛我十族，又奈我何！"

结果，后来的事情大家都知道了，朱棣除了处决老方传统意义的九族之外，方孝孺的弟子友人也被杀了个精光，共有八百七十三人被处死。

朱棣从来不受别人摆布，但这一次，他罕见地听从了方老师的建议。

至于方孝孺本人，最终难逃凌迟于闹市的结局，时为六月二十五日。方先生慷慨赴死，并写下绝笔词："天将乱离兮孰知其由，奸臣得计兮谋国用猷，忠臣发愤兮血泪交流，以此殉君兮抑又何求，呜呼哀哉兮庶不我尤。"

此时不惜下跪行礼、请求朱棣放过他的道衍先生，把自己也搞得好不尴尬。

其实，朱棣与朱允炆都是朱元璋的直系亲属，谁来做皇帝，可以说是他们的家务事，真的有必要以死相拼，甚至连累八百多个亲人吗？

方孝孺坚持的所谓大义，却让八百多条无辜的生命做了陪葬。

方孝孺的品格让人尊敬，但智商却并不值得欣赏。他的忠心能够感动天地，但似乎又显得相当死板。他的死对历史进步有多大价值呢？为什么连累那么多人为他陪葬呢？从一定意义上说，这样的成本太高了。

方孝孺死了，曾与他相约自杀的景清并没有死，反而担任了永乐朝的御史大夫，让知情者不禁感慨其人品。

不过就在建文四年八月的一天，景清上朝时，突然神色紧张，表现异常，老江湖朱棣一看不对劲儿，就让卫兵搜身，果然搜出了一把雪亮的匕首。看来堂堂皇宫的安检措施，连今天北京的地铁站都比不了。

朱棣走下台阶，来到未能得逞的景清面前，微微一笑："我平日对你不薄，你何必如此呢？"

"我要为故主报仇！朱棣你大逆不道，一定会遭到报应的！"景清咬牙切齿，狠狠地盯着昔日的老朋友，今天的皇帝。

朱棣火了，下令打掉景清的牙齿，想让他老实一下，但景清在龇牙咧嘴之余，居然还完成了一个高难度动作，虽说危害不大，但性质相当恶劣，连以脾气好闻名的朱棣都无法忍受了："来人，把这个逆臣拖出去，剥皮实草！"

原来，景清用尽浑身的力量，将口中被敲掉的牙和鲜血一起，猛地吐向朱棣，好好的龙袍被搞了个乱七八糟，洗都没法儿洗，在场的文武官员都惊呆了。

晚上，朱棣突然从梦中惊醒，发出了一声惨叫，把守在不远处的卫士可吓坏了。原来，皇上居然梦到了景清提着宝剑追杀自己，砍得龙袍上到处是血。朱棣醒来，大受刺激。下令将景清灭三族（比方孝孺强一点），这还不算完，他又让人下去调查，凡是景清的朋友，一律顺藤摸瓜给揪出来。把与景清相关的乡亲与邻居全部处死，致使整个村子变为废墟。

这就是历史上有名的"瓜蔓抄"。

朱棣并不是一个杀人如麻的暴君，在战场上，他从来不杀俘虏，甚至将不愿意投降的俘虏放回，让他们重新加入官军，重新投入北伐，重新举着兵器和自己作对。对于逆臣榜上的大多数人，朱棣事实上都宽恕了，很多人不但能继续当官，还能不断升官。

但方孝孺"诛十族"和"瓜蔓抄"事件，却让朱棣的形象大大受损，并受到后世文人猛烈的攻击。

朱棣在他那个时代，并不算特别残暴。比起他的父亲朱元璋，以及中国历史上很多皇帝，他已经显得比较收敛了。朱元璋上台之后大杀功臣，连收藏了好几块免死金牌的李善长都被满门抄斩；而朱棣身边的文官武将，没有一个在他登基之后遭到清算。

但是，这不等于说，所有人以后都平安无事了。粗通历史的朱棣明白，身为一国之君，很多想做的事情不需要自己亲自出马。

四、论借刀杀人，我只服朱棣

中华文明源远流长，中国智慧博大精深，让外国人摸不着头脑，也让很大一部分国人搞不清路数。《三十六计》中的许多招数，恐怕是欧洲君主们想几辈子也想不出来的。而"借刀杀人"无疑是经典中的经典，原因在于，这一招使用了上千年还一直有效。

秦始皇要灭赵国，借赵王迁之手除掉了克星李牧；周瑜想打赢赤壁之战，靠曹操之手处决了熟悉水战的蔡瑁和张允；金兀术想灭南宋，凭高宗和秦桧的助攻干掉了最忌惮的岳飞；当然还有朱棣的后代崇祯，错杀了大将袁崇焕，也是中了皇太极的借刀杀人之计。

不过，说起借刀杀人，我只服朱棣。

永乐元年十月的一个早上，天寒地冻，南京城中的文武高官，从各地赶赴东边的紫禁城，和朱棣一起商讨军国大事。可就在这一天，出大事情了。

一个侍卫慌慌张张地闯入殿来，"扑通"跪倒："万岁，大事不好！"

什么不好，难道是朱允炆杀回南京来了？

这倒不是，只是有大人物死了。宁国公主的丈夫梅殷，被人发现在笪桥下投水自杀。朱棣听说之后，脸上似乎有不悦之色。是啊，刚刚换了皇帝，刚刚改了年号，还有太多事情要办，还有太多任务要扛，你身为驸马不想着为朝廷分忧，为万岁出力，说死就死了，这是对谁有意见呢？

朱棣下令："人死不能复生，那就厚葬吧。"

朱棣退朝之后，正打算休息，宁国公主已经闻讯奔来，在朱棣面前一通哭闹，说丈夫的死没有这么简单，一定有小人暗算，要皇上主持公道，等等。朱棣听得很不耐烦，但总不能跟个女人一般见识吧，何况还是自己的妹妹。于是下令调查此事。

不过，很快有目击证人举报，梅殷不是自己从桥上跳下的，而是被前军都督佥事谭深、锦衣卫指挥赵曦硬生生给挤下去的！这俩哥们当然被抓进了大理寺监狱。吃了不少苦头，但他们的供词，却把审理的官员给吓住了。

二人被打得皮开肉绽，一边求饶一边哭喊："这都是皇上的主意，我们都是奉命行事啊！"（此上命也，奈何杀臣！）

真的是朱棣的主意？有这个必要吗？还是他们恶意诽谤？在那个专制年代，你就算只说一句皇上的脸没洗干净，万岁爷都可以名正言顺地杀了你，何况这样大逆不道的说辞呢？审案官于是眉头一皱，计上心来。

"大胆狂徒，居然敢污蔑圣上，来人啊！"

几个壮汉走上前来，抡起铁锤，照着这俩哥们的嘴上就是一顿乱捶，他们还没来得及满地找牙，就被拖出去处决了。

显然，审案官已经得到了最高指示，但这两人到底真是接受了朱棣的任务，还是因为看出皇上不喜欢梅殷，为了邀功请赏而自作主张，已经永远无法搞清了。但不管怎样，朱棣从此又少了一个眼中钉。

值得一提的是，朱棣下属的做法，与当年朱元璋手下廖永忠收拾小明王韩林儿的招数如出一辙，难怪有人会感慨，真是有其父必有其子。

在"靖难"期间，梅殷以总兵官身份镇守淮安。朱棣大军南下，以为祖先进香之名，要通过妹夫的防地。一家人不说两家话，但梅殷却不肯给燕军让道。朱棣写信给他，恳切地说："现在我起兵铲除皇帝身边的恶人，天命所归，谁也无法阻挡。"但梅殷居然把使者的耳鼻通通割掉，放其回还，还说什么留下这人的口舌，就是为了给朱棣讲讲君臣大义。有这么埋汰人的吗？

不过朱棣还是绕道占领了京城，并且强迫宁国公主写下血书，召梅殷还京。永乐元年，擅长搬弄是非的都御史陈瑛，上书说梅殷"蓄养亡命"，"诅咒"

天子。朱棣当时并没有采取行动，原来，他这是憋着大招呢。

还有一个历史疑案，似乎也和朱棣有关。

洪武二十六年，即朱棣的大哥朱标刚死、朱允炆被立为皇太孙的第二年，大明第一武将蓝玉就遭到了灭顶之灾，不仅满门抄斩，牵连进来黄泉路做伴的人数，更是达到一万五千人之多。这个名单包括开国公常升，景川侯曹震、鹤庆侯张翼等十三侯，以及吏部尚书詹徽、户部侍郎傅友文等高级干部，可以说是阵容强大，班底豪华。

蓝玉案是朱元璋在世时最后一次大规模的清洗运动。传统的观点，说是为太孙允炆继位扫清威胁，这个结论显然经不起推敲。

蓝玉是什么人？他是常遇春的内弟，太子朱标正妃常氏的舅舅，朱允炆不是常氏所生，而是吕妃的儿子，但蓝玉和朱标的关系，确实不同一般。

常遇春早在洪武二年就去世了。洪武六年，朱元璋为了显示自己对当年结拜兄弟的关心，不仅把常将军封为开平王（大明第一个封王的异姓，当然活人是不能封的），而且要朱标娶常的长女为正妻。当时朱标已经有了一个妃子，但并未生育，有传言说妃子的问题。果然，婚后第二年，常妃就为朱标生下了长子朱雄英。

因此，蓝玉也就责无旁贷地承担起了保护外甥的义务。也就是说，蓝玉这个武夫，一直是个不折不扣的太子党。太子死后，又成为顽固不化的太孙党。

蓝玉死了，谁最高兴？肯定不是他的甥孙朱允炆。

朱棣对蓝玉的军事才华非常佩服，但也不敢和他走得太近，一来蓝玉是太子的人，自己不能有拉拢之嫌，二来也不希望让父皇生疑。但是，燕王回南京述职，与朱元璋单独会谈时，却不失时机地提醒父亲："在朝廷中有一些被封了公侯的人，纵恣不法，将来恐怕尾大不掉，应当妥为处置……"

朱元璋是何等聪明的人，知道老四指的肯定是刚刚封了凉国公的蓝玉。"凉"这个字让人听着有点怪怪的，据说朱元璋本来想封蓝玉为梁国公，但为了提醒他做事收敛，不要让自己心凉，特意想出了这个主意。但蓝玉这个粗人，体会不到朱元璋的苦心。

明朝大学者王世贞曾经认为，蓝玉被控谋反和被处决，燕王要负主要责任。这个观点也许夸大事实，但并不是空穴来风。

坐上了金殿，当上了国君，很多事情，当然不好自己抛头露面，很多目标，当然不必自己亲自铲除，完全可以让手下人去做。他们为了表现自己的忠心，还不得玩儿命地咬人吗？

陈瑛就是这些人中的代表。建文元年，他被聘为北平金事，原本是应该监视燕王的，结果却被朱棣收买，替自个儿传递情报。事情败露之后，陈瑛被调到广西。朱棣在南京继位之后，立即想到了陈瑛，提拔他做都察院左副都御使。

陈瑛原本就生性残忍，现在得到了朱棣重用，更是将其嗜血的一面展现得淋漓尽致。在追查建文余党的行动中，陈瑛表现得比朱棣要积极多了。而且，他知道有些事朱棣不方便做，那还犹豫什么，我当奴才的，就得给皇上分忧！

永乐元年八月，陈瑛弹劾历城侯盛庸诽谤皇上，迫使这位在东昌大败朱棣的将军自杀；第二年，他弹劾曹国公李景隆图谋不轨，妄想起兵；又指责李景隆的弟弟明明知道哥哥有不臣行为，却隐瞒不报，还多置田产，偷养家奴，居心叵测，于是，这哥俩就在监狱里团聚了。随后，陈瑛弹劾长兴侯耿炳文，说他家的衣服、器皿上有龙凤图饰，有谋反的倾向。为了不牵连儿孙，七十岁的老将军主动"畏罪自杀"，却还是没能保住三个孩子的性命。陈瑛还弹劾驸马梅殷畜养亡命之徒，意图造反，朱棣因此将梅殷的亲随调到了辽东。

这些人，都是朱棣相当忌惮，却一时半会儿没有正当理由收拾的。但陈瑛却能将他们置于死地，一定程度上是替主子出了恶气，做了朱棣潜意识里想做但不方便做的事情。

陈瑛的胆子越来越大，步子也越来越大，不光陷害曾经和朱棣有过节的，甚至也咬和朱棣有交情的。他弹劾驸马胡观强占民女，纳娼为妾，并参与李景隆谋反。但朱棣却指示，不必追究胡观的责任。后来，陈瑛竟然还弹劾在"靖难"前向朱棣告密的张信，说此人擅自侵占练湖及江阴官田，结果当然是不了了之。

纵观历朝典故，这种酷吏只不过是最高统治者的一把刀，用到一定程度，就自然要处理了。那么，陈瑛的下场又会是怎样呢？先别急，朱棣还有别的大事要做。

五、诺言很丰满，现实很骨感

战争，暂时要告一段落了；皇位，已经掌握在自己手中了；京城，已经被自己控制了；年号，已经被自己更改了。

那，朱棣你还担心什么呢？还不抓紧时间享受胜利果实？

答案是：我的好侄子。

朱允炆，你到底死了没有？你跑到哪里去了？叔叔好想看到你（的尸体）啊。

情人在哪里，哪里就是伊甸园；皇帝在哪里，哪里就是都城（行在）。只要朱允炆一天不死，追随他的人，反对朱棣的人，坚持正统的人，就会紧密团结在他的周围，挑战朱棣的权威。

一天不抓住真正的朱允炆，或者得不到他真正的尸体，这个永乐皇帝，就永远别想有真正的欢乐。

作为一个体贴的好叔叔，大侄子做不完的事情、未了的心愿，当然要替他完成嘛。然后，这口锅也可以让他来背。

朱棣造反得以成功，一个重要原因就是朱允炆不得人心的削藩举措。因为这一政策，二十多个藩王人人自危；因为这一政策，很多人一夜之间从王爷变成了囚犯；因为这一政策，新科皇帝树敌太多，失分不少；因为这一政策，燕王朱棣趁机"靖难"，一步登天。

现在，朱棣占领了南京城，坐上了皇帝宝座，放出了关在牢里的周王朱橚和齐王朱槫。消息传来，朱元璋的后代们无不欢欣鼓舞，心说终于可以有好日子过了，以后还不是想怎么玩就怎么玩啊？

还真不是。

最得意的当然非老十七朱权莫属，他手里还有朱棣亲笔开出的支票，上面的条件是天底下最有诱惑力的：

"事成之后，中分天下，裂土而置，均称天子！"

朱权当然也不是那种没有眼色的笨蛋，"中分天下"之类的客气话，他从来不愿也不敢当真。担心四哥心情不好，先把自己给中分了。但是，怎么也得重重赏赐，让全天下人知道宁王的贡献有多突出、作用有多明显吧！

想不到的是，朱棣却喜欢大义灭亲，首先就要收拾对自己帮助最大的人。

在朱棣的威逼之下，朱权不得不交出了兵权。他非常诚恳地提出，自己不想回生态环境糟糕的北方吃沙子喝西北风了，想在江南繁华地带挑个好地方，了此残生（其实这一年他只有二十五岁，正是一个男人精力最充沛之时，风花雪月的生活还能享受很长时间），这要求不过分吧。但是……

朱权提出去苏州，朱棣很痛快地发话了——拒绝了他的要求。朱权没办法，又提出去杭州，上有天堂，下有苏杭，都是最有文艺气质的浪漫城市。但没想到的是，朱棣还是不批准。

朱权非常失望，都不敢叫哥了："万岁，您说我能去哪儿？"

"贤弟啊，除了这两个地方，全国各地任你挑！"

我擦，说一个你否一个，老子还挑个什么劲儿啊："全凭万岁做主！"

"南昌很不错嘛……"

朱权心灰意冷，不得不接受组织安排，举家迁到了南昌。

南昌原名洪都，与朱家有着深厚的历史渊源。元至正二十三年（1363），朱棣和朱权共同的父亲，大明开国皇帝朱元璋，正是在南昌郊外的鄱阳湖打败了最大的竞争对手陈友谅之后，才奠定了统一天下的基础，得以登上皇帝宝座。南昌是一座有着光荣传统的城市，见证了朱家王朝那一段激情燃烧的岁月；南昌地处江南，气候环境是大宁那种半荒漠无法相提并论的；南昌还是江西布政使司所在地，再不济也算个二线城市。

当然和苏杭两城相比，南昌可差得太远了。

这一年，朱权还处于花样年华，但政治生命已经被判了死刑。他的后半辈子，几乎就只能是被软禁在南昌，混吃等死了。即便终日锦衣玉食、花天酒地，也不过是个高级囚徒而已。心高气傲的朱权，对皇上的安排很不服气，但他可没有朱棣的胆量与能力，不敢把四哥做的事情再重演一遍，只有把仇恨深深地埋藏在心底。

对于朝廷的不满，朱权当然也不敢讲给孩子们听。但谁都不是傻子，他那忧郁的眼神和无奈的举止，已经说明了一切问题。朱权用不着不加掩饰地告诉他的子孙："小兔崽子们，都给我记好了啊，是朱棣这个王八蛋毁了我的一生，你们将来有机会，一定要替我报仇……"

一百多年之后，朱权的后代果然向朱棣的后代叫板了，六代宁王朱宸濠想要夺取武宗朱厚照的江山。当然，此人还是没有成功，同时付出了极为惨重的代价。同时，还让一个叫王阳明的读书人，模仿刘伯温在鄱阳湖里火烧战船，把朱宸濠连人带船一起擒获，并一举奠定了自己大明文官中的军神地位。

朱棣大义灭亲，拿"靖难"时的合伙人朱权开刀，不仅一举处置了应付账款，也给诸王敲响了警钟：谁要是有非分之想，下场只会比宁王更加糟糕。

当然，朱棣的眼睛不能总盯在那几十个弟弟身上，政府的班子还是急需搭建的。

第二章　让读书人看到希望，才能让新政权更有希望

一、创设内阁，影响后世五百年

无论推翻一个旧朝廷，还是建设一个新政权，光靠领袖折腾是不行的，得需要手下无数人的鼎力支持。都说二十一世纪最珍贵的是人才，十五世纪又何尝不是呢？有所不同的是，今天的很多老板说要重用人才，不过是嘴上说说，转个身就忘了，而朱棣却落到了实处。

别的不说，对待建文降臣和自己的北平老臣，朱棣并没有采取双重标准，对事不对人，这一点太难能可贵了。

朱棣对于选拔人才，很有自己的心得：

人君进一人退一人，皆不可苟，必须服众心。若进一人而天下知其善，则谁不为善？退一人而天下知其恶，则谁敢为恶？无善而进，是出私爱；无恶而退，是出私恶，徇私而行，将何以服天下？

朱棣是这么说的，也是这么做的。有一项了不起的制度，深深地打上了朱棣的烙印。

科举是中国的伟大发明，也被后来西方文官制度大力借鉴。还有一个现今世界上大多数国家采取的制度，事实上也是中国最先采用和完善的制度。

这就是内阁制度。

朱棣二十一岁那年，朱元璋一手策划和导演了胡惟庸案，一气儿屠杀了两万多人，顺便把宰相职位也取消了。老皇帝告诫子孙："以后子孙做皇帝时，并不许立丞相。臣下敢有奏请设立者，文武群臣即时劾奏，将犯人凌迟，全家处死。"真的是杀气腾腾，用心良苦啊！

在以后的十八年中，朱元璋这位曾经的和尚与乞丐，把国家元首与政府首脑一担挑，日理万机，披星戴月，忙得日常生活都受到了严重干扰，许多妃子都月经失调了。在身边人的建议下，朱元璋设立了"殿阁大学士"的职位，帮助自己批读诏书，处理政务。办公的地点是三殿和两阁，即文华殿、武英殿、华盖殿、文渊阁、东阁。朱元璋是何等聪明的君主，本身工作热情又高，对别人的戒备心理又重，还特别看不起读书人，如此一来，这些大学士最多是相当于政务秘书，做点儿抄抄写写的工作，大事小事还得由老朱一手包办。

朱元璋死后，皇孙朱允炆继承了皇位，他当然没有皇爷爷的治国能力，身边必须有一群得力助手。朱允炆既需要人帮忙，又不能违反先皇的规定，只能采取一些变通之法。他颁布圣旨，把各部尚书由从二品提到从一品，这样他们就有了更多的决定权。

朱允炆没有立丞相，但齐泰和黄子澄所做的工作，事实上就类似于以前的二把手，只不过是没有名号，也不拿那份工资罢了。朱允炆把朝政放给了"齐黄"之后，自己则和方孝孺一起研究更重大的决策，比如要不要恢复井田制、如何恢复，等等。（真是悠闲，不想想朱棣都要打到南京了。）

等到朱棣在南京称帝时，朝廷可用之人本来就少，很多老家伙虽说被迫归顺，但依旧心系前朝，对朱棣只是表面上客气，内心充满不满情绪。而朱棣也很清楚稳定压倒一切的必要性，对于归顺的建文朝官员，他并没有做出重大调整，原来的尚书还是尚书，原来的侍郎还是侍郎。但这并不等于说，他就要维持现状了。

朱棣知道，想要把朝政牢牢地掌握在自己手中，指望这些老家伙肯定不行，必须破格提拔年轻人，打造一支完全服从自己的、年轻有操守的干部队伍。

建文四年七月，朱棣刚占领南京城，皇帝的位子还没坐热。在清洗建文余党、维护京城秩序之时，还不忘颁布一道重要圣旨。而这个决策也在中国政治制度史上占有极为重要的地位，对以后五百年的历史发展产生了重要的影响。

朱棣指示说，因为翰林院人员缺乏，要挑选一批有真才实学并且年富力强的学者，充任翰林。当时被荣幸选上的有数十人，而在其中，朱棣又特别挑选了七人，为他们在皇宫内的文渊阁安排了办公室。

六部九卿高官的上班地点，都在皇宫以外。除非上朝，这些人平时轻易见不到皇帝，也没有同万岁爷直接联系的通道。但文渊阁就在皇宫里面，位于午门的东南角，属于内务府管理的地盘，因此设在这里的办公场所，就又多了一个名称——内阁。被有幸选中的七人，当然就成了内阁大学士。

当然，朱棣的这个举措，肯定是有历史继承性的，正因为朱元璋搞了殿阁大学士，朱允炆事实上恢复了宰相制，在前两人的基础上，朱棣根据自己的切实需要，采取了这样一个重大的战略举措。

相比老朱时的那些抄写员，如今的这些大学士，可是要参与政务的，甚至要参与到重大问题的决策中来，他们的前程，理论上说是非常光明的。

在欣喜之余，这七个年轻人根本没有想到，他们能够改变中国历史的进程；他们没有想到，自己做的事情是有开创性的；他们没有想到，一个新时代就此开始。此后五百余年的时间里，在明清两代，内阁都是朝廷重要的中枢机关，从中走出了许多让我们耳熟能详的重要人物。

历史不会忘记这七人的名字，他们是解缙、黄淮、胡俨、胡广、杨子荣、杨士奇和金幼孜。其中，年龄最大的胡俨不过四十三岁，最小的杨子荣只有三十二岁，借用一下当代的通俗说法，他们都是那个年代的"60后"和"70后"。（朱棣本人就是"60后"。）

特别值得强调的是，朱棣在位二十二年里，只选用了这么七个大学士。胡俨在永乐三年调任国子监祭酒，其他人都在内阁做了多年，除了解缙和黄淮之外，其他四人甚至一直做到了去世。

杨子荣、杨士奇与后来进入内阁的杨溥一道，更是组成了中国历史上有名的"三杨内阁"，在朱棣死后的洪熙、宣德以至正统早期，他们一直得到皇帝的极大尊重，事实上掌握了国家核心权力，为大明中后期出现的政治大变革奠定了坚实基础，可以说，没有"三杨"，就不可能出现张居正这样的人物。

什么叫"用人不疑，疑人不用"，朱棣给那些只会嘴上喊口号讲段子，转过身使劲儿安插自己大侄子或小舅子的同行，好好地上了一课。

必须指出的是，七人之中，没有一个是朱棣从北平带过来的亲信，事实上，他们都在朱允炆那里领过工资，也就是说，这些人都有对主子不忠的变节行为。常言说，有第一次就有第二次，今天能背叛建文，难道明天就不会出卖永乐吗？

可朱棣似乎并不担心。

七人之中，杨子荣是福建建安人，黄淮是浙江永嘉人，其他五人全部来自江西。大明的首届内阁，可以把江西话当成工作语言了。其中杨士奇是泰和人，金幼孜是新干人，剩下的三人，则又是真正的同乡。

他们都来自吉安府吉水县，这是著名的文坛领袖欧阳修、爱国诗人文天祥的故乡，是人才辈出、人文荟萃的一方热土。"朝中半江西，翰林多吉水"，一点儿也不夸张。

而这七人之中，自然也需要一个领袖人物，这个位置要别人心服，自己必须有过硬的才学、超高的人气。幸运的是，这个大明历史上第一个首辅，还真称得上才华横溢。

此人是谁啊？

二、不拘一格降人才

在明朝初年，刘基与宋濂当然是无可争议的文坛领袖。他们之后，方孝孺也有过短暂的辉煌，可当老方因自己的倔强走上不归路时，另一个人及时填补了这个空白。

他就是解缙。

毛泽东主席最喜欢引用的一个对子："墙上芦苇，头重脚轻根底浅；山间竹笋，嘴尖皮厚腹中空。"作者正是解缙。也正是这个对子，为他带来了杀身之祸。可见这个解首辅虽说才气过人，身上倒有几分三国名士杨修的影子。

解缙出生于洪武二年（1369），字大绅。缙绅就是官员的雅称，可见解缙的父母给孩子起名时就抱着很大的期望。万般皆下品，唯有科举高。下定决心，不怕牺牲，排除万难，去当上大官。这就是他们为孩子设计的人生路线。

而解缙也没有让父母失望，坚定不移地把备战科举作为年轻时代的唯一追求。洪武二十一年（1388），年仅二十岁的解缙，就凭借极为优异的成绩高中进士。他的面前，似乎铺好了一条金光大道，只等着他吹着口哨走过去，拥抱梦寐以求的荣华富贵。

不过，当时的大明王朝，可以说处于一片血雨腥风之中。朱元璋自从马皇后去世之后，既失去了精神寄托，又没有了倾诉对象，于是就似乎喜欢上了杀人游戏——可不是用扑克牌玩，是真的杀人。即使贵为开国元勋、国之栋梁，朱元璋早上叫你爱卿辛苦，下午就能叫你人头落地。洪武朝的大臣，个个顺从得令人发指，生怕因为一份奏章、一句实话，甚至一个眼神，就永远看不到第二天的日出。他们没事就祷告，盼着朱元璋早点儿住到孝陵里去、太子朱标早日上台，让自己也能过上几天舒坦日子。

但刚刚进入官场的解缙，肯定是书读得太多，把脑子读得不好使了，居然一本正经地向朱元璋上了一篇《太平十策》，将自己书呆子的个性和纸上谈兵的命门暴露得一清二楚。这事让同行们知道了，大家都打心眼儿里高兴：自己仕途上少了个有力的竞争对手，京城棺材店又能多一份订单了。

可惜，这帮人高兴得太早，朱元璋收到上书之后，不但没有杀解缙，还将他好好地夸奖了一通，鼓励朝中大臣向这个年轻人学习。

朱元璋甚至还破格接见了这个不怕死的小吏，并亲切地对他说："朕与尔义则君臣，恩犹父子，你应当知无不言，言无不尽。"从此，年纪轻轻的解缙声名鹊起。有了皇帝的撑腰，做起事情来更是没有禁忌，甚至在朱元璋诛杀开国第一重臣李善长之时，他也自作聪明地为这位老丞相辩护。

洪武二十四年（1391），解缙的好日子结束了，朱元璋罢了他的官，据说还丢给了他一句话："十年之后再起用你。"

解缙虽说有几分迂腐，但也不是真傻，不会真等十年的。洪武三十一年（1398），朱元璋一死，他立即返回京城，四处活动。建文四年（1402），解缙担任了翰林待诏。当朱棣的铁骑踏平南京之后，解缙与许多在京的文官做出了同样明智的选择——归顺。

解缙的才学修为，当世无人能比，而他的思路敏捷，反应灵活，和当年的曹植、杨修相比，也一点儿不逊色。

传颂最广的一个段子，是一次朱棣宴请众文臣，席间大家喝得正High，皇上存心找茬儿，莫名其妙地就突然发难，说自己后宫突然有喜（这是胡说，他早就没生育能力了），让群臣赋诗。在座诸位大眼瞪小眼，谦让一番之后，这活儿就推给了解缙。

解缙才不怕他呢，张嘴就来：

"君王昨夜降金龙。"

皇帝的孩子，当然是龙的传人了，但朱棣诚心要刁难这位才子："我生的可是个公主。"

解缙眉头一皱，马上就想出下句了：

"化作嫦娥下九重。"

过渡得很自然嘛，一个"化"字，简直有画龙点睛之妙。

朱棣可不甘心让解缙占了上风，继续瞎编，反正自己生不出来了："哎，可惜啊，刚刚出生，小公主就夭折了。"

在大家的一片叹息声中，朱棣作痛苦状看着解缙，实际上是想让他吟得痛苦，你小子说得不好冒犯了公主，我还能给你安个罪名。

哪里想到，解缙继续口吐莲花：

"料是人间留不住。"

朱棣继续乱编："我已经下令，将尸体扔到后花园的池塘里去了。"晕，哪有这么对待亲生女儿的。为了难住解缙，也不能这么损自己吧，好歹是一国皇帝。

满朝的高官面面相觑，唯有朱棣乐呵呵地坐在桌前，捧着一杯酒慢慢欣赏，话说到这份儿上了，你姓解的恐怕是无解了吧。

谁知道，不一会儿朱棣的脸色就不那么洒脱了，曹植还需要七步成诗，解缙根本就不用思考，脱口而出：

"翻身跳入水晶宫。"

这时候的朱棣，肯定恨得牙痒痒的，但也抓不住什么把柄，人家避讳工作做得很到位，丝毫没有犯戒。

解缙的提升如同坐直升飞机一般迅速，永乐二年（1404），他被任命为翰林学士兼右春坊大学士，也就是大明内阁的首任首辅。朱棣对解缙的满腹经纶非常欣赏，对他忠于职守的认真劲头更是无比佩服。这位皇帝曾当着满朝文武的面说："天下不可一日无我，我则不可一日少解缙。"不过，所谓他人即地狱，皇上的如此表态，如果传到别的大臣耳朵里，得到的恐怕多半不会是什么心悦诚服，而是心怀不满。

而进入内阁的其他几个人，也都有相当辉煌的履历。特别是杨子荣和杨士奇。

杨子荣虽说年轻，却有着不俗的表现，建文四年（1402）六月十七日，朱棣在南京准备登基的那一天，他冒着生命危险拦住了这位四皇子的坐骑，提醒朱棣应该先祭拜孝陵，给朱元璋打个招呼。在整个过程中，杨子荣表现得非常沉稳，不亢不卑，既没有刻意做戏突显自己，也不会令对方难堪下不来台，让朱棣印象深刻。从此，这个年轻人也踏上了升官的快车道。

就算让杨子荣穿越到五百年后智取威虎山，相信他也能很漂亮地完成任务。

洪武四年（1371），杨子荣出生于建安一个小吏家庭。他从小学习刻苦，在科举路上却多次栽了跟头。直到建文二年（1400）才考中进士，这时的他，已经是三十岁的大龄青年了。没想到皇宫外的一幕，让朱棣印象深刻，再加上别人的推荐，皇上把三十二岁的杨子荣召入首任内阁，并为他赐名杨荣。这位新晋大学士惊喜地发现，自己原来还是七人中年龄最小的。

年轻就是优势，年龄就是资本，他有理由开心。而朱棣因为杨荣的特殊才华，越发对他刮目相看。

杨荣入阁不久，一天夜里，朱棣突然收到加急探报，说蒙古军队突然入侵宁夏，他火速赶到内阁，想召集七位大学士商议。可除了值班的杨荣，其他人都联系不上。（没有电话和手机的年月办事太不方便。）朱棣向杨荣出示了公文，想听听他的高见。谁知道小杨一张嘴，就差点儿把皇上惹毛了。

杨荣说："没事的，皇上您回去睡觉吧。"朱棣看着小杨轻松的表情，心想，这孙子难道是在笑话我的紧张情绪吗？于是立即要求他解释原因，而杨荣当然是不慌不忙，侃侃而谈。

朱棣真的回去睡觉了，不过还没睡到天明，又被加急探报吵醒，朱棣一听汇报，乐了。

宁夏之围已解。朱棣长叹一声："怎么就猜得这么准呢？"

那一晚，杨荣到底讲了些什么？

杨荣说："陛下，宁夏那地方我熟悉。城防坚固，士兵都是骁勇善战的好手，根本不害怕蒙古人。这份奏报的日期，离现在已经有十来天，现在宁夏之围已经解除了。"

杨荣的判断力，令朱棣印象深刻，此后，这位皇帝的五次北征，都要把杨荣带在身边，随时让他出谋划策。

比解缙大五岁的杨士奇，其经历更加传奇。他出生在至正二十六年（1366），正是元末天下大乱之时，父母亲带着襁褓中的他四处逃难，两岁的时候，父亲杨美就去世了。

转眼到了新社会，洪武四年，母亲嫁给了罗性，这是一位很有才华，也很严厉的名士。按当地的规矩，杨士奇从此改姓罗。

但两年后的一天，罗性突然把杨士奇叫了过去，要求他恢复杨姓，可把小士奇吓坏了。

他回想起这些天自己做过的事情，越想越害怕，继父这是要把自己从家里赶出吗？

原来不久之前，罗家举行了一次盛大的祭祖典礼，各项礼仪极为严肃和庄重。小小的士奇看在眼里，不由得想起了死去的父亲。

可罗家祠堂怎么可能有他爹的灵位，于是，这个八岁的小孩子，就用捡来的土块儿做成牌位，找了个没人的地方，毕恭毕敬地下跪磕头，祭拜自己的生父。

小士奇非常专注，根本没注意到就在不远处，一双眼睛正盯着他。

这个人正是罗性，小士奇的举动，不仅大大出乎他的意料，更让他感到非常郁闷——自己的几个儿子，根本没有这样的意识与志气。

罗性相信，这个孩子将来一定会有大出息，于是主动提出要他恢复杨姓，当然也不会把他赶出家门，而是用心培养，让他博览群书。

杨士奇的面前，似乎筑起了一条金光大道，科举殿堂的大门，正等着他去敲开。然而……

他却一直没有机会参加乡试，甚至连个秀才也没当成。这又是为什么呢？

就在杨士奇恢复本姓的第二年，罗性不知道卷入了什么政治斗争，就被降职贬官，发配到了遥远的地方，从此没有能力照顾这对母子。但小士奇却一直没有丢下书本，小小年纪的他，似乎也相信"知识就是力量"。

成年之后的杨士奇，先后担任过私塾师和县衙训导，但在人际关系复杂的官场，他显得很不得志。难道，继父的预测要落空了吗？

不过，正所谓天道酬勤，机会总是垂青有准备的头脑。建文元年，因为要编纂《太祖实录》，需要从民间选拔人才。杨士奇以扎实的学养，居然被破格录取，进入了翰林院工作。在编校工作中，他因为表现出色，居然得到了总撰官方孝孺的欣赏，被提拔为副总裁。但杨士奇不久之后的选择，却是老方万万没想到的。

朱棣占领南京、当上皇帝之后，杨士奇没有像方孝孺等人那么执着（顽固），很快就投降了。皇上没把他当外人，还让他去东宫，教大胖子朱高炽学习。杨士奇以自己的扎实学问和不凡口才，很快取得了太子的信任，而他自己，从此也成了一名坚定的太子党。

苦难是人生的财富吗？相信很多人并不这样认为。杨士奇却从过往的不幸遭遇中受益良多，并练就了他的心思缜密与人情练达。论智商论才气，他当然远远不如解缙，但拼情商拼城府，解缙在他面前完全就是个小学生。

内阁成员的官职只是五品，相当于地方上的一个知府，和尚书、侍郎差了很多级别，但这并不重要。这些官场中的年轻人，原本连上朝资格都没有，皇上的模样都很难知道，现在却能天天和万岁爷一道商讨国家大事。

谁和皇帝走得更近，谁就更能得到最高统治者的信任。这也是朱棣的权力平衡之术：级别高的，想见到我不容易；级别低的，可以天天找到我。你们之间争权夺利，最后都得求着我。

徐皇后是朱棣最好的精神依靠，也是他的好帮手。在朱棣确定内阁人选之后，徐皇后向丈夫提出，自己想在宫中设宴，招待这几位大学士的夫人。朝廷官员的妻子有个专有名词，叫作命妇。以往只有三品以上大员的夫人，才有资格入宫拜见皇后，现在徐皇后破例招待她们，这些人自然非常感激。而她们的情绪，又不可能不影响自己的丈夫，这也迫使她们的丈夫更加积极热情地为朝廷出力。

朱棣一手建立的内阁制，在以后的五百余年时间里，深深地影响了明清两朝的历史走向。首任内阁的七名成员都是年轻的低级官员，但随着时间的推移，内阁成员的年龄越来越大，级别也越来越高。到了朱棣的孙子宣宗朱瞻基执政时期，能入阁的大学士，至少都是六部侍郎，甚至是尚书，有些还有太师头衔，被尊称为阁老。

唯一不变的，就是内阁成员一定得有翰林院的经历，就像今天的大学教授，必须得有博士学位一样。这就在一定程度上，保证了内阁成员的职业水准和职业素养，类似纪纲、陈瑛这样的投机分子，就算再能蒙骗皇帝，也混不到内阁里去。当然，凡事都有两面性，像于谦、王阳明这样的精英人物，就是因为没有点儿翰林的经历，终生与内阁无缘。

内阁成为权力中枢，对皇帝是个很大的解放。朱元璋的子孙们，根本不用像洪武大帝那样事事亲力亲为，也不会出多少纰漏。嘉靖和万历爷孙俩，是大明在位时间最长的前两名，同时也是不上朝日子最多的头两位。很多官员入朝工作十来年，甚至都不知道皇帝长什么样，但由于内阁高效的工作效率，朝政也处理得有模有样，并没有出什么太大的乱子。

这样一来，朱元璋穷尽一生所开创的绝对皇权，在很大程度上得到了削弱。老朱死后不到一百年，内阁就发展成为了帝国的权力中枢，没有大学士的配合，皇帝的很多措施就无法实行；没有内阁的点头，皇帝甚至连紫禁城都出不去。康熙、乾隆随意下江南的风流轶事，朱元璋的子孙后代们是没有办法体会的。

有明三百年，内阁制度中甚至出现了两个从社会最底层一路打拼上来、位极人臣的首辅，一位是严嵩，另一位则是张居正。

内阁制度不仅把皇帝从繁重的工作中解放出来，也为明朝中后期创设了思想解放的氛围。受益于掌权文官的宽松管制政策，文学、戏剧、出版事业等都得到了蓬勃发展，清军入关和清朝建立，则在很大程度上改变了这种相对宽松的政治环境。内阁依旧存在，但权力受到了极大限制，后来设立的军机处反而拥有更多实权。

三、让读书人看到希望，才能让新政权更有希望

耕读传家，是中国农业社会的光荣传统。耕作保证了中国人最基本的物质需要，而读书则为炎黄子孙提供了高尚的精神追求。对个人而言，读书固然可以净化心灵、陶冶情操；对其家人来说，读书则可以光大门楣，甚至改变一个家族的命运；对一个国家来讲，领导者的知识储备与眼光见识，决定了这个政权的走向与命运。

书籍是人类进步的阶梯，这句哲理很多老粗当然无法理解，书籍是人类文明传承最好的载体，唯有爱书之人方能真切领悟。朱棣虽然读书不多，但别人想骗他并不容易。

朱棣不光创设了内阁制度，还迅速恢复和发展了科举制度。

有人说，科举是中国在四大发明之外的第五大发明，从可以改变无数普通人的一生命运，甚至改变社会阶层的意义上来说，它比那器物上的四大发明，可能更加伟大。科举让所有的参加者，无论民族、种族、家庭门第、社会背景，还是相貌差别、身材高低……都要经过同一种程序的选拔，都要迎接同一种标准的挑战，而且，也必须由同一种规则来判定胜负、决定高下。

中国的科举制度，始于隋世祖大业元年（605）。杨广鉴于陇右门阀势力的强大，希望能在平民之中选拔优秀人才，充实到国家管理队伍之中。唐朝建立之后，当然也继承了这种制度。但事实上，因为民间教育不发达，真正能在科举之中脱颖而出的寒门之后非常稀少，很多人根本就不愿读书，能够中试者，多为世家子弟。

到了文化教育非常发达的北宋，朝政昌明，并且打破了门第限制，科举兴盛一时，形成了一套完善的人才选拔机制。科举考试与今天的高考、考研一样，有明确的时间规定，不过三年才能有一回。乡试由各地方在秋天举行，称"秋试"，又叫"秋闱"，其优胜者称为举人，取得第二年会试的资格。次年二月，各地乡试的优胜者，将集中在首都开封进行会试，称为"春试"或"春闱"，优胜者分为三甲，一甲的前三名，就是状元、榜眼和探花。其他人则授进士。

　　元朝也曾经一度实行过科举，考试办法基本上照搬宋朝，但蒙古、色目、汉和南人分开录取，类似今天的按户籍参加高考。这对人口数量占绝对优势的汉人和南人来说，当然很不公平，但有总比没有好。科举一直坚持到了至正二十六年（1366）。

　　朱元璋建政之后，立即责令恢复科举，基本上沿用宋制，并在洪武三年（1370）八月进行了首次乡试。永乐朝的多数官员，均是在洪武、建文期间，通过科举进入官员序列的。

　　尽管这个竞争规则本身也有不少问题，但拥有规则，显然要好过无序竞争。再不公平的规则，也比没有规则来得公正一点儿。而规则本身，也可以不断完善。

　　科举考试的竞争极为残酷，其概率之低，不会比今天中彩票的难度低多少。能从中脱颖而出者，除了需要长年的埋头苦读之外，也绝对需要或多或少的运气。但是，科举至少给上百万读书人，提供了不用参与造反就能改变自身命运的机会。有人甚至大胆设想，如果黄巢和洪秀全这二人能中个秀才，他们就不会把脑袋别在裤腰带上闹事了。

　　明代的科举只有进士科一门，规定子、午、卯、酉年秋季，在各地省城进行乡试，取得秀才资历的人方能参加。考试于八月初九开始，每三天一场，共有三场。初场考《经》义两道及《四书》义一道，二场考试论一道，三场考策论一道。乡试的优胜者被称为举人，拥有参加次年二月在京城进行会试的资格。

　　朱棣占领南京的壬午年，本来是举行乡试的年份，但让"靖难"给耽误了。朱棣被迫在永乐元年，下令各地举行乡试，接着于永乐二年，在南京举行会试和殿试。同时，朝廷下令，继续维持丑、辰、未、戌年会试的传统，也就是说，永乐三年，再进行一轮乡试。大明的考生算是有福了。

永乐二年的会试，注定要在历史上留下重重的一笔。按照传统，一般会试只录取二百来人，但这一次，朱棣一口气录了四百七十二人，显然，他是充分考虑到"靖难"战争对人才的破坏作用。朱棣还下令，挑选其中最出色的二十八人，直接进入翰林院读书，重点培养。这些人于是有了个很牛的称谓——二十八宿。

内阁学士的地位越来越高，非翰林不能入内阁，而要想进入翰林院，自然要在会试中取得优异成绩，得到主考官员的垂青。

科举最大的优点，也是其诱人之处，就是选拔制度的公正。所有的考生面对的是同样的考题，接受的是同样的规则，更让人称道的是，科举固然对考生资格有种种限制，却没有年龄的要求。

生活在二十一世纪的你，能够想象五六十岁的老人去参加高考吗？而在六百年前，这根本不叫事儿。没有一个读书人，会因为年龄而被剥夺考试资格，考卷面前人人平等，就算是六部尚书的儿子，也没有优先录取的特权。当然，这些高干子弟可能通过捐官进入仕途，但只能在外围部门做一些闲职，而且还往往会被人看不起。这和隋、唐时代相比，已经发生了翻天覆地的变化。

范进中举的故事，总是会受到中国人的嘲笑，但这毕竟是虚构的故事。在十六世纪初期，有个叫张璁的读书人，却用自己的经历，创造了一个不小的奇迹，也为科举的公正增加了一个注脚。

弘治十二年（1499），二十六岁的张璁首次参加会试，从此屡败屡战，或者叫屡战屡败也行，反正他一直考到正德十五年（1520）。

此时，张璁已经到了抱孙子的年龄，坐在考场上，周围大都是比他小十几岁二十几岁的年轻人。可这一次，他偏偏还考中了，从此拥有了公务员资格，开始在礼部打杂。

没有后台，没有关系，没有人脉，而且年龄一大把，谁会要他？答案是：规则要他。

因为试卷是要全部誊抄的,主考官只能根据考生的文章来定夺。所有考生遵循的是同一个规则,只认考卷,不管其他。

活在今天的我们,还有资格嘲笑人家吗?可笑的往往正是我们自己。如果我们不相信世界上有公平竞争,就认为这样的事情永远不可能出现;如果我们以为灰色交易天经地义,就认为自己的祖先也和今人一样"鸡贼"势利;如果我们对历史没有最基本限度的尊敬,就会以为过去两千年的传统社会真的是不堪入目。

事实上并非如此。

各位如果知道张璁七年之后的岗位,恐怕就更不淡定了。五十四岁时,他居然坐上了大明首辅的宝座。真正做到了一人之下,万人之上。张璁的事例固然太极端了一点儿,但足以证明,真正有才华的读书人,在大明被埋没的可能性,真的远远没有我们想象中的那么大。

明朝万历年间的首辅张居正,以及嘉靖时期的首辅严嵩,都出生于标准的下层家庭,似乎种一辈子地才是他们唯一正确的出路,进城打工也只配当农民工。但抱歉,他俩偏偏位极人臣,并且是大明首辅中名气最大的两个。

没有科举制度,没有这种制度的(相对)公正性,两个送不起礼的屌丝,恐怕连个秀才都当不上吧。

至于被后世严重诟病的八股取士,也和朱棣没有多大关系。这种制度是在朱元璋时期就实行的,朱棣不过是遵守祖制而已。

而且,八股取士并非一无是处。一定程度上来说,这种标准化的考试格式,尽量避免因为主考官的好恶而形成的印象分差异,反而更能体现出考试的公正性。一个连八股文都写不好,连乡试都过不了关的人,基本上可以说算不上人才。这样的人,如果愣要说自己聪明过人,那不是骗子又能是什么呢?如果偏要让考得差的人升得高,那才是可耻、可笑、可恶的事情。

朱棣自己没多少文化,可他并不像父亲一样看低读书人,因为他需要很多饱读诗书的人来为他分忧。当然,鉴于自己刚刚上台,政权并不稳固,需要做的工作还很多,因此还需要很多赳赳武夫来为他撑腰。

四、此锦衣卫，非彼锦衣卫

朱棣对朝廷机构的变动，不仅仅是创设内阁。他还恢复了朱元璋后期取消的锦衣卫，并在制度上予以正式确立。

纵观两千多年的专制制度史，皇帝为了排除异己、监视百官，通常都会建立忠于自己的特务谍报机构。而这些组织中，往往都会有太监的身影。汉武帝设立"绣衣直指"，又称"绣衣御史"，负责搜集情报。三国时，曹魏设立"校事"，监察百官与吏民。北魏则设立有"候官"，来监视文武官员。武则天时期，为铲除异己，特别是打击李氏诸王及其支持者，特设了"内卫"。唐肃宗时的掌权太监李辅国，秘密组织了间谍机构"察事"。两宋时期，则有以太监为负责人的皇城司，直属皇帝领导。

但是，要说名气最大的特务机构，非明朝的锦衣卫莫属，一来，明朝距离今天更近，影视作品也起到了推波助澜的作用。二来，锦衣卫确实组织更为严密，行事更为"专业"，因而破坏作用，往往也会更大一些。

洪武十五年（1382），朱元璋为了更好地监督和管理朝中大臣，撤掉了亲军都尉府与仪鸾司，建立锦衣卫。锦衣卫的全称是"锦衣亲军都指挥使司"，是由拱卫司发展而来。起初不过是皇家的仪仗队和侍卫队，但后来的权力越来越大。

锦衣卫的主要特点有以下两个：

一是接受皇帝的直接领导，绝对听命于君主，刑部尚书也管不了他们。如此一来，朝中大臣只有被锦衣卫修理折磨的义务，没有管理或弹劾他们的可能。

二是有司法权。可以进行侦察、逮捕和审判，有点类似纳粹德国的盖世太保组织。锦衣卫从不对老百姓下手，只盯着朝廷官员。虽然三法司——刑部、大理寺和都察院都有自己的监狱，但锦衣卫的监狱无疑是最特殊也是最恐怖的，有个很拉风的专属名称——诏狱。里面关的，大都是皇帝亲自下诏捉拿的要犯。一个健康的人，一旦被抓进诏狱，注定是生不如死，只求速死。能活着出来的，肯定就有本钱吹牛了。

不过朱元璋时代，锦衣卫只存在了五年就被解散了。朱棣上台之后，下令恢复锦衣卫，并在南北两京分别都建立了镇抚司。

南京的南镇抚司，主要职责不过是仪仗与工匠；而设在北京的北镇抚司，管的可就是刑法与诏狱了，让朝廷官员谈之色变的锦衣卫，通常指的就是北镇抚司。

在政权还很不稳定、反对势力相当强大之时，朱棣恢复锦衣卫，显然是希望它能成为维持自己统治的好帮手。

锦衣卫的一把手称为指挥使，是正三品，其下还有指挥同知、指挥佥事和镇抚使等高级职员。而首任指挥使，就是非常受朱棣欣赏，同时和朱高煦又有特殊交情的纪纲。

永乐朝初建，朝廷内外反对的声音此起彼伏。而纪纲也是毫不含糊，屡次在大江南北掀起打击风潮，把很多对朱棣不满的人进行了严厉惩处。在南北二京，许多官员提起纪纲的名字，真有谈虎色变的味道。除了纪纲，锦衣卫还有两个指挥，分别是刘江和袁刚。因为名字的发音比较接近，他们三人就被老百姓敬畏地称为"三纲"。这三位爷，可比三头猛虎吓人多了。如果他们抓住了谁的把柄，不把你整个半死，那"纲"字就得倒着写。

当然，朱棣无意于恐怖统治，在掌权初期重用纪纲，有些"乱世用重典"的意味。随着政权的巩固，他对锦衣卫的行为也进行了一定程度的约束，甚至规定，除非谋反大逆，审覆无异，否则罪犯在刑讯以取口供之前，都有五次覆奏之权①。到了永乐十四年（1416），朱棣对纪纲一党进行了清洗，曾经威风一时的纪纲被处以凌迟之刑，全家男女老少发配戍边。

不过，此后终明一朝，锦衣卫都一直存在，甚至成了这个王朝的一张名片。

锦衣卫的高官，可以和朝廷大员一样着蟒服，而中下级军官则穿着醒目的飞鱼服，腰挎锋利的绣春刀，神出鬼没，遍地开花，堪称大明二百多年间一道靓丽的风景线。

锦衣卫的成员都是正常人，但为什么人们总是把他们和太监联系在一起呢？

因为太监往往是他们的领导，而且到了后来，东厂建立之后，锦衣卫往往要受东厂的指挥。

从上述内容可以看出，朱棣上台之后，各方面的布局与建设有条不紊，很快就稳定住了局势。那么，一向不按常理出牌的他，还会有什么大动作呢？

① 参见《明太祖实录》卷一一九。

第三章 永乐大典，朱棣的精神写照

一、永乐大典，朱棣的精神写照

一个成功的君主，不能只是马上打天下，还必须能马下而治天下，不能只是勤于政务，还必须在史书留下自己的浓墨重彩，让世界因你而不同。

朱棣靠武力夺取了天下，但他显然很清楚，用暴力来维持统治既不可能，也没必要。让后世史学家们不得不佩服的是，在一段很短的时间内，朱棣就顺利完成了由反叛者到捍卫者的转变。

永乐元年三月初一，大明首都南京的孔庙之中，朱棣身着龙袍，表情严肃，向着孔子像四鞠躬，随后，他又来到了国子监，向祭酒（类似今天的社科院长）胡俨赠送了多部儒家经典，并饶有趣味地聆听了学者的讲经。

朱棣想用这种方式，向天下读书人传递一个明确的信号：本王，不，朕也是重视文化的。你们就把心放在肚子里，该干什么还干什么吧。

在 21 世纪初的今天，出书是件非常容易的事情，只要你有粉丝，有卖点，就有书商上门来谈合同。只要你有渠道，有宣传，就会有不明真相的吃瓜群众替你买单。可在六百年前，著书立说怎么看也得是桩智力活，作者怎么看都得是个文化人，不是谁都能做的。

任何人都摆脱不了走向死亡的宿命，但图书却可以永远长存于世间。经济可以使一个国家壮大，军事可以使一个国家强大，但唯有文化，才能使一个国家伟大。当然，曹操和李煜这样的天才诗人，关汉卿和汤显祖这样的剧作家，罗贯中和吴承恩这样的小说家，肯定是多少年也出不了一个的。朱棣并没什么文学才华，要写也只会写自娱自乐的打油诗，但他同样渴望在历史上留下一些记录，让世界因他而不同。

朱棣想修一部鸿篇巨制，能够让后世子孙反复提及，永远记得。按照常规，皇帝修典应该在统治末年，估计自己活不了多少日子的时候再说，类似今天那些自传作者的心态。但朱棣可是不走寻常路、不当普通人的杰出君主，他刚上皇帝没满一年，就决定修典了。当然，朱棣不会亲自去做这种事的，身边有得力助手嘛。

因为他觉得，以解缙的聪明睿智，一定可以充分领会自己的深刻意图；以解缙在读书人中间的巨大影响力，一定可以组织一个非常出色的编撰团队；以解缙渴求名利的劲头，一定可以圆满完成自己交付的光荣任务。

朱棣还特意叮嘱道："尔等其如朕意，凡书契以来，经史子集、百家之书，至于天文地志、阴阳医卜、僧道技艺之言，备辑为一书。"

说得多诚恳啊！解缙同学，你没有感到压力山大吗？

解缙领到任务之后，自然是不敢怠慢。凭着自己内阁首辅的组织才华，以及天下第一才子的动员能力，他很快组织了一个多达一百四十七人的编纂队伍，比今天的一个中型出版社规模都大。解缙给这些人分派了任务，组织了经、史、子、集几大部门，分头整理资料、抄录成册。自己则担任总裁，统领全局。

解缙告诉大家，你们做的工作，与那些亲身参与"靖难"的武将们同样伟大，武将们靠手中的枪赢得历史尊重，你们则依靠手中的笔拼得历史地位，好好干吧，不能计较个人得失。

要说这些人真是辛苦，一个月三十天连轴转，中秋和春节全不休息，全身心扑在工作上，就是希望给皇帝拿出一份满意的答卷，自己也能得到点儿赏赐什么的。

当时虽然已经有了活字印刷术，但朱棣和解缙却在这一点上达成了共识：这样一部高规格的经典，怎么能用印刷机，必须一行一行地抄出来！正如同样是造高级轿车，手工打制的劳斯莱斯，必然比你流水线上做出来凯迪拉克高端不少。

永乐二年十一月，忙活了近一年半的解缙，终于交出了自己的劳动成果。当他命人把这几百册抄好的书卷呈到奉天殿时，身为创意人的朱棣相当高兴，给丛书命名为《文献大成》，并吩咐在礼部衙门举办庆功宴，好好慰劳这些劳苦功高的学者。

看着解大才子日益增多的白发，日益明显的皱纹，日益不利落的脚步（这年他不过才三十六），朱棣深深地知道他的辛苦，也非常明白他的不易，于是令户部拿出专款，对编辑团队进行重赏。

领到赏银的解缙，还没过上几天清闲生活，就被人叫到皇宫去了。

解缙一看老大铁青着脸，知道自己有大麻烦了。

"朕不是一再说，让你修的是百家之书，可你收录的，怎么全是儒家经典？朕的话，你到底听进去了几何？"

朱棣越说越气，把目录册扔到了地上，解缙跪在地上，大气都不敢出。心说，当朝皇帝和汉武大帝同样雄才大略，但思路却完全不一样啊。

汉武帝重用大儒董仲舒，罢黜百家，独尊儒术。而朱棣却对解缙只收编儒家经典非常不满，清晰地展现了一种海纳百川的大气魄。

而自作聪明的解缙，也让朱棣的信任大打折扣，从此之后，他这个永乐皇帝跟前的第一红人，地位就有些江河日下的味道了。

解缙这么聪明，却没有领会好领导的意思，是过于自信呢，还是对工作过于想当然，没人说得清楚。

朱棣并没有撤掉这位首席大学士的总裁职位，也算给足了他面子。不过，还是给他安排了一位顾问。解缙一听这个人的名字，就知道大事不好：此人哪里是顾问，明显是监工嘛。

这位顾问，正是我们的老朋友姚广孝，江湖人称道衍大师。

所谓一起扛过枪，一起同过窗，一起造过反，一起嫖过娼，自然感情就不一样了。而解缙，只是从原来的主子朱允炆那里变节过来的意志薄弱者。

姚广孝参与到编纂工作之中后，心高气傲的解缙也不敢造次了，大事小事都要向这个顾问请示。顾得上的要问,顾不上的也要问。姚广孝也不跟他假客气,把自己感兴趣的五行异术、奇门遁甲一类书籍,通通录了进去。

朱棣还安排了王景等五人担任总裁,另外二十人担任副总裁,组成了一个无比豪华的编委会,而从事具体工作的人员,进一步增加到二千一百六十九人,这些人不限于翰林院的知识分子,还包括了著名的僧人、道士、画家、乐师,等等,把三教九流的精英都召集在一起了。

永乐五年(1407)十一月,在三千多编纂人员的辛苦努力下,中国历史上一部空前的百科全书,终于宣告完成。

它有一万一千零九十五册,二万二千八百七十七卷,三亿七千万字。相比之下,本人这部书只有二十万字,也就是说,即使按本书的开本,也得装订一千八百五十多册。一个喜欢读书的人即使什么事都不做,三天看一本,全部看完都得十五年的时间。

曾经有一个机会摆在解缙面前,他没有去珍惜,等到失去之后才追悔莫及。如果时光可以倒流,他一定对这份工作说一声:我爱你。如果一定要加上一个期限的话,他也希望是一万年。可惜,他对工作的重要性认识不足,对朱棣的严格估计不准,自己未来的仕途,从此也就打上了一个大大的问号。

朱棣把全中国这么多精英召集在一起,一干就是好几年,只是为了修一本书,在有些人看来,永乐皇帝此举真是兴师动众,浪费笔墨与纸张,也糟蹋粮食。但是,正所谓"燕雀安知鸿鹄之志",他们理解不了朱棣的深刻用意,是因为自己的境界与段位,跟永乐皇帝差得太远。

乱世用重典,盛世好修书。朱棣此举,无疑向全中国表明,别看我刚刚登基,国家形势好得很,特别是读书人,更应该放心!但有明一世,知识分子对朱棣修书并不看好,夹枪带棒地讽刺他转移视线,更有孙承泽在《春明梦余录》中,将他与另一位修《太平御览》的宋太宗相提并论:

陆文裕深曰:宋太宗平列国所得祼将之士最多,无地以处之,于是设六馆修三大部书，命宋白等总之。三大部者，《册府元龟》、《太平御览》、《文苑英华》也。《御览》外又修《广记》五百卷。永乐靖难后，修《永乐大典》亦此意。余按，宋太宗诏诸儒编集故事一千卷，曰《太平总类》；文章一千卷，曰《文苑英华》；小说五百卷，曰《太平广记》；医方一千卷，曰《神药普救》。总赐名曰《大平御览》。若《册府元龟》一千卷，乃真宗编集也。文裕所考或未确乎？至靖难之举，不平之气遍于海宇，文皇借文墨以销垒块，此实系当日本意也。

赵光义的庙号同样是太宗，因为有谋害哥哥赵匡胤的嫌疑，长期为读书人所不齿，就算修再多的书，也摆脱不了为自己转移视线的质疑。那么，朱棣又如何做出回应呢？

二、圣法心学，确立国家纲常规范

仅仅有一部百科全书式的《永乐大典》，朱棣还觉得相当不过瘾，这毕竟只是把别人写过的作品整理了一下。连他那半个文盲父亲，都能攒出《大诰》《皇明祖训》来忽悠百姓安抚子孙，他好歹也在帝都南京受过正规的教育，怎么能输给老爹？

而且，朱棣表面上最为崇拜的皇帝唐太宗，也以本人的名义写出了《帝范》十二篇，作为教导子孙的教科书。朱棣要向天下人证明自己能两手抓，两手都能硬，自我标榜"修文竞武，灭虏迁都，终其身不敢自逸"，就不能不用"著作"来证明自己。当然，是不是自己写的并不重要，重要的是必须以自己的名义发出。

于是，永乐七年，就有了这本《圣学心法》。在行文风格上，此书显然参考和借鉴了宋代的《帝学》（范祖禹编）和《大学衍义》（真德秀编）。

朱棣召集胡广等大臣审阅，还假客气了一番：

古人治天下，皆有其道。虽生知之圣，亦资学问。由唐汉至宋，其间圣贤明训，具著经传。秦汉以下，教太子者多以申韩刑名术数，皆非正道。朕间因闲暇，采圣贤之言，若执中建极之类，切于修身、齐家、治国平天下者，今已成书。卿等试观之，有未善，更为朕言。

朱棣让大臣们提意见。这些老油条怎么可能上当，当然都挑好听的说："陛下，帝王道德的要点，都记载在书里了，能和典谟训诰一道流传万世。请刊印以赐福天下。"朱棣也就不再谦虚了，下令印刷，并正式定名为《圣学心法》。虽说此书是对古人言论的整理汇编，体现的却是朱棣的治国理念和政治主张。

从《圣学心法》中大致可以看出，朱棣特别强调的有以下几点：

一、顺从天意，崇拜祖先。

中国的历代皇帝都自称天子，强调君权神授，借老天的力量压制苍生。在那个科技文化十分落后的年月，想让老百姓不迷信，就跟让今天的女孩子不化妆一样困难。

朱棣所受的那点儿教育，难以让他产生"人定胜天"的思想，他的身上，不可避免地存在着时代的局限性。他无法否认"天人感通"之说的存在，强调要尊重天意，而不是逆天而行。"天道不言，四时行而万物生"，"天道至诚无息"，"天道至公无私"。

朱棣强调，统治者应按照"天道"行事，方能成为享受天命眷佑的圣人，否则就不会受到上天眷佑；普罗大众，应该接受仁君的统治。如果缺少必要的服从，违背了天道，那么，自然就得不到上天青睐了。

但是，朱棣并没有一味强调臣民的服从，而是要求执政者也要顺应天道，并将之作为统治能否长久、天下能否安定的重要因素。从这个意义上来说，相比那些只强调民众服从、不申明君主责任的统治者，朱棣的思想还是有所领先的。当然，他这样做的目的，也是要让知识分子更加没有心理负担地接受，更乐于接受他的领导。

朱元璋将自己视为汉人王朝的中兴之人，认为蒙古人已经失去了天命。而朱棣的认识却有了进步，他强调：

天运虽有前定之数，然周家后来历数过之，盖周之先德积累甚厚，其后嗣又不至有桀纣之恶，使夏殷之后不遇桀纣，未遽亡。若顺帝不恤军民，不理国政而荒淫无度，安得不亡！故国之废兴，必在德，不专在数也。

作为一国之君，能够认为元朝的灭亡并非完全是天数，而是德政出了问题，并以此来警醒自己，这在历代君王中，无疑显得难能可贵。作为天子，主动约束自己的行为，以顺应天意，"王者知有天而畏之，言行必信，政教必立，喜怒必公，用舍必当，黜陟必明，赏罚必行"。

全世界没有一个民族，能像中国人一样敬重祖先，将死人的坟墓修得比活人的住宅还气派还宜居，也只有炎黄子孙做得出来。中国一直没有占主导地位的宗教，祖先崇拜却能让国人得到一定程度上的心灵慰藉。而每一个帝王，都把去太庙祭祀当成最为神圣和重要的事务，并将自己的一切，当成祖先在天之灵的恩典。

因此，中国人大多情况下绝不赞赏改动与革新，而是执迷于守成和坚持。朱棣也说：

祖宗之法，所以为后世也。当敬之、守之，不可以忽，继世之君，谨守祖法，则世祚延长。衰世之主，败其祖法，则身亡国削。

他将能不能遵守祖制，上升到了能否保住江山甚至自己性命的地步，让今天的我们看来，无疑太过夸张，但对当时的人来说，却是相当受用。

至于具体做法，朱棣则有如此认识：

人君之所好与天下而同其好，所恶与天下而同其恶。群情之所好，而己独恶；群情之所恶，而己独好，是拂天理之公，而循夫人欲之私，则所蔽者固而溺者深。虽欲勿殆，其可得乎？

即便掌握了至高权力，还是不能肆意妄为，而是要与天下人同好恶，将自己视为天下人中之一员，而不是那个特殊分子。核心即是"与世同乐"。这和"水能载舟，亦能覆舟"的观点，有着异曲同工之妙。

二、善待百姓，轻徭薄役。

皇帝及其统治集团当然无法直接从事生产劳动，创造社会价值。所有的收入来源，必然要依靠百姓的贡赋。而在那个社会生产极其落后的年代，大部分劳动者，从事的无疑是一种"糊口经济"，生存权成为他们追求的第一目标。对于这样微不足道的要求，如果统治者也无法满足，那恐怕就触怒被统治者的底线了。

朱棣当然也不赞成过度的压榨，他知道这样只会削弱政权的根基，他说：

民者，国之根本也。根本欲其安固，不可使之凋蔽。是故，圣王于百姓也，恒保之如赤子，未食则先思其饥也，未衣则先思其寒也。民心欲生也，我则有以道之，民情恶劳也，我则有以逸之……薄其税敛，而用之必有其节。如此，则教化行而风俗美，天下勤而民众归。

别说皇帝了，一个知府县令，都可以堂而皇之地自命为"父母官"，只要略微对百姓公正一点，就能得到"青天大老爷"的奖状。从这个意义上来说，施行仁政，其实真的没有多难。建立适度的剥削体系，给民众的生活留下余地，留有念想，才能保证既得利益者长久地存在下去。而广大黎民百姓，其实对这样的剥削也是完全能够容忍的。

为了让被统治者有饭吃有衣穿，提高执政集团的组织管理水平，当然也是非常必要的。今天我们看来，皇帝大略也相当于一个超大型公司的董事长，对于公司如何长久发展，他必须有自己的特殊贡献，有自己的管理哲学。朱棣当然没有这样的战略意识，但他也做出了一定的思考，他说：

经国家者，以财用为本，然生财必有其道。财有馀则用不乏。所谓生财有道者，非必取之于民也。爱养生息，使民之力有馀，品节制度，致物之用不竭……民者邦之本，财用者民之心。其心伤则其本伤，其本伤则枝干凋瘁，而根柢蹶拔矣。

朱棣他也明白生财要有道，让牛光犁地不吃草，都能把牛累死，何况大活人呢！因此，朱棣执政期间，确实也实行了一系列开垦荒田、修建水利、减免租税的政策，并为其后代儿孙所继承。

三、礼义教化，恩威并施。

自西周开始，历代君主都十分重视发挥礼乐在社会生活中的作用，朱棣认为：

夫礼者，治国之纪也；乐者，人情之统也。是故，先王制礼所以序上下也，作乐所以和民俗也。非礼则无以立也，非乐则无以节也。教民以敬，莫善于礼，教民以和莫善于乐。

恩威并施是治国的要诀。历朝历代，统治阶级如果过于迷信自己的国家机器，往往会引发严重的后果。但如果用礼义廉耻来约束普罗众生，巧妙地将统治者的利益，转化成被统治者的需要，润物细无声地完成洗脑，无疑会对巩固统治大有好处。

当然，礼乐的解释权只能在统治者，只能出帝王牵着百姓鼻子走，而不能颠倒过来，相信广大读书人，也愿意站在皇帝一边，朱棣指出：

圣王之于天下也，不使卑逾尊，贱陵贵，小加大，庶先嫡，君君臣臣父父子子各得其所而礼义立。孔子论为政，必先于正名，春秋纪王法，必严于谨分。

治天下者必明乎此，则君臣正，父子亲，夫妇别，长幼顺。上以统下，大以维小，卑以承尊，贱以事贵，则朝廷之义明而祸乱之源塞矣。

当然，国家既然是暴力工作，当然得两手抓，两手都要硬，既要树立正面典型，也要严惩不识好歹，公然违背道德规范之人：

刑者圣人制之以防奸恶也，使民见刑而违罪，迁善而改过。是故，刑虽主杀，而实有生生之道焉。何也？盖禁奸革暴，存乎至爱，本乎至仁。制之以礼，而施之以义，始也明刑以弼教，终也刑期于无刑。

但是，朱棣自己就在建文帝治下吃过大亏，显然明白"压迫有多深重，反抗就有多强烈"的道理，对于秦、隋的短命而亡，他也是深深地引以为戒：

至若秦隋之君，用法惨酷，倚苛暴之吏，执深刻之文，法外加法，刑外施刑，曾何有忠爱恻怛之意？杀人越多而奸愈作，狱愈烦而天下愈乱。失四海之心，招百姓之怨，曾未旋踵而身亡国灭，子孙无遗类。是皆可为明戒。

就算是出于自身的考虑，行仁政都是必要的，一个礼乐之邦，人民懂得仁义廉耻，才能过上舒适体面的生活，何必提着脑袋跟国家机器作对呢！

四、广纳贤才，鼓励谏言。

在专制社会，皇帝是最高统治者，但如果没有一个可靠的领导班子，往往也会孤掌难鸣。皇帝需要很多得力的助手，来帮助他实现执政意图。

特别值得一提的是，源自隋朝的科举制度，经过唐朝的发展，在宋朝进入了全盛时期，相比西欧中世纪贵族垄断国家权力，中国各社会阶层之间的壁垒，却一点儿都不森严。普通人家的孩子最终成为六部尚书甚至丞相，根本算不上稀奇事情。

而朱棣当政后，通过恢复和扩大科举等手段，进一步发展了这一趋势，他认为：

致治之要，以育才为先……苟不养士而欲得贤，是犹不耕耨而欲望秋获，不雕凿而欲望成器。故养士得才，以建学立师为急务也。

任人之道当择贤才，择之审则用之精……取之至公，用之至当，不以私昵而妨贤，不以非贤而旷官。故善用才者，如百工之用器，各造其宜而已。

佐治理者，必出众之才。知其果贤矣，听之勿疑，则可以养其忠亮。授之以事，则可以责其成功。夫贤才在位，则不贤者远，官皆称职，而庶事咸康。

朱棣不愿意实行愚民教育，反而多方培育和造就人才，而且用人唯贤，听之不疑，如果真正落实了，对广大知识阶层无疑有极大的诱惑力。

历代的国君和高官，流传下来了不少"礼贤下士"的佳话。即便这是一种作秀，做都比不做要好得多。朱棣身为作秀高手，深知其中奥妙，他说：

人君之于臣下，必遇之以礼，待之以诚，不如是则不足以得贤者之心。夫君不独治，必资于臣。敬大臣非屈己之谓也，以道在是而民之所观望者也。是故，待下有礼，则天下之士鼓奋而相从。待下无礼，则天下之士纳履而远去。

相比老子朱元璋对知识分子人格尊严的反复践踏，儿子朱棣待之以诚的做法，自然能够让不少读书人真心拥护赞赏。他意识到，君主与大臣同属于一个利益集团，唯有尊重后者的聪明才智，让他们有职业成就感，方能更好地为君主制度出力（卖命）：

人君日理万机，事难独断，必纳言以广其聪明，从善以增其不及。虚心而听，不恶切直之言。宽大有容，以尽謇谔之谏。苟不谦己和颜，以接群言，则臣下虽有直言，不敢进矣。故听言者国之大福也。众言日闻则下无蔽匿之情，中无隐伏之祸，而朝廷清明，天下平治矣。

"二十一史"中的反面教材够多了（当时只有这么多），朱棣深以为戒：

若夫庸主则不然，好谀而喜佞，拒谏而饰非，恣其志之所为，极其心之所欲。享重禄者，固荣而保位，居下僚者，惧罪而畏诛。缄默不言，耳目壅塞，俱蹈败亡，可胜惜也！

惟昏主则不然，以聚敛者为足以称其欲，巧佞者为足以悦其心。胶固而不移，纠结而不释。如是则忠正者不得入，小人进而君子退，欲国不危，岂可得也？

朱棣的这些言论，并不完全是写给别人看、用来收买人心的，在一定程度上，他也真是这样做的。如此一来，他的政治理念，就更多地靠近了自己推翻的建文帝，而远离了口口声声要维护的太祖朱元璋，这无疑是个历史的悖论。但不管怎么说，朱棣能有这样的思想意识，确实相当难得。

朱棣巩固政权，推进文化建设取得了这样的进展，对于一个武夫出身的粗人来讲，也是相当不容易了。不过，细心的读者一定会留意，从坐上龙椅的第一天到永乐二年四月，朱棣犒赏功臣，清洗逆敌，创设内阁，扩大科举，重设锦衣卫，编纂永乐大典，等等，忙得不亦乐乎，似乎把一件大事抛在脑后了：他怎么不立皇太子呢？难道要和雍正一样，搞秘密建储吗？

第四章 「炽煦」方为大问题

一、三个儿子，没一个称心

按照汉族封建专制传统，皇位继承人必须是皇后所生之子，称为嫡子。其中的最长者——嫡长子，是天然的皇位继承人，是含着金汤匙出生的天之骄子。只要此人没有特别明显的智力缺陷，没有严重影响身体健康的重大疾病，没有对现有体制进行特别不同寻常的冒犯，不管他才具高低，品格怎样，情趣如何，都几乎注定了他会继承皇位。

说来也怪，这种按年龄而不是按才能确定接班人的制度，看似极其荒唐背离公正，却保证了一个个王朝的平稳延续。而那些试图搞择优录取的皇帝，却往往因自己的标新立异，付出了极为惨重的代价。中国人极其重视历史，特别善于从既往中总结成败得失，因此，历代王朝几乎都形成了一条不成文的规定——皇位必须由嫡长子继承！

洪武元年（1368）正月初四，朱元璋在南京称帝，正式建立大明王朝。坐上龙椅的当天，他马上就册立正妻马秀英为皇后，长子朱标为太子。什么是真爱？这才是真爱！

可朱棣呢，他自己是建文四年（1402）六月十七登基的，但过了四个多月，直到十一月十三日，才册封发妻徐仪华为皇后。至于皇太子，他更是迟迟不立，这让朝中大臣没有理由不相信：

皇上对老大朱高炽很不满意啊！

事实上，朱棣在南京登基之后，朱高炽还继续留在北京，父皇不叫他来南京，他当然也不敢来。

虽然说长子继承是历史传统，但朱棣自己本身就是通过武力夺位的，他也是一个喜欢不按牌理出牌的英雄。

朱棣出身于烽火连天的战争年代，二十岁就藩北平，在与蒙古军队的斗争中成长为一名出色的统帅，并通过"靖难"夺取了本不属于自己的大明江山。他天生是一个战士，骨子里流的是军人的血，战场上的拼杀，对很多人来说也许是一种负担，而对朱棣则是一种享受。诗人的才华在笔尖上展示，战士的激情在刀光中挥洒。就算进了南京，当了皇帝，他内心那种战争的冲动，也依然无法完全抵制。

马上可以得天下，但不能在马上治天下。这个道理朱棣也明白，进入南京之后，他特别重视对读书人的拉拢，亲祭夫子庙，编修《永乐大典》。但作为一个篡位之君，内心的阴影是难以抹去的，和有类似经历的唐太宗、元世祖一样，他需要用自己的文治武功，让后人忘记那些不光彩的往事；他需要用一次次大手笔的行动，让周边国家感到发自内心的震慑；他需要用一个空前强大的永乐盛世，向质疑者证明，由他代替朱允炆，对大明江山的长久稳固是更有好处的，对黎民百姓的安居乐业是更有保证的。

当然，他也希望告别人间之后，自己一手开创的基本国策能够很好地执行下去，让大明帝国延续到千秋万代，让后世历代帝王的作为，都深深打上自己的烙印。

可是，自己的长子朱高炽，似乎并不是这样的理想人选。

从形象上来说，朱高炽过于肥胖，没有一国之君应有的威武；从学养上来说，朱高炽饱读诗书，虽说不上才华横溢，但比起父亲来，已经完全不是一个类型了；从性格上来讲，过去那些年里，朱高炽身上所展示出来的书生气质，与朱棣显得反差过大，倒是有几分接近朱标与朱允炆父子，这让当爹的很不满意。

更重要的是，朱高炽为人比较保守，不善变通，缺乏进取精神。这是朱棣最不放心也最不欣赏的地方。朱棣实在不想等自己百年之后，朱高炽重蹈其堂兄朱允炆的覆辙，把老子辛辛苦苦开创的大好业绩白白葬送，这种可能性，并不是一点儿也不存在的。

不过，朱高炽的燕世子身份，是在洪武二十八年（1395），朱元璋老人家亲自封的。当时，朱元璋将秦、晋、燕和周四王的世子都召到南京，并责令他们检阅卫士。

当天，小胖子朱高炽姗姗来迟，最后一个到场。按理说，不挨一顿狠批是过不了关了。但事实却是，朱元璋龙颜大悦，表彰了这孙子。这又是怎么一回事呢？

原来，朱高炽不紧不慢地告诉皇爷爷："白天天气太冷，我想等士兵们先吃完饭再检阅，因此就来迟了。"

朱元璋又命诸皇子分阅奏章，朱高炽专门挑出关于对军民生计密切相关的那些文件，并上告皇爷爷。但是对文中的错别字却根本不在意。于是朱元璋就好奇地问："孩子，你看不出来吗？"（我一个半文盲都看出来了呀！）

朱高炽的回答又令老皇帝相当满意。他说："我不敢忽视，但这种小过失不足以渎天听。"于是老朱又问："尧汤之时发生水旱灾害，老百姓是靠什么活过来的？"这孙子略作思考答道："靠的是圣人有恤民的政策。"这回答把朱元璋说得大喜，认为这孩子有当皇帝的潜质。

说来也怪，朱高炽身上这些文弱特质，朱棣相当反感，但朱元璋却相当欣赏，而比朱高炽更加迂腐的朱允炆，更是成了朱元璋的接班人。

二子朱高煦，倒是有很多朱棣年轻时的影子，朱高煦英勇善战，在"靖难"之役的多场战事中表现勇猛，和诸多武将成为至交。而且，朱高煦为人果断，有魄力也有野心，这一点也是朱棣相当看重的。

但朱高煦毕竟不是朱棣，作为武将，他的勇猛与强悍自然是没有话说，但作为皇位继承人，他那争勇斗狠的个性不懂得收敛，头脑简单、容易发热的弱点实在是致命伤。对于治理国家，平衡各方面关系，他明显让人感觉不够成熟。就算有名臣贤士辅佐，也让朱棣无法放心。更何况，朝中的文臣大都不看好他。

两个孩子，都不能令自己满意，但发自内心地说，如果朱高煦是老大，朱棣就根本不用犹豫和费神了。可惜他不是。

各位同学也许会问了，不是还有老三朱高燧吗？当爹的为什么一点儿机会都不给？朱棣登基时，老三只有十七岁，自然在"靖难"中很难有所表现，而且生得比普通人还要瘦小，朱棣又怎么会想到将他纳入皇储竞争者之列呢？

朱棣在两个儿子之间游移不定，朝中大臣也很容易地分成了两派，支持朱高煦的，以"靖难"时的武将为主，他们不希望自己流血牺牲打下的江山，却被朱高炽这样的无能之辈坐享其成（其实朱高炽也是出过力的，北平保卫战就体现了他血性的一面）。而支持朱高炽的，以文官为主，组成了"世子党"，他们希望国家能尽快走入正常轨道，以仁孝礼义（解释权在自己）治天下，绝不能让朱高煦这样的粗人领导。

二、拼儿子也算本事

"靖难"功臣中，也并非完全都是朱高煦的支持者，至少金忠和袁珙站在了老大一边，他们非常希望老师道衍能出来说说话，知道朱棣最看重这位大师的意见。可惜，道衍根本不想趟这个浑水。

金忠无奈之下，想起了求助朱棣身边的一大红人，正是这个人的作用，让朱棣做出了自己的选择。而这个人也因为卷入太深，不仅丢掉了官职，丢掉了自由，甚至丢掉了性命。

当官是门技术活儿，当红的大臣与当宠的妃子一样没有保障，甚至只会更加危险。你和后者一样，都要面临太多的竞争对手，承受太多的流言蜚语；你和后者毕竟又不一样，你是男人，无法让皇帝一睁眼就看到你，无法跟他建立起世界上最亲密的关系。

金忠找的这个人，就是我们的老朋友解缙。熟读二十一史的解缙并不傻，他知道一旦卷入了夺位争储的纠纷，押上的不仅仅是自己的前程，甚至可能包括自己以及家人的生命。可是金忠不仅善于算命和表演算命，还善于开支票。

金忠告诉解缙："世子登基，必将大力倡导文治。而先生作为内阁之首，必将得到重用。"

解缙看着金忠认真的表情，怎么看都不觉得对方是在开玩笑。他知道金忠与大胖子的关系，心想这八成就是朱高炽的原话。自己如果不答应，岂不是得罪了老大，只能被推到朱高煦那边，而问题是，人家二皇子未必能接纳你！

站队是一门大学问，很多时候，站不站得对是一回事，站不站又是一种说法。二选一的成功概率是一半，已经很高了。想置身事外，你会把两边都得罪了！

思考之间，解缙已经做出了自己的选择。从此，世子党的庞大文官队伍中，又多了一员得力干将。而且，他起的作用，是别人无法做到的。

不久，朱棣居然单独召见了解缙，而正是后者的一番劝说，让这位父亲下定了决心。永乐二年（1404）四月初四，朱棣正式下诏，立皇长子朱高炽为皇太子，而把二子朱高煦封为汉王，三子朱高燧封为赵王。

就在宣布此事之前，朱高炽已经回到了南京。永乐朝的事业已经步入了正轨，因而册封太子的仪式，甚至比朱棣自己登基时，搞得还热烈隆重（前一次是经验不足）。

那一晚上，究竟发生了什么？解缙是如何让朱棣下定决心的？

解缙一点都没猜错，皇上心里更偏爱的还是老二，而绝对不是老大。但朱棣担心的，是汉族王朝的传统习惯，废长立幼，不仅不符合礼法，由此而带来的祸患比比皆是，甚至有了秦与隋的二世而亡。但真选了老大，他又实在不放心也不开心。

朱棣如果是一个尊重传统、循规蹈矩的人，他根本就不可能当上皇帝，也没有勇气开拓永乐盛世。废长立幼的事情，别人轻易做不出来，对于他来说，其实还真没有特别大的心理障碍。但朱高煦在治国能力上的欠缺与不成熟，确实也让朱棣很不放心。

朱棣向解缙诉说心中的苦恼，解缙明白了这位父亲的良苦用心。他知道自己应该怎么做了。

"皇上，您只能选择皇长子！"

"这是为何呢？"朱棣见他如此坚定，不觉得有些意外。

"陛下，两位皇子各有所长，难说孰优孰劣。不过陛下您要选的是大明未来的天子，而不是出征漠北的统帅。治理天下，当然要让天下人信服。大皇子性格柔弱，领军打仗也许会成为其弱点，但治理天下，爱民如子，天下人自然会拥戴他。况且，大皇子也非一味软弱，当年镇守北平，也是相当果敢。"

"说下去……"朱棣若有所思。

"二皇子作战勇猛，在军中威信颇高，但于治国安邦却一无所长，况且脾气暴躁……"解缙一边说，一边警惕地观察老大的眼神，见他并没有发火，底气也就更足了，"王府之内责打后妃，朝堂之上羞辱大臣，这样的事情他可没少干。而且二皇子为人过于自负，远不及大皇子从善如流，如果真立二皇子，臣以为……"

"怎么样？"

解缙突然跪了下来："请恕臣死罪！"

"爱卿说吧，朕不怪罪就是。"这时候的解缙，那是朱棣跟前的红人啊，所谓死罪，完全是作秀。

"臣以为，如果真立二皇子，那在皇上归天之后，将会引起天下大乱，重蹈秦二世、隋炀帝的覆辙，使您一生心血开创的永乐盛世毁于一旦，不能不防啊！"

这话也就当时的解缙敢说，换成别人，敢把当朝皇帝最偏爱的亲儿子比作隋炀帝杨广，暗讽皇帝自己就是眼光昏庸的隋文帝杨坚，这岂不是分分秒就要掉脑袋的事情。

但朱棣也不得不承认，解缙说的还是有一些道理的。

不过，解缙应该清楚，朱棣和朱高煦是亲生父子，他们俩一起聊天的时间，当然是朱棣与解缙说话时间的数倍，如果他指责朱高煦的一席话，不小心传到了这位脾气火爆的二皇子耳中，会有什么样的后果？

"爱卿，高炽自幼体弱多病，我担心他的身体，能不能担此大任？"当皇帝才一年多，朱棣对于这份工作的辛苦已经深有体会，坐在龙椅之上，接受群臣跪拜当然威风，杀伐决断当然痛快，但你要承担的精神压力，还真不是一般人能受得了的。何况一个病夫？

"皇上多虑了，您忘了一个人吗？"

"谁？"

解缙一说出口，朱棣那紧绷的脸上，居然露出了笑容。

到底什么话有这么大魅力呢？其实，解缙只说了三个字。

这可以说是大明历史上最有分量的三个字，比"我爱你"的威力要大得多。

"好圣孙！"

朱棣的长孙朱瞻基这时候还不满六岁，却已经表现得格外聪慧，异于常人。与大胖子父亲小时候一样，他读书很努力；与书生气过重的朱高炽不同的是，他小小年纪就喜欢打拳习武，舞刀练剑，让朱棣依稀看到了当年自己的影子。

爷爷是真爱孙子啊！

朱瞻基生于"靖难"前夕的北京，朱棣给孙子起的名字中，本身就有很强的预言色彩。都说隔代亲，朱棣对长孙的疼爱，根本不需要什么掩饰，也从来不用顾忌高煦和高燧可能有的不满。

朱棣相信，只要好好栽培，这个孙子的未来，必定不可限量，很可能会成为一代名君！

即便朱高炽只是个守成之主，即便他身体虚弱难以理政，即便他目光短浅难成大器，只要能平稳地把皇位传到瞻基那里，自己开拓的盛世必然会得到延续，自己制定的国策必然会发扬光大！

解缙看到了朱棣眼神中的欣喜，不失时机地继续表白："皇长孙天资聪慧又勤奋好学，酷似当年的陛下。（这就有点夸大事实了，不过，Who care？）未来不可限量，必成一代圣君。皇长子虽然体弱，但陛下龙体安康，定会连续执掌天下数十载。到那时，皇长孙早已长大成人，我大明国运，定当一片光明！"

解缙没有明说，朱棣也听出来了，朱高炽体弱多病算什么，大不了就是第二个朱标，就算他真的死了，朱瞻基可不是第二个朱允炆，一定会顺利接班，大明江山也不会出什么乱子！

这个小孩子不过六岁，身上却被赋予了如此重大的使命。而且，正是因为他的存在，才使得自己的父亲能够顺利当上皇太子。朱棣没有学过现代生物学，不知道有隔代遗传这回事，但他对长孙很有信心，相信瞻基能够传承自己的衣钵，成为大明王朝出色的接班人。

解缙一席话说得朱棣相当动心，但作为一国之君，岂能轻易表态？朱棣平静地把解缙打发走，不想当场给他肯定的承诺。但解缙是何等聪明的人，早就猜出个七八分，而孙子要接班，必须让他的父亲先接班。如果当时有手机，解缙肯定会立即拨打朱高炽的号码，向主子汇报这个好消息。

过了一段时间，有位画师向朱棣献上了精心创作的《虎彪图》，画的是一只威猛无比的大虎，并没有瞪大眼睛扑向猎物，而是慈爱地守护着三只小虎，场面相当温馨，气氛相当感人。在汉语中，"彪"就是虎仔的意思，显然，画师是在用自己的艺术表现力，来恭维皇帝一家人的和睦。

朱棣看后龙颜大悦，于是命令在场的文臣们为画题诗。

我们中国人大都谦虚礼让，谁也不愿意出头。况且，天下第一才子就在自己身边站着呢，岂能献丑？于是大家都一致推荐解缙，而后者也爽快地答应了，提起朱笔，洋洋洒洒写完了一首诗，呈到朱棣面前。

朱棣一看，捋着长须若有所思，但表情显然是肯定的。

诗是这么写的：

虎为百兽尊，罔敢触其怒。

惟有父子情，一步一回顾。

（到了这个时候，朱棣的决心，恐怕已经相当坚定了。随后不久，就有了朱高炽从北京被召回京师的一幕。后人有理由怀疑，这是东宫集团精心策划的一场秀，是解缙和画师、大臣们串通起来，一块儿来给皇帝做的心理暗示。当然真相已经不得而知，怎么解释都有道理。）

永乐二年（1404）四月四日，原本普通的一天，却成了大胖子朱高炽生命中最难忘的日子。就在这天，朱棣亲自在奉天殿主持了隆重的册封仪式，正式册封皇长子朱高炽为太子。同时封二皇子朱高煦为汉王，封地云南，三皇子朱高燧为赵王，封地河北。

至此，空缺达二十二个月的太子之位就有了主人，但这绝不等于说，围绕大明继承权的斗争，就从此烟消云散了。恰恰相反，未来的斗争更加残酷，更加充满了变数。

即便当上了太子，朱高炽脸上的表情依然十分平静，丝毫没有得意忘形的样子，其城府之深、定力之强、心机之重，真可以说是令亲者快仇者痛。而他的二弟，虽然不至于当场发飙，但失望之情却写在脸上，也是根本藏不住的。

这一切，朱棣当然不会没有注意到。而他的思绪，又回到了洪武三年（1370）四月初七，这是年幼的朱棣难以忘怀的一天，朱元璋把除已经封为太子的朱标外的皇子全部封王。

同样在庄严肃穆的奉天殿，同样有冗长繁杂的仪式，同样是文武百官的欢呼，同样有皇上的主持。小小年纪当上燕王，朱棣应该感到相当满足才对，可是，在他们兄弟一遍遍地磕头时，却看到大哥朱标就站在朱元璋跟前，一遍遍地承受着弟弟们的礼数。小朱棣的心里，又感到了一丝丝悲凉。

有那么多的场合要下跪，要给那么多的前辈磕头，当皇帝多威风啊，从来都是别人向他跪拜。有没有那么一天，自己也可以坐在宝座上，俯视跪在殿下的那帮老东西呢？

当皇帝的感觉真好啊，但皇帝也有自己的苦恼。朱棣当然不会忘记，在"靖难"的大小战役中，朱高煦是怎样一次次出生入死，冲锋在前，甚至还在自己被包围的时候，不顾一切前来救援；自己也曾拍着老二的肩膀，充满深情地鼓励道："好好干吧，世子身体不好。"可今天他的选择，对朱高煦的伤害到底有多大，谁也无法估量。

那么，朱棣苦恼的事情，到底会不会发生呢？

三、朱高煦 PK 朱高炽

虽说朱棣正式立了太子，但绝对不等于说，围绕着皇位继承人的争端可以告一段落，事实上，斗争才刚刚开始。

只要熟悉历史的人都会知道，有多少皇帝是喜怒无常，有多少太子是立了又废，有多少宫廷政变是说来就来，有多少站错队的是说死就死。何况朱高煦这个二殿下，在父皇那里是很有发言权的。

同一个世界，同一个梦想。在这个世界上，有些人梦想成真之时，就是另一些人的梦醒时分，梦碎时刻。一门心思想逆袭的朱高煦不仅没当上太子，还即将被发配到千里之外的云南去当汉王。他哪里愿意啊！今天的云南山清水秀，风景优美，是旅游胜地，是艳遇天堂。但在当时，那里放眼不是城市，而是荒山，遍地不是鲜花，而是小虫子。在大明贵族和官员的心目中，那儿只是流放犯人的热门地域！

一向低调的朱高燧倒是舒坦了，朱棣让他驻守北京，并吩咐北直隶官员，大小事务要禀告赵王而后行。可见，朱棣对小儿子其实也是相当偏爱的，难道就不怕他成为山寨版的自己？当爹的还真不怕，目前的安排只是暂时的嘛。

朱高煦感觉非常憋屈，向身边的人发牢骚说："我到底犯了什么罪，（父皇）要把我赶到万里之外？"朱棣很快知道了汉王的真实情绪，对这小子的胸无城府，必然是相当不满。但当爹的又真心觉得亏欠了老二，因此也不予追究，更不会赶他走。

下属们纷纷给朱高煦出主意，拖延时间，赖着不走。一天，两天，一月，两月，看到朱棣并没有催自己，老二紧张的心终于平静下来了，父皇心里还是有我的！他老人家知道理亏，也不能硬轰我走。

朱高煦毕竟在"靖难"中立了不少战功，云南那地方实在也不怎么样，可能也有大臣向朱棣求情，反正朱棣心软了，不但允许朱高煦住在南京，还让他搬进了汉王府。对嘛，汉王当然要住汉王府，不过，这座王府的来头不是一般地大，它的历史，也是辉煌得不要不要的。

汉王府是当年朱元璋为陈友谅之子陈理修建的，不过陈理没住多久，就被朱元璋送到高丽去了。老朱从来都是杀人不眨眼，居然能放过小陈，也算是大明一大奇迹了。

这个王府有多豪华气派，只要说说它之后的用途，大家就明白了。

在清朝，它是两江总督府；太平天国时期，洪秀全将之改造为天王府；"中华民国"成立之后，这里又成了总统府。

朱高煦留在京城，就直接违反了朱元璋当年定下的制度：成年亲王必须就藩，不得住在京城。当年的朱棣，还不是得带着怀孕的妻子千里奔波，从南京赶到北平任职。而徐仪华当时怀的，正是朱高煦。

《明史纪事本末》上甚至说，正是朱高炽的大力求情，才是他弟弟能留下的根本原因。"太子力解，得暂留京师。"但这似乎有美化朱高炽的嫌疑，以德报怨报成这样，不就成了迂腐了吗？而且，太子是个（表面上）循规蹈矩之人，怎么敢挑战先帝订下的制度呢？

这个世界上，最可悲的就是才华撑不起野心。朱高煦住进汉王府，眼前美景如画，身边妻妾成群，有享不完的荣华富贵，有受不尽的风流快活。如果他安下心来，学习一下各位叔叔的经验，在音乐、美女与打猎之中寻找激情，这一生岂不过得无比逍遥快活？可惜，他偏偏要努力追求自己永远得不到的东西。

朱棣当然不是心太软，很可能只是觉得亏欠了老二，或者觉得江山初定，把老二放在身边也不是坏事，就把他留在南京了。可朱高煦一天到晚都忙些什么？他四处纠结党羽，拉拢大臣，在朝廷中形成了一股与东宫唱对台戏的势力。

这还不算完，朱高煦居然毫无底线、也毫无心机地自比秦王李世民，不把已经当上太子的大哥放在眼里，摆明了要继续 PK 皇位继承人的意图。

李世民在当皇帝前，亲手杀害了自己的大哥李建成和四弟李元吉，影响很不好。不过人家在搞事之前一直很低调，一直在隐忍，一直装孙子，而绝不可能像朱高炽这样，整天如失宠的怨妇一般唠唠叨叨，就差在自己脑门上刻上四个大字"我要夺权"了。借用一个不太恰当的比喻：会叫的狗不咬人，朱高煦这么能叫，注定成不了什么大气候，无非是为历史增添了一些笑料而已。

朱高煦借口增加王府的保安，跟老爹要人。你说要什么不好，他偏偏要京城最精锐的天策卫，朱棣就算读书少，也不大可能不知道，当年唐太宗李世民就曾被封为"天策将军"，但他还是很爽快地就答应了。如此一来，朱高煦手下的喽啰们，自然都有了一种扬眉吐气的感觉。

朱棣是武将出身，当了皇帝之后，经常也会带着几个儿子和群臣狩猎。这本来是大家拉近距离，联络感情的好机会，可朱高煦的表现，简直就如同文官里的解缙一样不知收敛。他的射术高，每次打的猎物最多，甚至还能一箭射下两只鸟，引来大臣们阵阵欢呼。可这就证明你有资格继承皇位吗？

相比之下，那个在他眼里又胖又蠢的老大，固然经常连个兔子都打不着，但人家从来不发怒。面对朱高煦的挑衅式表演，最多不过是微微一笑，这微笑固然倾不了城，但总让人捉摸不透。

朱高炽的胡闹，让朱棣进一步坚定了自己的选择。老二确实是匹夫之勇啊，让他治理国家闹大笑话倒是其次，捅出大娄子无法收拾可是灾难性的。按过去的经历来说，真正像李世民的，显然不是朱高煦，而正是他老子朱棣。现在这个不懂事的孩子却自比唐太宗，难道暗喻老爹是那个平庸的唐高祖李渊？老爹死后你这么说还罢了，朱棣明明还活着，明明一切都在人家掌握之中，你这样的作为就太弱智了，只会为自己减分。

不过作为国君，朱棣很懂得平衡大法，他对老大格外严格，对老二却相当宽容，似乎也想安慰那颗受伤的心。朱高煦在手下人怂恿之下，决心"先枝后干"，先尽量铲除太子身边的一些文臣。

不知道什么原因，解缙当晚和朱棣对话的大致内容，居然被泄露了出来，并且添油加醋地传到了朱高煦那里，这让二皇子震怒，恨不能当时就提把剑把这家伙劈了。

为了推倒朱高炽，先要收拾姓解的。不过，朱高煦还没下手呢，解缙倒搞起小动作来了。

立太子之后不久，有一次朱棣单独召见了解缙，这位首辅汇报完正事之后，不失时机地将朱高煦最近的表现描述了一番，并请求皇上约束一下二殿下的行为，最好早点儿把他送到云南任职。

朱棣听完，并不置可否，只是面无表情地说了三个字，就把他打发走了。

"知道了。"

朱棣了解解缙，解缙对他的主子却并不真正了解，别看皇上平日对内阁首辅尊重有加，还曾经亲口对他说："若使进言者无所惧，听言者无所忤，天下何患不治？朕与尔等共勉之。"但很显然，其中的表演成分无疑大大超过真实意图，做臣子的听完就完，千万不要当真。

再说了，朱高煦是朱棣最喜欢的儿子，没有之一，你解缙一个外人，过来要求皇帝对老二严加管教，潜台词不就是朱棣教子无方吗？我们的家事，什么时候轮到你插嘴？

这一点上，朱高炽表现得就极其聪明，无论老二怎么诋毁他，当哥的在任何人面前，从来不说老二半个不字，让好事者想抓把柄也抓不着。

更何况，解缙平日里的作为，很有一点三国才子杨修的特质——恃才放旷，不把同僚放在眼里就算了，往往还喜欢表现得比朱棣更聪明，以点破皇帝的小算盘为乐事。就算心胸再宽大的人，也不会觉得特别舒服吧。

不过，朱棣暂时没工夫收拾解缙，他还有更重要的事情要办，而这件事情，是过去的忽必烈想做都没有做到的。

到底是什么事情呢？

第五章　达成忽必烈无法做到之事

一、安南政变者骗过了朱棣

在历史上相当长的时间内，安南一直都是中国领土。始皇二十九年（前218），在秦始皇嬴政的安排之下，大将屠睢和赵佗统领号称五十万的庞大军队，向楚国南部的百越部落发动攻势，并在这片广阔领域设立了桂林（今天广西大部）、南海（今天广东大部）和象郡（今天越南北部和中部）三郡，实行直接统治。正是从那时候起，广东、广西和越南北部，都成了中国领土的一部分。

我们今天再看历史，不得不佩服秦始皇的豪迈气魄。可惜，大秦帝国如同流星一般，在中国历史上划出一道无比耀眼的光芒之后，就急速地消失了。

秦朝灭亡前后，南海郡尉赵佗趁机兼并了桂林和象郡，建立了一个地盘不小的南越国。汉朝建立之后，赵佗迫于其强大，被迫称臣纳贡，成为"外藩"，但事实上一直保持着独立。到了汉元鼎五年（前112），汉武帝发动了对南越国的战争，次年将这一区域重新纳入了汉朝版图，并设立了交趾、九真和日南三郡，交趾就是原来的象郡。

从汉武帝时代开始，中原王朝分久必合，合久必分，虽然经历了五胡十六国乱华的大破坏，两晋南北朝争斗的大分裂，唐末藩镇割据的大动荡，但在一千多年的时间里，越南中北部从来就没有独立过，一直为汉族王朝牢牢控制。

可惜唐朝灭亡之后，中华大地进入了五代十国的混乱时期。越南地区也出现了吴权、十二使君、丁部领和黎桓等分裂势力。1010年，李公蕴统一了今天的越南中北部，建立李朝，定都河内。其实，这伙计是个如假包换的汉族人。1054年，李朝正式定国号为大越。自身麻烦不断的北宋王朝，已经无力甚至无心收复这片固有领土。1174年，宋朝承认了大越的宗藩国地位，赐名安南。不久之后，陈氏取代了李朝。忽必烈的蒙古铁骑轻松踏平大理段氏，却在安南的激烈反抗面前碰了钉子，三次用兵都未能得手。可以想象，大越的子弟兵有多么凶猛了。

明朝建立以后，安南效仿朝鲜，定期向天朝纳贡，随后被朱元璋列入了永不征讨大名单，当地官员和百姓，似乎也可以安享独立了。但历史的剧本，从来不会按照少数人的意愿书写。

就在朱棣起兵造反之际，千里之外的安南国也在发生一场政变。建文元年（1399），陈朝权臣黎季嫠杀害国王陈日焜，控制了整个国家。随后这个篡位者更名胡一元，自称是舜帝后人胡公的后代，改安南国号为大虞，年号元圣。过了不久，可能是觉得自己太老了，或者是不想站在台前当靶子，黎季嫠传位于次子胡汉苍，并自称为太上皇。

朱棣登基之后，胡互派使臣到南京上书请封，自称是陈氏之甥，为众所推，暂理国事，并发誓永远效忠大明，"有死无二"。朱棣不知内情，正式册封胡互为安南国王。

朱棣的施政重点一直在北方，安南从来不是他重点关注的区域。但一个人的死，却让这一切完全改变了。

永乐二年（1404）初，安南国大臣裴伯耆克服了重重困难，终于到达南京，见到了朱棣，这位陈朝的老臣跪在殿下，一把鼻涕一把泪地陈述了胡氏父子过往的种种恶行，并希望朱棣能兴吊伐之师，隆继绝之义，荡除奸凶，复立陈氏。他的一番慷慨陈词固然感人，但朱棣也是老江湖，见过太多风浪，怎么可能这样就轻信。

八月，又有一位年轻人来到南京，跪在了奉天殿下，声称自己是原安南国王之弟陈天平。

陈天平声泪俱下地向皇帝陈述了陈朝被颠覆的内情。朱棣完全给惊呆了，他不太相信，胡氏家族敢于如此冒犯天威，欺骗宗主国皇帝。这事情如果属实，无论如何，也要给他们一些颜色看看！

对于这个自称国王亲属的年轻人，朱棣也没有马上承认，他在等一个契机。

转眼就是第二年春节，安南朝贡的使臣来到南京，朱棣特地让他们指证陈天平。这些岁数一大把的使臣，尽管领着黎季犛发的工资，但内心的良知却被唤醒了。他们见了比自己小很多的陈天平，立即跪倒在地，磕头行礼，甚至还当场流下了激动的泪水。

什么都不用再问了，朱棣确信，陈天平没有欺骗自己，他真的是安南的王位继承人。

作为这个南部国家的宗主，朱棣当然有义务维护其繁荣稳定。既然胡氏政权是篡位而来的，那必须得让合法的继承人重新上台。

真相已经一目了然，还有什么好说的，朱棣立即向胡氏传旨，责令他们给自己一个合理解释。很快，对方的上书就送到了南京，朱棣一看相当满意，吩咐大理寺少卿薛品为特使，护送陈天平回国继位。

胡汉苍在上书中，做了一番深刻的检讨，说自己也在一直寻访陈天平的下落，现在能找到真是太好了，恳请天朝送陈王回国，主持朝政，自己愿意当一名小官，效忠陈王。

朱棣看了信之后也相当高兴，还准备把胡互封为国公，从安南划出一些州府，让他世代统治。不过，朱棣这么多年，也见过了太多阴谋诡计（自己本身经验就相当丰富），对于胡汉苍的表态，他真的不是完全放心。

朱棣下诏给广西将军黄中、副将吕毅，任命两人为副使，责令他们率领五千精兵，一路保护陈天平和天朝特使的安全。

有些读者不明白了，送一个陈天平，至于这么兴师动众吗？后来发生的事情说明，这五千人还真不是太多，而是太少。

时光如梭，永乐三年（1405）三月，黄中和吕毅带着一身的疲惫回到了南京。常言说没有功劳也有苦功，怎么也算是为国家出力了嘛。不过，二人得到的可不是朱棣的例行赏赐，而是一顿劈头盖脸的狠狠责骂。

骂他们真算便宜了他们，要不是大臣们苦苦劝阻，这两人肯定就得当场被拉出去斩首示众了。究竟是什么事情，能让朱棣如此暴怒呢？

那绝对是一段不堪回首的往事，再也无人愿意提及的耻辱。堂堂的大明五千兵马，在即将进入升龙城（河内）时，却在郊外中了胡氏的埋伏。

这一场战斗杀得天昏地暗，从朝阳初上一直杀到日落西山，黄中和吕毅没想到，胡氏父子居然敢在此设伏，更没有想到，安南人打起架来也不含糊，让明军损失不少。当喊杀声渐渐停息之时，两位主将长出一口气，却发现了一个更可怕的事情：

陈王不见了！

两人立即组织寻找，到了夜幕完全降临之时，功夫不负有心人，士兵们终于把陈天平和薛晶找到了。不过，找到比找不到更让二人闹心：士兵们发现的，是两具血淋淋的尸体！这可把这两个当头的吓傻了，这是掉脑袋的事啊！但还能有什么更好的选择呢，只有尽快返回南京，向朝廷汇报。

陈天平被杀，薛晶被杀，千余名大明士兵被杀，而作为主将，他们两个倒有脸活着回来！朱棣能不生气吗？

要说安南人也太生猛了，一点儿不玩绑架人质的虚招，直接就杀人灭口，而且，他们不知道吃了什么熊心豹子胆，居然连天朝特使都杀，这无疑是对大明的宣战行为。别说朱棣这样喜欢打仗的皇帝，就算那些信奉多一事不如少一事的君主，也架不住沸腾的民意。

胡氏父子也不是傻瓜，当然清楚和大明作对的后果，从杀掉陈天平起，这个国家就进入了紧急状态，全民皆兵，准备对付来自北方的复仇者。

一天，两天，一个月，两个月……时光就这样悄悄地溜走，传说中的大明大军，还是没有跨过边界，这是怎么一回事呢？

难道朱棣对安南这片贫瘠、荒凉的土地，真的是没有兴趣？

难道朝中反对声音太大，让他不得不推迟自己的行动？

难道安南人的好战传统、三败蒙古人的传奇经历，让永乐害怕了？

难道北边的蒙古人又闹事了，朱棣腾不出精力南侵？

多少人猜中了开头，猜不中结局，他们知道朱棣一定非常愤怒，一定想血债血偿，但没有想到，朱棣的决心是如此之大。

要么不做，要么做绝。远在升龙城的胡氏父子收到探报时，差点儿没当场昏了过去。

出什么大事了？

二、有前瞻能力，方能成就大事

胡氏父子提心吊胆两个月之后，终于得到了准信儿：大明军队八十万，东路由成国公朱能和新城侯张辅统领，从广西进入安南；西路由西平侯沐晟统领，由云南进军。甚至连兵部尚书刘俊，都亲自随军出征。

朱棣这摆出的完全是一副血战到底的架势，不抓住胡氏父子不罢休。怪不得这么长时间没有什么动静，原来都是在调动兵马，筹集粮草物资啊。

胡氏父子显然不好好读书学习，不熟悉中国历史，不知道天朝打仗喜欢虚报数字。当年曹操带着十万人下江南，都敢号称八十三万。而八十万，实在是一个过于庞大的数字，要知道，徐达、常遇春北伐，官方公布的兵力不过是二十五万。

对付小小一个安南，朱棣征调的兵马显然用不着太多。况且，大明的主力肯定都要驻扎北方，防范鞑靼和瓦剌可能的南下，因而只能从南方各省调兵。即便这样，也还是能集结起一支超过二十万人的庞大军队。统帅则是朱棣手下的第一猛将、成国公朱能。

朱棣对这次出兵也高度重视，七月十六，他在南京亲自主持了出征誓师大会，并让自己（当时）的红人解缙即席宣读了《讨安南黎茗檄》，朱能和张辅拜别了皇上，率领数百艘战船，开往广西前线。

不过，朱棣的备战并不是得到了朝中大臣的一致拥护，也有一些不和谐的反对声音。更令朱棣痛心的是，堂堂的太子朱高炽，居然也认为劳师动众，去征讨一个高祖定下的"不征之国"，有些得不偿失。

真是鼠目寸光！如果这样的奇耻大辱都不报复，那周边的小国，一个个是不是都要有样学样啊？还搬出《皇明祖训》充当论据，寡人又不是不识字！

事实上，解缙现在坚决地跟着太子走，自然也站出来反对。不过朱棣还是要逼着他写出战檄文，明摆着要恶心他。

如果安南之战的戏码就这样简单地演下去，观众恐怕就不会大呼过瘾了。十月初二，当右路南征大军行至广西凭祥之时，他们的统帅却永远地倒下了。

朱能的死并不会让张辅等副将太过吃惊，他的身体一直非常糟糕，虽然只有三十六岁，但看起来比四十六的朱棣要老得多，几乎一直是靠药物支撑身体。按理说，这样的重病患者根本不能上前线，连日的行军无疑大大加重了他的病情。但朱能是个表现欲望超强的人，平定安南这样扬名立万的机会，他说要去，别人还真不能跟他争，谁让他是"靖难"第二名将呢。（第一名将张玉早就死了。）

朱能的死传到南京，朱棣自然十分伤心，但他已经没工夫流泪了，南征大军的主将位置空出来了，必须马上确定人选。那个年代，又不能一个电话打到凭祥宣布结果，只能派快马连夜送信。

凭祥大营中并没有群龙无首的混乱场面，张辅暂时把队伍管起来了，当时，大多数人都认为，按级别来讲，西平侯沐晟是最合适的，他将会接替总兵官的帅印。

不过，当有好几员大将建议暂缓进兵，等待朝廷旨意之时，张辅却如同张玉附体，意志格外坚定。他果断下令：继续向南前进，一切后果，由他负责！

这让手下人有点儿疑惑，这种命令通常只有统帅才能下，你一个助理，哪里来的自信心呢。

大军按计划继续前进。过了没几天，朝廷的圣旨就到了，当宣读完诏令之后，在场的所有将官，无不为张辅的果断与前瞻能力而暗自叫好。

从这一天起，张辅被正式任命为征夷大将军，充总兵官，总领南征军事。当他跪拜完毕，接过圣旨之时，突然看到不远处，尊敬的父亲似乎正向自己微笑。

从这一天起，这位年仅三十三岁的青年将领，就正式担任了二十余万南征大军的最高统帅，而他的父亲，"靖难"第一功臣张玉，一生也没有统领过如此庞大的队伍。

从这一天起，大明的军事史，将会写下新的一页，将会深深烙下一个全新的名字。

张辅一直坚信，他得到总兵官的任命书，不过是个时间问题。他的预判，是基于以下几点：

第一，自己和朱能交情深厚，与右路军诸多将领关系密切，而右路军才是南征的主力；

第二，沐晟在"靖难"中曾站在了建文皇帝一边，是难以得到朱棣真正信任的；

第三，朱棣不想沐晟借南征之机继续坐大，让云南成为下一个安南；

第四，有父亲张玉这层关系，朱棣必然把重点栽培的机会留给自己，而不是沐晟。

第五，亲妹妹刚刚被朱棣选入后宫，皇上能不向着自己吗？

张辅，你不是一个人在战斗，你不是一个人！你的身上，背负着永乐皇帝的刻意培养，父亲张玉的终生遗憾，好友朱能的壮志未酬，还有十来万兄弟的前途与命运。

战士的舞台就是战场，战士的职责就是拼杀，战士的宿命就是牺牲，但作为统帅，你不能让下属白白流血，要让他们的每一次付出，都能得到应有的理想回报。你更不能让自己辜负圣恩，要让战事的每一步决策，都能形成致命的打击。

三、见招拆招，方能笑到最后

事实证明，张辅不愧是名将之后，统兵打仗确实有自己的独到之处。自从离开大明国土、进入红河三角洲以来，明军可以说势如破竹，连战连捷。他不仅指挥作战很有一套，更把攻城为下、攻心为上的思路演绎得淋漓尽致。

我们今天很多人在网上玩过漂流瓶，张辅在五百年前玩得比我们还溜儿。他卜令将胡氏父子的恶行总结成二十条大罪，并制作了上万个木牌，让士兵一路顺河随机放出，这样一来，沿线的很多安南军民了解到了事实真相之后，就集体开溜，组团逃跑，不愿意为这样的暴君送死。

平叛大军一路高奏凯歌，很快就开到了多邦城下。身处一片乐观情绪包围之中，作为主帅的张辅却有着与其年龄并不相符的冷静。他很清楚，眼前的胜利都是暂时的，安南的地形复杂，不适合持久作战，气候终年炎热，很容易滋生传染病。要是不能迅速拿下东西两京，导致与对手形成拉锯之势的话，恐怕到时死于病患的，要远远超过葬身战场的。如果预言成真，作为一军领袖，他难辞其咎。

在这里，明军遭遇到了最猛烈的抵抗。黎氏父子也很清楚，如果多邦失守，东都升龙和西都清化的防守将不堪一击。因此他们把宝全押在这里了。

对于多邦，张辅当然是志在必得。安南的建筑水平落后，很多号称城市的地方，不过是用篱笆扎起来的大寨子。和天朝的城市相比，完全是洛阳与洛杉矶之间的差距。而多邦，是少数能够夯土为城的安南城市。

张辅的十多万大军开到了城外，摆出了数十门火炮，对着城墙就是一顿猛轰。随后，下令组发起总攻，让步兵扛着云梯硬冲上去。

张辅心说，看你们能支撑到什么时候！

只听城中一声炮响，忽然，城门大开，难道，胡氏父子要主动出击了？

明军都非常兴奋，安南人出来挑战，不就等于送死吗？不过没过多久，所有人都高兴不起来了。

在弓箭手的掩护之下，几十头大象从里面冲了出来，飞扬的尘土，把天空都遮住了。

这些庞然大物都经过了长期的严格训练，它们可不像普通大象那样与世无争，而是和士兵一样好勇斗狠，对于气味非常敏感，知道应该向谁进攻。每头大象的身高几乎都超过了一丈，身长可以达到两到三丈，鼻子就足有一人多长，它们皮粗肉厚，普通的弓箭根本就伤不着。大象背上都有象舆，上面坐着大象的驯化师，以及保护他的战士。

这帮大家伙冲到明军面前，伸出鼻子就能卷住一个人，轻松地把他摔向地面。而被不幸摔出去的士兵，基本上都不可能生还。战象上面的士兵，还趁机向明军放箭。片刻之间，明军阵形大乱，遍地都是被摔死、踩死和射死的尸体，侥幸活着的人拼命逃窜，而城里的安南军队，也趁机乘胜追击。

张辅被迫后退三十里扎营。这是南征大军几个月来的第一次失利。多邦的大象，终于让高傲的明朝军队吃了苦头。

这位年轻的统帅很清楚，失败对自己意味着什么，如果再搞不定，难道要皇帝御驾亲征？

朱棣再厉害，也不是百战百胜啊，这点儿挫折算得了什么！问题的关键是，如何制服那些大象！

他继承了父亲的演说才能，也学习了当朝皇帝的表演才华，面对众将，他慷慨陈词：

"各位弟兄，胜负是兵家常事，永乐皇帝起兵靖难时，也曾在济南城下遇险，没有什么大不了的。今晚各位饱餐一顿，明日一早继续攻城，必定马到成功。有不愿意打仗的，现在就可以离开！"

离开？开玩笑，只怕是脑袋从肩膀上离开吧！没有人敢相信这个承诺。

第二天一早，明军又开到了多邦城下，守城的安南军官见了非常好奇，心说这个世界上还有如此多记吃不记打的蠢货，也罢，既然来了，那就成全你们，早点投胎去！

军官一声令下，城门大开，战象方阵从城里开了出来，眼看就要冲到明军阵前，昨天的悲剧又要重演，突然只听一声炮响，随后，那些不可一世的战象，如同看到山洪暴发一样，居然费力地转过笨重的身子，想要逃跑！坐在上面的驯象师，怎么拦也拦不住。定神一看，也吓了一跳：

明军怎么还有个狮子军团呢，这些野兽好大的个儿！

眼看这群狮子越跑越近，骑在上面的明军士兵，端着火铳对着大象就是一顿乱轰。不过，随着交战的深入，没被打死的驯象师总算看明白了，哪是什么狮子，不过是套着狮子头的战马。问题是，人知道真相，大象可不知道啊，它们最怕狮子了，该跑还会跑，主人已经控制不住了。再加上火铳发出的刺耳声音，更让它们惊慌失措，其实，大象的皮这么厚，火铳是很难打死的。

战象既然已经无法威胁明军，张辅一声令下，几百口火炮一起轰鸣，终于在北门城墙上炸开了个大缺口。随后，大批肩扛沙包的敢死队员，在都督黄中的带领下冲了过去，护城河片刻就被填平。

"杀进去！"张辅抽出宝剑，率领早已休整多时的主力骑兵，伴随着呼啸声，向着城内冲去。

都指挥蔡福冲在了队伍的最前面，并指挥士兵架设云梯，冒着敌人的箭矢，奋力爬上了城头，为主力部队打开了城门。

眼看多邦城就这样失陷，胡氏父子自然是很不甘心，他们许下重赏，组织起了最后的抵抗。他们把每一座房屋都布置成了防守的工事，把每一条街道都变成了厮杀的战场，把每一个市民，都煽动成了不怕死的战士，让他们用原始武器对付明军的铁骑。

这场战斗持续了一整天，最终以安南守军全军覆没而告终。一直冲杀在第一线的张辅，终于露出了久违的笑容。永乐皇帝当年杀入南京之时，是不是也如此兴奋呢？不过略有遗憾的是，胡氏父子在亲卫的死命保护下，已经冲出了包围，向老巢清化逃走了。

拿下多邦之后，明军的推进更加迅速。他们应该庆幸，自己攻打是安南而不是漠北，十二月的南京，早已是天寒地冻，万物凋零了，而安南却比江南的春天还要温暖，这非常有利于明军的行动。

张辅亲率大军包围东都升龙，认清形势的守将献城投降，避免了一场血光之灾。随后，部将李彬攻下了西都清化，无家可归的胡氏父子被迫再次出逃，他们苦心经营的所谓大虞国，从此也就土崩瓦解了。

这时候的张辅，没想到又收获了一份特别的大礼。

四、顺水推舟，完成忽必烈未竟之业

永乐五年（1407）春节，对年轻的张辅来说，意义格外重大。

多年以来，他是第一次在异国度过春节，而且，他还指挥二十多万大军，取得了征讨胡氏的决定性胜利。虽然安南全境还有待继续肃清，胡氏父子还需要进一步缉拿，安南民众还需要花力气安抚，战后秩序还需要恢复，但可以确信的是，永乐皇帝安排的任务，张辅已经出色完成了一大半，如同一场足球赛，他已经取得了四比零的绝对优势，在剩下的时间里，取悦观众比进球得分，变得更加重要。

安南已经独立了五百年，但中原王朝的影响依然深厚。春节同样是他们最重要的节日。张辅下令大摆宴席，犒赏三军将士，同时拿出军粮物资，抚恤在战争中受害的当地百姓。都说小恩小惠有时也会有大效果，劫后余生的升龙百姓们，不仅把过去一直都相当担心的张辅当成了大恩人，而且就此打消了对天朝的顾虑。

当地的乡绅们更是联合起来，给这个少年将军送上了一份极不寻常的大礼。张辅认真考虑了一下，决定立即上报朝廷。

这个春节，朱棣的心情很不错，过去一年里，姚广孝和解缙监督修典，工作进展顺利；郑和继续率领船队访问西洋各国，成果丰厚；乌司藏圣僧哈立麻来到南京，为死去的父皇母后祈福。而最让他高兴的是，莫过于南征大军的节节胜利，胡氏政权的土崩瓦解。朱棣虽然也一度为朱能的死感到伤感，但很快被胜利的喜悦支配了。因此，当收到张辅从升龙城送来的文书时，朱棣立即坐不住了，传令将文书登在邸报，让朝廷重臣好好阅读，发表意见。

张辅献上的，是安南各界人士精心写作的《安南士民诚请内附大明表》。

这份文件的发起人，当然有对形势审时度势的考量，有对陈氏王朝三百年统治的反思，更重要的是，他们有对大明如此兴师动众讨伐胡氏动机的仔细揣摩。永乐皇帝派出（号称）八十万大军，耗费无数银两，损失大量士兵，难道仅仅是为了帮助陈氏政权复国？再说了，陈氏后人已经被胡氏父子屠杀得差不多了，偶尔跳出来的，个个都是冒充的。

而且严格说来，无论李朝还是陈朝，历代安南国王都是如假包换的汉人，他们和胡氏父子本质一样，都是把安南从中国分裂出去的叛乱分子。过去一千六百年间，安南属于天朝的时间超过了一千一百年，这比临近它的云南要长得多，但云南却是大明的十二布政使司之一。云南可以，安南为什么不可以？

与其让朝廷主动来兼并，不如我们抢先来劝说朝廷兼并，这样才能保住自己的势力范围，巩固自己的既得利益——安南士绅们主动上书，当然会打自己的小算盘。

而从来只想做个军人、并不愿意干预地方政治的张辅，并不是简单地做个传声筒，作为参与了"靖难"后期战役的军人，他多少知道一些永乐皇帝的宏大抱负。张辅隐约地觉着，皇上必定会顺水推舟，满足这些人的"愿望"。

五月二十日，朱棣又去了灵谷寺，为战火刚刚平息的安南祈福。已经到了盛夏，南京这个有名的火炉，把天地间的一切都笼罩在了蒸笼之中。走在灵谷寺的后院，那些参天的古树将骄阳重重遮蔽，让所有人都感到了久违的清凉。就在这时，一条小虫突然从槐树上跌下，正好掉在皇上的衣袖上。朱棣发现了，轻轻抖抖胳膊，小虫子掉在了地上。

几个太监急忙上前，准备抬脚踩死这个不长眼的。可就在这时，宛然传来一声大喊："奴才！"

这些奴才忙乱抬起头来，只见主人板着面孔，严肃认真地说："此虽微物，皆有生理，请勿轻伤之！"

好嘛，死上万人眼睛都不带眨的，却要捍卫一只虫子的生存权，朱棣这是要将表演艺术继续升华啊！

当年六月初一，大明第十三个省级机关——交趾布政司在交州（今河内）正式成立，吕毅任都指挥使，黄中为副使，黄福任布政使兼按察使。下辖十五府，三十六州，一百八十一县，管辖人口五百五十万。这一年，距离安南从中国独立，已经过去了整整五百年。

从公元前214年秦始皇设立象郡，到公元907年唐朝灭亡，安南趁机独立，这块土地留在中国的时间超过了一千一百年。而此后无论是李朝还是陈朝，事实上都是汉人王朝。安南受中国文化影响之深，绝对不亚于云南、贵州等地。因此，正式回归中国版图，也不失为一个理想的选择。

更重要的是，元世祖忽必烈建立起了一个极其庞大的帝国，但在他的有生之年，三次对安南用兵，却无法将其征服。现在的朱棣，却将安南变成了明朝的一省。从这点上来说，汉人朱棣显然比蒙古人忽必烈走得更远。

第二年，广西发生暴乱，张辅离开交趾，入桂平叛，在顺利完成使命之后，永乐皇帝召他入京。

三十五岁的张辅根本没有想到，朱棣授予了他英国公爵位，以表彰安南之战的出色表现。自此以后，年轻的他，从此也成为了大明第一武将。

张辅的人生目标，原本是只是循规蹈矩，早日接上父亲的荣国公之位。但经过了安南一役，他再也用不着拼爹，凭着个人努力，也赢得了一个更有价值的爵位。张玉的在天之灵，想必一定会非常欣慰的。

朱棣曾希望朱能为国服役三十年，可后者早早就去世了，而张辅在得到爵位之后，居然还能为大明服务整整四十年。"土木堡之变"中，已经七十五岁的六朝元老张辅，战斗到了最后一刻。

朱棣为兼并安南不惜代价，可惜在朱棣死后三年，安南最终还是独立了。促成它脱离中国的，倒不是曾经明确反对朱棣发兵的儿子朱高炽，而是他非常欣赏、一直当接班人重点培养的朱瞻基。

这孙子的举动，实在对不起他九泉之下的爷爷，这可能也是朱棣的悲剧之一。

与明军攻打安南差不多同时期，一支庞大的天朝海军也出现在了南洋，这是怎么一回事呢？

第六章 郑和玩出了朱棣的境界

一、捉拿建文？别低估了朱棣的智商

永乐三年（1405）六月十五，苏州城外的刘家河上，密密麻麻地停泊着二百多艘海船。十里长堤上彩旗招展，锣鼓喧天，当地百姓自打张士诚被消灭之后，就没有见过这么大的阵势。

这就是明朝历史上著名的首次"下西洋"航行。

朱棣在上台不到三年，内政并没有完全巩固的情况下，为什么要启动如此"劳民伤财"的宏大工程？

相当长的一个时期内，很多人都相信，朱棣派遣郑和下西洋，就是用航海遮人耳目，是打着对外交流的幌子，行搜捕捉拿之实，目标就是当年从南京逃跑的朱允炆。不过，今天我们理智地分析一下，真的有这个必要吗？

朱棣占领南京之后，建文是活不见人，死不见尸。朱棣灵机一动，从大火中拎出了一具烧得不成人样的尸体，郑重宣布这就是自己千辛万苦要保护的好侄子，并哭得和泪人一般，为其举办了隆重的葬礼。

从那一刻起，朱允炆的政治生命就宣告终结了，朱棣继承了大统，就算侄子真的领兵造反，他四叔当然可以严肃认真地宣布，这反贼是个山寨货。

更何况这个大侄子，当皇帝的时候都搞不定四叔，想靠造反重新上台，可能性基本上为零。

但要说朱棣一点儿也不担心，恐怕也并不是事实。

首次"下西洋"的第二年（永乐四年），一个叫胡濙的礼部主事，就接到了一项光荣而神秘的任务——找人。他对外公开宣称的是寻找神奇道士张三丰，实际是捉拿流亡和尚朱允炆。

朱棣要搜寻朱允炆的下落，当然不能大张旗鼓，因为他早就对外宣布，建文皇帝已经遇难了，如果发出个通缉令来搜捕，不成了此地无银三百两了吗？这种行为不能明说，这样的蠢事他可不干。要是让老百姓知道朱允炆没死，难保不闹点儿情绪什么的。

朱允炆是否逃到了海外，究竟逃到了哪里，大明强大的锦衣卫都搞不明白，其可能性显然不大。而且，就算他真的在异域流亡，也实在犯不着用这么大规模的船队去缉拿。

但是，要说下西洋的使命，真的和建文一点儿关系也没有，恐怕也不是事实。正所谓"搂草打兔子"，如果正好撞见了，秘密抓捕回来当然也好。下西洋的船队里，据说也有一些执行特殊使命的锦衣卫官员，当然，这段史料已经被史家小心翼翼地抹去了。但无论如何，下西洋的主要目的，肯定不是捉拿一个朱允炆，更不会为他花费如此高的代价。

那么，朱棣做出这一重大举措，是出于经济利益考量，通过与海外各国的商业往来，以增加大明国库收入，扩大对外贸易吗？

天朝大国对外交往的传统，从来都是厚此薄彼，sorry，厚赠薄取。通俗点说，就是别人送你个U盘，你就回赠个苹果手机。公平地讲，大明经济发展水平，远远领先于西洋各国，其实也真没有什么好交换的。

而且，为追求经济利益，根本用不着采取这样的大规模远洋航行方式，事实上，永乐皇帝本人对于朝贡贸易带来的好处，也是不大计较的。

明朝建立之后，为了打击走私与倭寇，朱元璋就实行了严格的海禁政策，政府完全垄断了对外贸易，朱棣上台之后，并没有开放海禁的意图。

那么，朱棣启动下西洋的真正目的，又有哪些呢？

朱棣并非开国皇帝朱元璋选定的接班人，而是通过武力夺权的。明朝建立之后，朱元璋已经向周边朝贡国派遣使臣，宣告大明代替大元，要求交还前朝颁布的印绶册诰，并与元朝解除臣属关系，成为大明的藩国。但朱元璋的对外政策相当封闭保守，甚至还将十五个国家划为了不征之国。

朱棣自知得位不正，为了要让天下臣民真正服气，他必须做出超越朱元璋的文治武功，在南北两面建立以大明为核心的天下（亚洲新秩序），就像当年忽必烈曾经做到的那样。

但是，忽必烈晚年发动的对安南、占城和爪哇的海上进攻，无不以失利告终。作为汉人皇帝，自然更希望"怀柔远人"，主要用恩德而不是武力，来使得外邦归附。

朱棣是抢了侄子朱允炆的皇位，他派船队首次下西洋，当然有向各国宣示的意味：大明皇帝换了，政局稳定，你们应该做什么还做什么。但以后，当他的权力已经稳定之时，显然有了更高的追求目标。

中华文明源远流长，中华的皇帝，从来以天下的共主自居，他们不以吞并异邦土地为目标，而是希望用自己的文化征服对方，让他们感受中华文明的博大精深，主动前来纳贡称臣。

普天之下，莫非王土，率土之滨，莫非王臣。朱棣不仅仅想用文化让西洋各国尊敬，更希望用文化让他们最终臣服。一如当年的吴楚之地，最终还是成了华夏的一部分。

既然决定了要向南部沿海派遣船队，那选择谁做总兵正使呢？

朱棣征求了一些大臣的意见，其实在他心目中，早就有了理想人选。

二、能人这么多，为啥偏偏是郑和

太监是中国历史中一个很有作为的群体，或者说一道靓丽的风景线。这个类别的人士，享受不了异性的温存体贴，也无法得到同性的真正尊重。但谁也不能小视他们。

他们不仅有受过伤残的身体，往往还有扭曲变态的性格；不仅能在皇帝面前煽风点火，陷害忠良，还能在皇帝身后拉帮结派，狐假虎威；甚至还能架空皇帝操纵朝政，祸害国家。在史书中，这帮哥们儿多是作为祸国殃民的反面典型出现的。

但有一个太监却是例外，他的名字让我们肃然起敬，他的事迹让中学生也耳熟能详，他的传奇经历和相关传说，也一再地被编入教材，写进小说，拍成电视，供后代反复瞻仰，让国人永久怀念。这是一个最不像太监的太监，他比绝大多数正常人更像正常人。可以说，整个太监界的糟糕声望，几乎就靠他一个人以一己之力挽救了。

我甚至可以放心地说，这个人的知名度，绝对不比中国任何一个皇帝小多少。不信？

他的名字叫郑和，就是那个郑村坝战役中立下奇功，有突出表现的马和。永乐二年（1404）正月初一，朱棣赐小马姓郑，升其为正四品的"内官监太监"。不过这个马姓也挺好啊，大明的开国皇后就姓马。赐姓为郑，估计朱棣是想表彰和纪念这位小马哥在郑村坝大战中的突出贡献吧，也是想纪念那次决定人生走向的战役。

洪武三年（1370），马和出生在云南昆阳一个色目人家庭。这个家族祖辈辈都是虔诚的穆斯林，和无数穆罕默德的忠实信徒一样，去麦加朝圣是他们一生中最大的愿望。当时，元朝在中原的统治已经告终，蒙古皇室退到了漠北，但云南依然在梁王把匝剌瓦尔密的统治下。

马和十一岁的时候，一场战争改变了云南的归属，也改变了他一生的命运。洪武十三年（1380），大将傅友德和沐英统兵三十万攻打云南，第二年初攻克昆明。这个充满神秘色彩的地区，六百年后再一次回到了汉人王朝手中。

从此，云南再也没有机会尝试独立，永远成了中国领土不可分割的一部分。

另外值得一提的是，一位从元至正十三年（1353）就跟随朱元璋的老战士，在云南战事中牺牲，他的死居然引起了皇帝的特别关注。朱元璋下令：封其长子为明威将军，世袭登州卫指挥佥事。

一百多年之后，从这个家族中走出了一位家喻户晓的民族英雄，名叫戚继光。

因为战乱，小马和也不幸地做了明军的俘虏，不久之后，更大的不幸又落在了他的头上——还没来得及过第二个本命年，他就永远失去了一个男人的命根子。

再过几年就是青春发育期，天知道这个苦命的孩子，是怎么熬过那段悲惨时光的。

洪武十八年（1385），傅友德离开昆明北上，接任刚刚去世的徐达，担任驻守北平的统帅。傅将军带来了十几个在云南净了身的小太监，供朱棣挑选。但四皇子只留下了一个人，并且让他拜道衍为师，学习阴阳道术。

此人当然就是日后享誉中外的航海英雄郑和。不过，当时还叫马和。

这个十五岁的小太监，眉目清秀，反应机敏，很有眼色，朱棣和徐王后都相当满意。但是他们当时还是低估了他，根本不知道这个单薄的身躯中，还隐藏着如此巨大的能量。

成年之后的郑和，身材魁梧（人种原因），学识深厚（和普通人相比），做事干练（受朱棣影响），成为朱棣的亲随太监，内侍中的第一红人。

在郑村坝战役中，马和原本只是领命监视朵颜三卫，防止他们与明军勾结。但他却偏偏"多管闲事"，在没有授权的情况下，就悍然向李景隆左翼发动猛攻，展示出了让人刮目相看的胆识与责任心，为朱棣的最终获胜做出了突出贡献。

这种没有命令就行动的做法，在有些皇帝那里是大忌，甚至是可以杀头的，但朱棣自个儿喜欢标新立异，对于此类行为当然也相当欣赏。

从此之后，马和更加得到重用，甚至成了内官的首领。

大明近三百年间，姓郑的名人只有两位，巧合的是，他们均被皇帝赐姓，两人也都与大海结下了不解之缘，并且都是水战高手。郑和见证并参与缔造了明朝最辉煌的盛世，郑成功则成了挽救大明江山最后的希望所在；郑和七次出使西洋，郑成功则收复了台湾。不过，相比后者，郑和可能更有资格叫成功。

朱元璋登上皇位之后，就立了太监不得干政、内官不能统兵的规矩，整天把父皇挂在嘴上的老四，为什么要悍然违反这一祖制？

难道大明朝真的没人了吗？并没有。太监是很多，但郑和只有一个。

郑和虽生于内陆，但由于其百科全书式的知识储备，他对远洋航海一点儿也不陌生。朱棣登基后，郑和作为大明特使，先后出使暹罗、日本两国，不仅圆满完成了外交使命，还积累了相当丰富的航海指挥实际经验。

特别是在与日本幕府大将军源道义的交涉中，郑和展示出了高超的谈判技巧，迫使后者奉送二十多个海盗随明使入朝谢罪。相比甲午战争的惨重损失、《马关条约》的割地赔款，郑和出使日本，完全称得上中日外交史上的一次伟大胜利。

郑和遇到了朱棣，才使得自己能够完成七下西洋的壮举，青史留名。

朱棣有了郑和，才能令自己安抚西洋各国的宏伟构想，得到最好的实现。如果郑和不是中官，按其才华以及朱棣对他的欣赏，很可能也会位极人臣。

有一次，郑和正跟朱棣聊家常，气氛相当和谐，不过皇上说着说着，突然表情严肃了起来："三保，什么是周礼的'五服'？"

这是要考察郑和的国学水平啊，而且是突然袭击。

郑和读书不多，但怎么说也是得到过姚广孝大师指点的，这"五服"他能不知道吗？当即恭恭敬敬地回复："陛下，《国语·周语》有云：夫先王之制，邦内甸服，邦外侯服，侯卫宾服，蛮夷要服，戎狄荒服，此所谓五服也。"

朱棣一听，不由得暗暗称赞。

郑和的色目人出身，也是被选为特使的重要原因。他的六世祖赛典赤·瞻思丁，曾经担任过元朝的云南行省平章知事，被追封为咸阳王。可见，郑和不是普通的太监，有着不俗的家庭背景。

郑和从小就是个虔诚的穆斯林，一直把亲身前往麦加朝拜作为远大理想；后来跟着道衍学艺时，郑和又接受了佛教。另外，他甚至还尊奉妈祖。

西洋许多国家，国民普遍信奉伊斯兰教和佛教。而在东南亚华人中，妈祖的信徒数以百万计。如此一来，郑和担任特使就非常合适了，相比那些对宗教一知半解甚至一窍不通的将军们，郑和在与这些国家的君臣交涉时，显然会有很多共同话题，也知道如何避开对方的禁忌。

郑和之所以被选为总兵官，还有一条不便摆到桌面上明讲的原因。

朱棣派往西洋的，是当时世界上最庞大的一支船队。出海一次，短则数月，长则两三年，根据汉人的迷信习惯，航海不能带女人，因而也就没法儿做男人最爱做的事。对于生理正常的明军大将来说，这简直比要他们的命还难受，他们宁可前往有女人的地狱受苦，也不愿待在没有女人的天堂享福。但对郑和来说，这根本构不成障碍。

因此可以说，郑和是统领下西洋船队的不二人选。

三、船坚炮利，但目标却是和平

永乐三年六月十五，郑和统领的庞大船队从苏州刘家河正式启航。历史将永远牢记这次伟大的远航，记住为这次行动做出贡献、付出牺牲的人。六百年后的今天，这一天成了我国的国家航海日。

郑和的身边，站着他的得力助手王景隆和侯显，这两人也是太监。我们切不可对宦官有偏见，认为他们天生就是邪佞之徒。

这一次，郑和船队的总人数有两万七千八百多，和 1588 年远征英格兰的那支西班牙无敌舰队人数相近。不过，西班牙那可是举国之力，倾巢出动，而郑和船队，不过是庞大的明朝水军之一部分。船队中包括了专门的马船、淡水供给船、战船，等等，分工相当明确，称得上是一支特混编队。

船队的主力舰长四十四丈（约 138 米），宽十八丈（约 56 米），仅此一艘就可以乘坐数百人。因为是总兵官郑和（小名三宝）本人乘坐的旗舰，因此被命名为宝船。根据当代科学家的评估分析，宝船排水量可能达到了八千吨左右，这在当时绝对是个天文数字。要知道九十年后到达美洲的哥伦布船队，其最大战船的排水量，只是可怜的两百吨。

郑和显然不会像世纪末的殖民者那样，只带上枪炮和望远镜就出发。大船满载着中国的丝绸、瓷器、茶叶等物品，这是准备送给沿线各国的珍贵礼物，郑和对其进行了编组，各组之间依靠鲜明的记号加以区别。

郑和的船队一路向南，沿着大陆海岸线前行，出了大明国境，首先来到占城，接着南下到达了爪哇（属于印尼）。当时的爪哇并没有统一，分成东西两国。这一天，郑和船队刚巧航行到东国附近，就派了一支两百多人的队伍，上岸观察动静。

真是来得早不如来得巧，当天正好有一场激战，西王的人杀了过来，双方杀得是尸横遍野。

西王打赢了战争，即将统一全境，但他的脸上却布满了愁云，为什么呢？

他打赢得了战争不假，但手下的士兵杀得高兴，误把郑和派去上岸开路的人，也杀死了一百七十多个。

当侥幸逃脱的明军官员向郑和汇报时，这位实在人也相当愤怒，他马上停下手头的事情，为这些不幸的亡魂祷告。随后，他就准备行动了。

按郑和船队的兵员实力，灭掉西国，甚至把整个爪哇并入大明，都是举手之劳。一百年后的麦哲伦，带着凶器一路打劫，无论开到哪个岛屿，都要插上国旗，宣称这里是西班牙国王的领地。郑和要是学他，大明的布政使司就远远不止十三个了。

可郑和并没有这么做，他出航的目的，是向西洋各国传达大明皇帝的恩典，而不是用武力征服。

这个思路，也清楚地贯彻到了他第一次的远洋航行之中。

当西王知道自己杀死了天朝士兵之后，吓得坐立不安，自杀的心都有了。他马上派出特使，向郑和船队郑重赔罪。

这使者抱着必死的信念上路，也根本不打算活着回来了。没想到的是，对方根本不打算杀他。

郑和和蔼地接待了使者，当然要指出对方的错误，并责令他们立即派人前往南京，向天朝谢罪。随后，郑和船队继续航行。

好在爪哇离大明国都也不算特别远（几千里），西王的使者用最短时间（好几个月）赶到南京，跪在天朝皇帝面前，一把鼻涕一把泪地赔礼道歉，承认错误。

朱棣看着使者的态度如此真诚，举止这样卑微，哭泣如此感人，也就发不起火来了。他答应不再深究，但要求六万两黄金的赔偿。

这个数目对大明富商来讲不算什么，但当时的爪哇可实在是太穷困了。忙活了两年之后，西王才派人把四处拼凑来的一万两黄金送到南京，诚惶诚恐地向大明哭穷。朱棣知道他们是真拿不出，也就收下了这么点儿金子，并从此原谅了西王的过失。

从此，爪哇年年向大明朝贡。

郑和的船队继续前进，先后到达了满剌加、苏门答腊、锡兰山、小葛兰和柯枝等地。一路之上，郑和代表大明皇帝与当地最高首脑进行交流，代表朝廷给予他们封赏，并让手下人与当地客商进行商品交易。中国的丝绸、瓷器和茶叶等，都很受沿线民众的喜爱。对方则以香料、象牙等物品做交换。

船队在古里（今印度卡利卡特）停留之后，郑和决定返航，向朱棣汇报。九十二年后，另一个伟大的航海家达·伽马也到达了这里。

更让人惊叹的是，郑和与达·伽马都病逝在了古里。

在回程的途中，船队到达了印尼的三佛齐。就在这里，郑和接见了当地一个海盗首领陈祖义的使者。

陈祖义想向大明投降，并邀请郑和前去作客。

郑和热情招待了使者，并说自己身体不适，需要好好休息，就不去指导工作了。这里的港口很适合泊船，就想多停靠几天，甚至把计划哪天动身都说了。

使者高兴地回去复命了。郑和传下命令，让士兵解下盔甲，换上便装，好好休息几天。

郑和确实累了，他需要好好调养。士兵们也紧张了太长时间，应该好好放松一下了。他把几个军官叫了进来，给他们分别安排了工作。

四、郑和玩出了朱棣的境界

这天晚上，天色昏暗，二十多艘战船张满舵，急速向着郑和船队方向前进。画面一闪，宝船上一片寂静，偶尔只有几个提着灯笼的巡夜人走过。

这些战船要干什么？趁火打劫吗？忒有点儿不厚道了。不过想想大明皇帝朱棣，不也是专挑别人休息或度假的日子搞破坏吗？

这是他们蓄谋已久的行动，要玩，就玩一票大的！要端，就来个一锅端！

鉴于此次行动的重要性，海盗头子陈祖义决定亲自出马，拼凑了五千多人，带上自认为还算好使的快刀、弓箭，准备趁郑和不备，打他们个措手不及，狠狠地抢一笔就跑。

眼看开到了明军停泊处，依稀看到了几条战船横在前边，陈祖义立即派人上去。搜了半天，却发现船是空的，里面没有人，也没有值钱的东西。

士兵回来一报告，陈祖义有点紧张了，莫非有诈？他正准备下命令撤退，只听"咚咚咚"几声炮响，不远处火光通明，喊杀声四起，郑和主力舰队杀出来了。

这些战船当然也不会客气，上来就是一顿猛轰，几条海盗船很快就着火下沉。陈祖义急忙下令转舵撤退，可哪里想到，退路已经被切断了。

如梦方醒的陈祖义，才知道什么叫一物降一物，什么又叫班门弄斧。在人家郑和的战舰面前，自己的小船如玩具一般袖珍，武器更是差了几个档次。相比郑和手下的沉着稳重，敢打硬仗，自己的兄弟简直就是一只只无头的苍蝇。

不大工夫，海盗船队就被分割包围，火铳火炮齐齐发射。眼看一条又一条战船被明军击沉，一个又一个手下弟兄被干掉，陈祖义的小心肝不停地颤抖：

以后再做坏事，我还能靠谁啊！

陈祖义想乘小船逃走，不幸被截获并被认了出来，押到了郑和宝船上——老大吩咐过了，一定要抓活的。

在远处观战的郑和，满意地笑了。身边的助手们，无不为主帅的智慧而折服。

陈祖义以为自己的突袭可以神出鬼没，却没有想到，郑和略施小计，挖了个大坑，就等你来跳。要说这个将计就计，还真有几分老大朱棣当年的风采。

其实陈祖义的名号和黑历史，郑和在中国时就已经听说，就算姓陈的不送上门来，他都想自己主动去找，将这个危害南洋各国的海盗捉拿归案。

永乐五年（1407）九月，郑和舰队圆满完成了首次航行，回到南京，向大明皇帝复命。朱棣当然要以最高规格亲切接见，并且特意将各国使者邀请到法场参观，这些不明真相的人都格外吃惊。

皇帝他老人家，这次又唱的哪一出啊。

在一片欢快的气氛中，纵横南洋十多年的大海盗陈祖义被拉了出来，就地正法，把各国使节和他们的小朋友全惊呆了。很多人当然听说过姓陈的，不少人更是吃过不少苦头也无可奈何，但天朝军队这么一出手，陈祖义就把脑袋交出来了。

差距，这就是差距！这些连海盗都奈何不了的国家，要是想挑战大明天威，岂不是鸡蛋碰石头？

朱棣此举，也是向各国使节传达了这样的信息：只要你们向大明称臣纳贡，天朝一定会维持海上秩序，打击海盗不手软，保证大家的合法利益。

而一辈子作恶的陈祖义，临死之时，终于为中国和南洋及各国的交流做出了重要贡献。

不过，郑和的首次下西洋圆满成功，并无法让朱棣高兴起来。他的脸色相当难看，文武官员们都非常害怕和担心，害怕是怕自己说错了话受处罚，担心是因为怕朱棣承受不了这个打击。

到底是什么打击，能让有钢铁意志的朱棣都承受不了呢？

第七章　永失无可替代之人

一、遇到对的人，过一夜就能守一生

朱棣是个意志无比坚定的人，但他也有自己的命门，一个人的死，让他一下子老了不止十岁。

永乐五年（1407）七月，大明皇后徐仪华在南京去世，终年四十六岁。这个年龄对于平民百姓来说，也只是中青年，人生还有很长的路要走，而贵为国母的徐皇后，怎么就走得这样匆忙呢？

朱棣与皇后一起生活了三十二年了，她早就成了他生命中的一部分。过去这些年里，两人的命运紧紧绑在了一起。他做燕王，她是王妃；他当燕庶人，她是庶人妻；他登基坐殿，她母仪天下；他教化世间万民，她劝诫天下女性；他们俩相濡以沫的真实感情，让世人无比羡慕；他们俩在生活与治国中的高度默契，事实上也堪称完美。

她是他的精神寄托，而他是她的整个世界。这么多年来，他们根本就不知道"背叛"两字怎么写。即使他被废为燕庶人，他把脑袋别在裤腰带上搞"靖难"，他以北平一隅对抗整个帝国，她对他的忠诚也从来没有动摇过。这么多年来，纵然岁月流逝，即便她美貌不再，容颜渐老，身材变形，他也从未做出让她伤感的事情。

两人都出身高贵，但他们的相识，并非自由选择的结果，而是双方父亲的意愿。父母之命的结合谈不上爱情，更多的是一种亲情，一种相依为命、相互依赖的感情。但这样的感情，可能比那些来的时候电光石火、走的时候肝肠寸断的爱情，更踏实也更可靠。

对朱棣来说，少了谁都可以，只有她无可代替。

朱棣永远无法忘记，他第一次见到徐仪华时的情景。

洪武八年（1375）的一天，朱元璋突然紧急召见老部下，也是老朋友徐达，可把这位老将军吓坏了，以为有什么把柄落到皇帝手中。

不过，两人一番交谈之下，徐达的感觉可谓如沐春风，太好了！皇上要求他把长女徐仪华嫁给自己家的老四朱棣。

据说徐仪华小姐"自幼文静好读书，声名远播"，朱元璋百忙之中丢下公务，当面为朱棣提亲："朕与爱卿是布衣之交。自古以来君臣相契儿女结姻。听说你有个好女儿仪华，爱卿肯不肯将她嫁与朕的犬子朱棣？"

朱元璋主动求亲，徐达当然是求之不得，心花怒放，虽然女儿当不了皇后，当个王妃也挺好。（他哪里知道，自己的女儿没当过太子妃，但照样能当皇后！）

这事情其实顺理成章。徐达可是明初第一武将，相当于开国第一元帅。他与朱元璋的关系不一般，早已经超出了简单的大臣与君主、雇员与老板的层面。那真可以说是一起放过枪，一起受过伤。连徐小姐她妈，都是朱元璋赐给徐达做老婆的。

贵为太子的朱标，娶的不过是常遇春的女儿。朱元璋如果真这样为朱棣提亲，说明他是非常喜欢朱棣的，给他安排的婚姻也是最体面的。他的两个哥哥秦王朱樉和晋王朱㭎，娶的媳妇虽然都是名门之后，但跟徐家比还是要差不少。朱樉的正妃，是北元第一猛将王保保的妹妹，二王妃是宁河王邓愈的女儿。朱㭎的正妃，不过是永平侯谢成的女儿，都不及徐家大小姐身份高贵。

洪武九年（1376）正月二十七，这是朱棣终生难忘的一天。朱元璋为十七岁的朱棣（按今天的算法是十五周岁，完全是个毛孩子）和十五岁的徐仪华举办了隆重的典礼。可谓是极度风光，极为排场，极尽奢华。

事实上，朱棣之前根本就没见过徐小姐，定亲之后，按照习俗，那更是见不着了。南京城有无数官员公子，都称赞过徐小姐的美貌，但朱棣还是产生了谨慎的怀疑：每个人对美的理解并不一样。（不说别的，我爹都丑成那样了，你们哪个说过真话，敢说真话？）

当朱棣和徐小姐向父皇和岳父行礼时，自己心中也是忐忑不安，不知道当掀开盖头的那一刻，自己到底是由衷的惊喜，还是彻底的绝望？

结婚总少不了喜宴，现代人的婚礼，是夫妻一起向客人敬酒的，而在明朝，只有新郎一个人死扛。这一天，朱棣喝了有生以来最多的一次酒，行了最多的一次礼，见了最多的一次人，说了最多的一次话。

他觉得时间过得好慢好慢，他的心早已不在宴会上，他非常想知道，自己将要面对的是个什么样的女子。

酒席散了，客人走了，朱棣带着一身的疲倦，还有一脑子的疑惑，来到了洞房，来到了徐小姐的身边。

当揭开盖头的那一刹那，朱棣仿佛感觉到了时间的停止，感觉到了呼吸就此停顿，眼前这个女孩子，蛾眉细目，五官清秀，皮肤白皙，一切都是那么完美，甚至比他自己的期望还要好！他真的是太开心了！

"徐小姐……不，娘子，今天你辛苦了！"

徐小姐也打量着眼前这个年轻人，他身材魁梧，面相英武，一双眼睛直勾勾地凝望着自己，她的脸"唰"地一下红了，羞涩地低下了头。

"参见殿下！"徐小姐深深行礼，朱棣忙上前搀扶，徐小姐立足不稳，一下子倒在了朱棣怀中，一股香气飘了过来，让他感到头晕目眩。

这一夜，朱棣感受到从未体会过的开心、满足与感动。

这一夜，徐仪华展现了从未有过的温柔、妩媚和大胆。

这一夜，他们从彼此陌生到毫无秘密，从没话可说到无话不谈。

这一夜，让两个人从此有了默契，有了责任，有了期盼。

遇到对的人，过一夜就能守一生。

新婚之后，小夫妻非常恩爱。徐小姐读书识礼、才华出众又性情随和，做事很有分寸，展示出了与实际年龄根本不相符合的成熟稳重。这也让朱棣非常省心。从此，他就有了终身的伴侣，永远的知己。

再美丽的花朵也会有凋谢枯萎的时刻，再娇艳的容颜也会有衰败老去的那天。但是在朱棣的心中，徐仪华永远是那个十五岁的小姑娘，在他的眼中，她永远是那么脱俗的美丽。她来到他的身旁，就等于是把春天带给了他。他最愿意做的事，就是陪着她一起变老。

在北平生活的二十年中，朱棣只有一个夫人，实行严格的一夫一妻，并且和王妃徐仪华好得让人费解——怎么就没有厌倦的那一天呢？他们一起生下了四个儿子（有一个夭折）和五个女儿，一起看着孩子慢慢长大，看着他们娶妻生子。

这九个孩子，也是朱棣仅有的全部血脉，也就是说，在这个世界上，永乐皇帝从来没有与其他女人有过爱的结晶。

但是，一旦来到了南京，登上了皇位，拥有了皇宫，就不可能再过二人世界了。一个天朝皇帝，要没有七八十个妃子，那该多没面子，传出去多丢人。徐皇后也希望，能多几个人照顾自己的丈夫。

因为自己的身体，已经越来越差了。

二、一个贤内助，胜过无数平庸的大臣

鉴于朱棣在其执政的二十二年间拥有许多嫔妃，却没有留下一个后代的事实，一些学者就大胆推测，这位永乐大帝显然是得了不育症，但不育不等于不举，并不是说，从此朱棣连房事都无能为力了。至于这种症状到了什么程度，是否和他的风寒有关系，有兴趣的同学可以试着做一篇论文。

过去十几年，徐仪华处于无休无止的守孝吃素中。先是最疼爱自己的马皇后，接着是自己的父亲徐达，然后又是大哥朱标，接着是公公朱元璋，这些亲人一个接一个地离去，却要活着的她承受代价。朱棣发动"靖难"的那些年月里，徐仪华日夜祈祷，希望佛祖保护丈夫的平安，又不希望两个弟弟徐辉祖和徐增寿与朱棣火拼。

长年的操劳，完全透支了她的身体健康。

到了南京，当上了皇后，应该享享清福，过上好日子了，徐仪华却更加辛苦。

当上皇帝之后，伴随朱棣的是一浪高过一浪的篡位骂名。这位新科皇帝大棒与胡萝卜并举，一边使用暴力打压挑事者，另一边把意志相对薄弱的许以官职，拉进自己阵营，并让他们写文章为自己"正名"。在朱棣面前，徐仪华是妻子，在全国民众面前，她是母仪天下的皇后，希望用自己的努力，帮助丈夫切实改变处境。

永乐元年（1403）正月，徐皇后亲自编纂了一部《大功德经》颁行天下。在这部书中，徐皇后动情地描述了自己与大慈大悲的观世音菩萨之间的精神沟通。

洪武三十一年（1398）春节，她正在房间祈福时，观世音菩萨突然来到了她的面前，亲切地对她表示慰问。

而且，观世音当场宣布，她的丈夫将要成为下一个皇帝，而她要成为皇后，因此要早点做准备，以为万民造福。观世音教导她，怎样诵读佛经，怎样母仪天下，怎样增强内心的修为，符合一位皇后的要求。

最后，徐皇后甚至还信誓旦旦地宣布，观世音菩萨答应了，再过十年会与她再相见。

以后，她还陆续编写了《内训》二十篇，《劝善书》一部，颁行天下，这些文字旨在推行针对女性的教育，并倡导修德劝善，为自己更为丈夫赢取民心。

除此之外，徐皇后还曾经向朱棣要求召见大臣们的妻子，并对她们说："女人侍奉丈夫，并不仅仅是关心他们的衣食起居而已，应该对丈夫的前途事业也有所助益。朋友的劝告，不易被男人采纳，同样的话由妻子来说，就容易入耳得多了。我与皇上朝夕相处，从不以私欲开口，所说的一切都以生民为念。希望你们也能以此自勉。"

可惜，徐皇后的辛劳，换不来自己想要的结果。这些年来，她见证了亲生兄弟的反目成仇，徐增寿的不幸惨死，徐辉祖的身陷囹圄。她心疼的小妹徐妙锦，因为痛恨朱棣的所作所为，也对最尊敬的大姐有了偏见，愤然出家为尼。这让徐仪华很不开心。

但这还不是最让她难受的。自从大儿子朱高炽当上皇太子，老二朱高煦就一直虎视眈眈，处心积虑地想把大哥拉下水，老三高燧则坐山观虎斗，两头煽风点火，希望能浑水摸鱼。一母所生，手心手背都是肉，想起三兄弟小时候无忧无虑在一起玩耍时的亲密，徐皇后的心都碎了。穷人家的兄弟都可以感情融洽，皇室的孩子注定只能拼个你死我活？

大明律令严格限制后宫干涉朝政，徐皇后当然也不能直接插手三兄弟的斗争。在自己面前，高炽与高煦都信誓旦旦，说绝不会做骨肉相残的蠢事，但转身一走，该做什么还做什么。

三、母亲的死，令骨肉相残更无禁忌

俗话说一语成谶，这样的事情还真落到了徐皇后身上，在自己描述的与观世音见面后的第十个年头，她一病不起。在那段日子里，身体最痛苦的是徐仪华，心情最糟糕的是朱棣，处境最难受的是诊疗的御医，个个如临大敌，生怕因为自己的一点儿不谨慎，就被朱棣拉出去正法泄愤。

已经病入膏肓的徐皇后，最舍不得的是自己的老公，最纠心的是自己的两个儿子，最想拉一把的是自己的大弟弟。

永乐五年七月，怀着对这个世界的深深依恋，四十六岁的徐皇后在南京去世。临终前，她最后一次劝谏朱棣，让他爱惜百姓，广求贤才，恩礼宗室，不要娇惯自己的娘家人。她还叮嘱朱高炽说："我一直惦记着当年在靖难之初，为保卫北平应命作战的军人妻子，感激她们的功劳和付出。我本想趁皇上日后北巡之机，当面向她们以及她们的家人表示感谢，并给予嘉奖抚恤。可惜我再也无法完成这个心愿，这是我此生一大憾事。"

在生命的最后时刻，依然会挂念那些卑微的普通人，想必今天的国人无法理解。但笔者认为，徐皇后绝对不是在演戏，她也没有任何必要这么做。跪在母后的床前，听着她如此真诚的感言，北平保卫战的往事历历在目，朱高炽无法控制自己的感情，放声大哭。

皇后的胸怀让人感动，皇后的情操让人钦佩，皇后的牵挂让人敬重，可就是这样一位好妻子，好母亲，却过早地被死神召唤了去。中年丧妻，是人生最大的悲痛之一，朱棣虽然是一国之君，依然对抗不了命运的安排。

徐皇后的死给朱棣的打击难以形容。他的悲痛之情无以言表。他为皇后上谥号仁孝，并下定决心，从此不再立新的皇后。

这一点上，朱棣和他的父亲倒是保持了一致。

洪武十五年（1382），朱元璋的发妻马皇后病逝于南京，安葬于早就修好的孝陵。从此以后，朱元璋再也没有立皇后，他去世之后，也很自然地与皇后葬在了一起。

不过，徐皇后死时，朱棣的皇陵还没有动工，倒不是这位皇帝忌讳死亡，而是他心中早有了打算，他的陵墓，要放在北京，放在自己战斗和生活了多少年的地方。而在北京建陵，是迁都北京的一个组成部分。

永乐十一年（1413）二月，徐皇后终于安葬于昌平万寿山下的长陵。皇后先于皇帝安葬于皇陵，并不是惯例。历史上无数的皇后，如果先于皇帝去世，都是要葬于别处，等皇帝死后方能合葬。但朱元璋与朱棣这对父子皇帝，一生都只立了一位皇后，并且让他们的妻子先于自己进入皇陵。这是两位皇后的无上光荣，也可以说是两个皇帝的胸怀与气魄成就的。今天，我们中国男人扪心自问，你对妻子的关爱，难道还比不上这两个专制帝王吗？

徐仪华生前对几个儿子尽量都不偏袒，她严守"后宫不得干政"的清规，对于立太子，修大典，甚至谣传中的迁都和修陵之事，都不曾向朱棣提出过反对意见。但她绝对不希望，两个儿子因为争夺皇位继承权而争得你死我活。

手心手背都是肉，无论哪个胜出，无论哪个倒霉，伤害的都是她的亲生儿子。母亲在世之时，还能充当调节兄弟关系的缓冲阀，还能把他们两个人拉在一起，还能让他们回忆起在北平一同生活的快乐时光，母亲这一走，两兄弟之间的紧张对立关系，只能是越发严重，势如水火了。

虽说是一母所生，朱高炽与朱高煦两人的性格，简直差了有几十条街。如果老二认清事实，不做超出自己能力范围之外的事情，他下半辈子当然也会过得潇洒快乐。可惜，朱高煦偏偏自不量力。如果后来发生的那些事，徐皇后九泉之下有知，不知道又会多么伤心。

另外，让人无法不产生联想的是，徐皇后去世两个月之后，她的大弟弟徐辉祖就突然死去了。在过去相当长的时间内，小徐一直是朱棣的死对头，齐眉山一战，更是让大舅哥吃足了苦头，"靖难"大业险些功亏一篑。

可以毫不夸张地说，如果他不叫徐辉祖，如果他姐姐不是燕王妃，如果王妃和朱棣的感情不是那么深，朱棣坐上龙椅之日，也就是他姓徐的掉脑袋之时。徐辉祖侥幸保住了性命，但被剥夺了魏国公爵位，并且失去了人身自由，一直被囚禁在家中。

明眼人早就看得出来，徐辉祖的父亲是开国第一元勋徐达，姐姐是大明皇后，只要他服个软认个错，恢复爵位真是分分钟的事情。可这位少年将军，骨头就是这么硬。为了自己的节操，完全不给朱棣面子。

徐辉祖死得不明不白，当然未必是朱棣亲自下的命令，更大的可能是，锦衣卫揣摩皇上的心思，替他做了恶人。即使得到小舅子的死讯，朱棣并没有完全原谅他："辉祖与齐、黄辈谋危社稷。朕念中山王有大功，曲赦之。今辉祖死，中山王不可无后。"批评了一大通，然后让徐辉祖的长子继承爵位。

徐皇后一死，南京更加让朱棣无可留恋，两人一起生活了二十年的北京，才更让他心驰神往。但是，身为皇帝，登基时间不长，也不能说走就走，这边还有无数政务要处理呢。

直到永乐七年，朱棣终于才有了首次北巡北京的机会。他此行的主要目的，一是为自己和皇后挑选墓地，二是准备动武。那么，到底是何方势力，连朱棣这样的皇帝都敢得罪呢？

第八章　犯我大明者虽远必诛

一、论挑拨离间，朱棣难遇对手

有些人的生命，注定属于战场。

别看朱棣长年受到风湿病困扰，可一旦披上铠甲，跨上战马，他就像变了一个人似的，精气神完全回来了。登上皇位之后，朱棣当然鲜有亲自带兵打仗的机会，那只是因为对手的档次太低。可如果条件成熟了，他对上阵杀敌的欲望，可能比纳个绝色妃子更加强烈。

噢，对了，朱棣那方面不是出了点问题吗，他只能换一种途径证明自己的男人雄风。可他似乎不太考虑，皇帝得有个皇帝的样子，古往今来，有几个万岁爷会亲自上战场杀敌？

朱元璋打完鄱阳湖之战，就从此退居战争二线了，他可不想和陈友谅一样，一个不知名的飞箭就要了老命，朱棣在"靖难"中可以说是出生入死，几次差点儿到老爹那里报到，按说应该长个记性，可他对于打仗的热情，丝毫不亚于赌徒上麻将桌，逮着机会，真的是轰也轰不走。

早在建文四年（1402），四十三岁的朱棣占领南京，登上了大明皇帝的宝座时，还收到了一份意外惊喜。鞑靼可汗鬼力赤居然送降表来，愿意称臣（这个厉害，朱元璋都没有享受过的待遇），纳贡（象征性的，天朝无所不有，蒙古人能造什么好东西）。

因为也就在这一年，鬼力赤在阿鲁台等人的帮助下发动兵变，杀害了北元皇帝坤帖木儿（属于黄金家族），自封大汗。为了向大明政权示好，他特意废掉了元朝国号，改称鞑靼。而蒙古西部的卫特拉部，也趁机独立，并与鞑靼发生连年战争。另外，在鞑靼东边，还有早就自立门户的朵颜三卫。看来鞑靼的日子也不好过。

中国史书通常把卫特拉部称为瓦剌，看过梁羽生《萍踪侠影录》的同学，就会知道这个部落的厉害。不过任何事情都是相辅相成的，没有他们的凶猛，也衬托不出朱棣的伟大。

进入 15 世纪以来，蒙古的地盘不断被蚕食，实力不断被削弱，又分裂成了鞑靼和瓦剌，但这并不等于说，蒙古人从此彻底放弃了入侵中原的想法，安心在大草原上放马牧羊追姑娘。他们也是有理想的。

俗话说，由俭入奢易，由奢入俭难。自从 1215 年占领中都之后，蒙古人统治华北长达一个半世纪，已经习惯了定居生活。在他们的眼中，中原的建筑是那样的壮观宏伟，自己的蒙古包简直太寒酸；中原的饮食是那样的丰富美味可口，自己的烤肉马奶只能算充饥物；中原的用品器具是那样的考究精致，自己的家居摆设简直就是一堆废铜烂铁；中原的夜生活是那样的丰富多彩，意兴阑珊，草原的夜晚却是无尽的黑暗，无边的寂寞；中原的姑娘们是那样的水灵娇艳，小鸟依人，草原上的女同胞却长相威猛，皮肤黑而粗糙。在他们的心目中，早已把自己当作锦绣中原天生的主人，而汉人和南人，不过是被他们征服的奴仆。

战场上要用武器说话，蒙古人仗着自个儿横扫欧亚大陆的铁骑，很有些不把只善于对内忽悠对外妥协的汉人放在眼里。他们哪里想到，这个民族也会有血性的一面，也会造就常遇春和蓝玉这样的狠角色，居然敢用骑兵和他们正面对抗，居然还能把他们打得满世界乱跑。

汉人有内讧的传统不假，但也擅长让自己的对手搞内讧。面对鞑靼和瓦剌两大势力的潜在威胁，朱棣一直很注意在他们之间挑拨离间，防止他们联合起来向明朝叫板。朱棣以大元帝国的继承人自居，显然把自个儿当成了鬼力赤的主人。永乐四年，他派指挥哈先及千户火儿，赍书给这个鞑靼可汗：

朕嗣天位抚天下，体天心以为治，惟欲万方有生之众咸得其所。今海内海外万国之人悉已臣顺，安享太平。尝遣使致书可汗，谓宜通好往来，安为一家，而可汗不晓，拘我使臣掠我边境，自阻声教之外。夫天之所兴，孰能违之？天之所废，孰能举之？昔者，天命宋主天下，历十余世，天厌其德，命元世祖皇帝代之。元数世之后，天又厌之，命我太祖皇帝君主天下。此皆天命，岂人力之所能也？不然，元之后世，自爱猷识里达剌北徙以来至今，可汗更七主矣，土地人民曾有增益毫末者否？古称顺天者昌，逆天者亡，况而之众甲胄不离身，弓刀不释手，东迁西徙，老者不得终其年，少者不得安其居，今数十年矣。是皆何罪也哉！可汗聪明特达，宜敬天命，恤民穷，还前所遣使者及掠去边境之人，相与和好，且用宁息尔众，同享太平之福，顾不伟哉！若果负倔犟之性，天命之穷有所不顾，必欲以兵一较胜负，朕亦不得独已。中国士马精强，长驱迅扫之势，恐非可汗能支也。可汗其审度而行之。文绮二表里往致朕意。

因为鬼力赤不是黄金家族后代，在草原上的威望终究差着火候。大元直系后裔本雅失里流亡到帖木儿帝国首都撒马尔罕，一心想恢复祖上的荣光。即便远隔数千里，朱棣对此人的动向，依然了如指掌。永乐六年（1408），他向那里派出了探报。这个间谍的级别也有点儿高——甘肃总兵何福，他化装成一个马贩子，出没于撒尔马罕街头。要不要这么拼？同时，朱棣还派太监王安为使节，公开前往当地考查。到了三月，朱棣的使者刘帖木儿不花又带着皇帝的书信，呈给了本雅失里：

鸿胪寺丞刘帖木儿不花等回，知尔自撒马尔罕脱身居别失八里，今鬼力赤等迎尔北行。以朕计之，鬼力赤与也孙台文结肺腑之亲，相依为固，今未必能弃亲就疏矣，况乎握重兵！虽或其下有附尔者，亦安敢与之异志？今尔与鬼力赤势不两立矣！夫元运既讫，自顺帝之后传爱猷识里达剌至坤帖木儿，六辈相代瞬息之间，且未闻一人遂善终者。此亦可以验天道。然则，尔之保身诚不易也。去就之道正宜详察善处。古之有天下者，皆于前代帝王子孙封以爵土，俾承宗祀，如周封舜之后胡公满于陈，封夏之后东楼公于杞，封商之后箕子于朝鲜，微子于宋。汉唐宋亦皆封前代之后。我皇考太祖高皇帝于元氏子孙存恤保全尤所加厚，有来归者皆令北还，如遣妥古思帖木儿还，后为可汗统率其众，承其宗祀，此南北之人所共知也。今朕之心即皇考与前古帝王之心，尔元氏宗嫡，当奉世祀，吉凶二途，宜审思之。如能幡然来归，加以封爵，厚以赐赍。俾于近塞择善地以居，惟尔所欲。若为下人所惑，图拥立之虚名，虽祸机在前有不暇顾，亦惟尔所欲。朕爱人之诚同于皦日，今再遣刘帖木儿不花等谕意，并赐织金文绮衣二袭，彩币四端，尔其审之。

苦口婆心讲了这么一番大道理，本雅失里能听进去吗？朱棣当然不会特别乐观。而他担心的事情，最终还是发生了。

当年十二月，在阿鲁台等权臣的辅助之下，本雅失里通过一场玄武门兵变式的行动，杀掉了鬼力赤，顺利地登上了鞑靼汗位。

一直关注漠北时局的朱棣，不得不承认既成事实，并在第一时间派郭骥作为自己的全权代表，前往草原恭贺新领袖，表达了发展双边关系、维护漠北和平与稳定的良好意愿。当然，顺便刺探点儿军情什么的，也不算什么大事。

在亲笔信中，朱棣如是说：

边将得尔部下完者帖木儿等二十二人来，其言众已推立尔为可汗，尔欲遣使南来通好，朕心甚喜。今遣都指挥金塔卜歹、给事中郭骥等赍书谕意。可汗诚能上顺天心，下察人事，使命往来，相与和好，朕主中国，可汗主沙漠，彼此永远相安于无事，岂不美哉！彩币大表里用致朕意，完者帖木儿等朕念其有父母妻子，均给赏赐令使臣送归，可体朕至意。

这封信态度相当诚恳，居然说"我管中国（中原），你管沙漠，大家永远相安无事"，用脚指头想想，这都是不可能的。朱棣要是满足于守住长城，小富即安，他就不是永乐大帝了。

可是，本雅失里怎么对待天朝特使呢？他做的事情，朱棣做梦都没想到。

二、统帅的愚蠢，带来的是国家的灾难

永乐七年（1409）三月，在登上皇位将近七年之后，朱棣才首次从京城回到了北京。

这一年，无论对他，还是对于这个城市，以及大明的历史，都非常重要。

这一年，朱棣整整五十岁。距他人生中第一次北京之行，已经过去了将近三十年，当年何等意气风发的少年皇子，如今已步入老年，身体大不如前。

更让他痛心的是，一生中至爱的人，已经不在身边了。这一次，他要亲自为她选好安息之所，亲手铲上一撮土，点上一炷香。

朱棣此行，不仅带走了六部的主要负责人，还把汉王朱高煦、皇长孙朱瞻基也带在了身边。

从这一年起，这位皇帝的大部分时光，都会在北京度过，而遥远的南京，由自己的长子朱高炽镇守，是为监国。

说起来，这父子俩真有意思，"靖难"的时候，朱棣在前线打仗，让朱高炽留在北平驻守；立太子之前，老爸住在南京，老大继续留在北京；从这一年开始，朱棣又开始长驻北京，而朱高炽却长留南京了。

朱元璋让自己的孩子们"王不见王"，朱棣倒好，跟自己的太子常年不见。别以为朱高炽从此之后就海阔凭鱼跃了，其实他只是个形象代言人，国家的大政方针，都还得由"行在"的皇帝来决定。

这一年，朱棣在东北设立了著名的奴儿干都司，把大明的势力范围，一口气延伸到了外兴安岭。

这一年，在北京郊外的昌平，朱棣为自己和徐皇后的陵墓选好了地址，并开始动工修建。这就是十三陵之首的长陵。如此一来，全中国的官员都看出来了，皇上很可能要迁都啊！

如果不迁都，为什么不在南京修建陵墓呢？

这一年，朱棣还把三个瓦剌部落首领封为王。此举意义非同小可，按理说，朱棣已经承认本雅失里全蒙古可汗的地位，并用白纸黑字写明了，就不应该"干涉蒙古内政"。但是，当瓦剌首领派人向朱棣进贡时，朱棣却放下了战场上砍人的狠劲儿，摆出一副隔壁老大爷的厚道。他颁下圣旨，封马哈木为顺宁王，太平为贤义王，秃孛罗为安乐王。

他给了三人这么高的待遇，当然也暗示他们，可以和鞑靼对着干。而瓦剌使者接受册封时，显然已经将自己置于了本雅失里的对立面。

这帮蒙古人，哪里知道汉语中有个成语叫"鹬蚌相争，渔翁得利"呢。朱棣想，你们就尽情地争吧！

朱棣这次北巡，还真的没有白来，刚到北京不久，就出大事了。

永乐七年（1409）四月，本雅失里不知道受了什么刺激，还是吃错了什么药，就想杀掉一个人立威。手下大臣死活都不答应，他们跪在地下，强烈反对，但反对无效，这个人还是死了。

死个人有什么大不了的，可汗杀个人跟杀只鸡一样，好像区别也不大，都是随心所欲的事情。不过，这个人的身份有点儿特殊。

他正是朱棣派到草原的特使郭骥，这不是公然挑衅大明吗？阿鲁台正好不在，谁也挡不住可汗。等这个太师闻讯赶来之时，郭骥的人头已经在本雅失里桌子上摆了一段时间了。

无法想象一个成吉思汗的直系后代，会有这样弱智的举动。

俗话说权力越大，责任也越大。一个不合格的领袖，因为自己的愚蠢，将会给一个民族、一个国家、一个政权，带来多大的灾难！胡氏父子杀害了陈天平，把自己的家当输没了，近在眼前的教训，这个本雅失里真的一点儿不知道？

郭骥遇难的消息传到北京，朱棣立即传令，召集文武群臣商议对策。

大殿之上，朱棣显得非常震惊和愤怒，甚至又秀了一把精彩的演技，在众人面前来了个放声痛哭，泪如雨下。他给了郭骥极高的荣誉，并下令重重抚恤死者家属。不过在心里，朱棣的兴奋程度，却不亚于收获了千里疆土：这帮脑残，朕一直想出兵收拾你们，一直没有合适的借口，一直怕文官们说我穷兵黩武，你们倒真配合，我要不发兵，真是对不起这份诚意！

对付分裂成三派的蒙古人，朱棣的一贯政策是：哪个强了揍哪个，哪个弱了扶哪个，让他们在草原上永远血拼死磕，自己在家里永远坐收渔翁之利。不过，杀害天朝使臣的突发事件一出，暂时打乱了他的战略部署。

自从占领南京之后，朱棣的燕山铁骑已经近七年没有打仗了，对于把战争当作第二情侣的职业军人来说，这么长的空窗期是非常痛苦的。而当他们得知本雅失里的罪行后，虽说对郭骥这位烈士大都没有什么印象，但一个个都摆出义愤填膺的 Pose，主动要求上阵杀敌，为国捐躯。

甚至连一向避战畏战的文官们，都觉得是可忍孰不可忍——杀谁不好，杀到我们这个专业领域来了。今天你杀郭骥，谁知道明天会杀谁？使臣成了高危职业，以后谁还敢做这份工作？如果不为郭骥的死讨个说法，只怕不知道有多少人会葬身他乡。如果对这样赤裸裸的挑衅不回击，只怕蒙古人的骑兵就准备南下了！

现场气氛非常悲壮，文官武将们难得地达成了共识，这让朱棣非常开心。他环视四周，很快确定了主帅人选，而这个人没等朱棣发话，就自己站出来了。

"鞑靼冒犯天威，是自作孽不可活，末将愿率兵马，为陛下扫平鞑靼！"

朱棣一看乐了，心说朕没有看错你。正要说话，朱高煦突然从人堆中站了出来，难道他要抢功吗？他难道不知道，朱棣吸取了老爹的教训，严格禁止藩王领兵？

只见朱高煦上前跪倒，高声说道："禀报父皇，淇国公是我大明栋梁，立下战功无数，此次挺身为国分忧，儿臣非常佩服。丘老将军讨伐鞑靼，必将马到成功，儿臣愿为他担保！"

从内心来讲，朱高煦倒是很想自己带兵，一来他喜欢打仗，二来打了胜仗，可以借机树立自己在朝中威信。大哥已经当上了太子，但治军能力平庸，又远在南京鞭长莫及，而自己的表现，父皇随时都能看在眼里，重新考虑接班人的问题也不一定。

但朱棣登上皇位之后，担心自己的成功经验被后代复制，坚决不允许藩王独自带兵，连朱高煦都不能例外。因此，这个二皇子不得不退而求其次，推荐自己的嫡系丘福。

丘福这年已经六十七岁，按说早应该退休享清福了，可他却不肯离职，还继续奋斗在第一线。不明底细的人，还会以为丘福多有敬业精神；知道内情的人才知道，这位爷之所以坚持工作，完全是为了朱高煦的夺位大业。

丘福贵为武将之首，其实并没有徐达、常遇春那样的显赫战功，也不具备张玉朱能那样的战术素养，只是靠长期工作熬下的资历、攒下的人品，才让他混到了今天的地位。而且，这把交椅也行将不保。朱棣决定征伐安南时，老丘因病错过，最终让小年轻张辅趁机大出风头，从此扶摇直上。丘福这次主动请战，心里暗暗盘算，一定要打一场漂亮的胜仗，挽救自己在业内的糟糕声望。

朱棣对这场战争也极为重视，他想拨给丘福二十万军队，但后者听了，拼命摇头："陛下，给我十万人，就足够了！"

真是朕的好将军啊，少十万人，得少吃多少粮食，少花多少银子。就冲这份忠心，也应该好好奖励！

朱棣知道丘福求胜心切，一再提醒他，要谨慎，不能轻敌，冲动是魔鬼等。丘福听得很认真，边听边连连点头，就差掏出笔记本记录了。

七月初二，十万明军从北京出发，开往漠北。别看人数不算太多，这些将士之中，大部分都是跟随朱棣造反的嫡系部队，是从北京一路杀到南京的铁军。而且，丘福身边还有四大名将辅佐：武城侯王聪、同安侯火真、靖安侯王忠和安平侯李远。他们都是在"靖难"中立下大功的骨干分子。

特别值得一提的是，这五人也和朱高煦有非常特殊的关系，是这位二皇子在朝廷中最倚仗的亲信。朱高煦盼着他们旗开得胜，为自己的夺位大业加分。他们也希望凯旋，在朝堂之上羞辱那班太子党。

作为国家的最高领袖，朱棣当然也盼着丘福多打胜仗，就算抓不到本雅失里本人，至少也要把蒙古的牧场好好糟蹋一番，让这帮野蛮人来年吃个烤全羊都费劲，让瓦剌也可以乘虚而入，趁火打劫。

朱棣一直非常关心前方的战事，吩咐要及时汇报军情。而他的老部下们，果然没有让皇上失望。得到的最新消息是：鞑靼军队节节败退。丘福亲率主力一路杀到胪朐河（克鲁伦河），正在寻找敌军主力，给予毁灭性打击。

总是收到捷报的朱棣也很高兴，转眼到了八月，因为要过中秋，前方的情报明显减少了。朱棣也并没有太在意。不过就在中秋当天，刚刚吃完过节的月饼，近侍马云就神色慌张地闯了进来，扑通跪倒：

二皇子、三皇子和兵部尚书方宾一起求见。

这三人一起前来，肯定是有重要事情汇报，朱棣尽管身体疲劳，还是让他们进来了，他期待的，是来自前线的好消息。

三人一进门，齐刷刷地跪了下来，磕头不止，哭个不停："陛下，全完了！"

朱棣心里咯噔一下，他强打精神："休要惊慌，慢慢讲来。"

还是朱高煦沉稳一些，他一抹脸上的泪水，一字一句地说道："开平急报，北征大军误中鞑靼埋伏，损失惨重，丘老将军……为国捐躯！"

我晕，这个不成事的，一把年纪了还如此鲁莽，丝毫不把朕的教导放在心上。"那，李远将军他们呢？"

"都阵亡了，武城侯、同安侯，靖安侯、安平侯，他们与丘帅一起殉国！十万兵马，活着回来的不过千人……"

朱棣眼前一黑，差点儿当场昏了过去，十万精兵，五大统帅，这都是大明的骨干力量，转眼就烟消云散，说没就没了。自己从军以来，何曾遭受这样的失败，何曾经历这样的屈辱！

丘福这个饭桶，亏朕还如此信任你！

原来，丘福大军杀到胪朐河时，抓获了一名鞑靼的尚书，这名官员供出了本雅失里的逃跑方向，并且自告奋勇充当向导，请求丘将军火线追击。王忠和李远觉得这事不靠谱，建议主帅慎重从事，得到的回应，却是丘福一本正经的指责：

"敢于动摇军心者，杀无赦！"

丘福说走就走，点齐五千铁骑就要上路。王忠等四将不放心，只能跟随他出发。

这位向导确实没有骗人，在夜幕降临之时，他们还真找到了鞑靼主力。不过，对方人有点儿多，至少有三万。而且人家养精蓄锐多时，这边是又累又犯迷糊。丘福想打蒙古人一个措手不及，但发现真正手足无措的倒是自己。

在鞑靼铁骑的重重包围之下，五千明军很快被消灭干净，丘福等人也战斗到了最后一刻。他们死了，但明军的噩梦远没有结束。

第二天，在向导的带领下，阿鲁台的大军就开到了明军大营，发起了总攻。

要说丘福真的是脑子烧坏了，大营连个代行主帅权力的都没有，群龙无首，自然是一盘散沙。这场战役的具体进程非常简单，惨烈无比，完全是一场屠杀。士兵的尸体堆满了胪朐河两岸，据目击者透露，鲜血把河水都染红了。侥幸逃出包围的，只有千把人。

丘福本想一炮打响，却是一败涂地，自从洪武七年（1374）徐达败给王保保以来，大明哪里有过如此惨败，这简直就是耻辱！

朱棣非常恼火。在沙场上流尽了最后一滴血的老将军丘福，因为治军不力，不但没得到任何抚恤，反而被剥夺了淇国公爵位，甚至被抄了家。出风头是要付出惨重代价的。王忠和李远因为曾劝说丘福，得以保住爵位。

就算丘福能活着逃回来，朱棣都恨不得当场处决了他。但现在，人都死了，光骂他无能也没有用，再说，丘福还是朱棣钦点的，自己也算是用人不当。

朱棣怒气难消。在写给朱高炽的信中，还不忘把这个老部下狠狠地损上一通：

比遣淇国公丘福等率兵征剿北虏，以其久从征战，授以筹略，谓必能任事，乃置顽躯，复违弃朕言，拒弗众论。不待各军集齐，至轻犯虏营。平安侯（李远）泣谏不从，安侯（火里火真）不得已随往，皆没于虏，军士接驰还，其损威辱国如此，若不再殄灭之，则虏势猖獗，将为祸于边。

这么多年来，朱棣都是有仇必报，当年在济南城下羞辱自己的铁铉、在齐眉山让自己难堪的徐辉祖、在奉天殿上挑战自己的方孝孺等，都得到了应有的惩罚。而这一次，他当然不可能以德报怨，这不仅仅是为了自己的面子，更是为了大明的江山，为了边境的稳定安宁。

不过，现在问题来了，谁能领军报仇？既然丘福都死得这么干脆利落，换一个将领，谁能保证一定比他强呢？

难道，真的要把张辅从安南给召回来？朝中不是有不亚于张辅的大将吗？众人不由得把目光都集中在了这位战神身上。

三、御驾亲征，方能提振国威

此时的朱高煦，表情异常严肃，神色非常凝重。

他知道，自己在与老大的竞争中，又折了一阵。

丘福等五人的死，受打击最大的是无疑就是他二殿下，而应该躲在被窝里偷着乐的，是他远在南京的大哥。没有了这五人的支持，朱高煦在朝廷中的话语权从此大打折扣，想和东宫抗衡，从此几乎成了不可能的事情。

朱高煦非常后悔，真不应该在父皇面前保举丘福，他更加失望，老东西打个鞑靼怎么就这样无能呢！愤怒和伤感之余，这位二皇子想到了带兵复仇，希望借此树立自己百战百胜的战神威名，同时为篡权大业重新网罗一批新的亲信。不过，朱高煦还没有开口，有人倒抢在前面说话了。

"儿臣举荐一人，定能马到成功！"朱高燧少有地发言了。

朱高煦看着三弟，不知道他葫芦里想卖什么药。朱棣倒是没有拦他："说！"

"'靖难'之中，二皇兄屡立奇功，让南军闻风丧胆，虽徐达常遇春在世，也未必如二皇兄。现国家危难，张辅在安南又无法脱身①，儿臣以为，放着二皇兄这样的统帅不用，而要换他人去冒险，恐怕我军又要遭受重大打击！儿臣愿以赵王王爵，为二皇兄作保！"

朝中一片哗然。文臣们在一起窃窃私语，八成是在怀疑，这两兄弟是合伙

---

① 当时，张辅正率军平定陈季扩叛乱。

演个双簧，逼着父皇改变对皇子带兵的禁令。武将们则没有太多心机，他们也觉得朱高煦是个相当理想的人选。

在一片哗然之声中，朱棣突然从龙椅上站了起来。刚才还在议论纷纷的大臣们，马上知趣地闭上了嘴巴，他们知道，皇上已经有了自己的主意，他们当然要洗耳恭听。

"此番北征，只许胜不许败，事关重大……"

朱棣侃侃而谈，东拉西扯，说了半天还没说到重点，看来之前他是憋坏了，现在则把所有人都急坏了，但你敢打断皇上的演讲热情吗？朱高煦和朱高燧哥俩一脸的懵逼，不知道老爹葫芦里要卖什么药。不过接下来，两人全都惊呆了，My God，我没听错吧。

"……朕决定亲征！"

哥俩联手做戏，但朱棣却偏偏不愿意给朱高煦机会。说到底，经过丘福溃败的打击，他对鞑靼再也不敢小视了。朱棣看来看去，也看不出老二比丘福高明多少。带万把人去执行个任务，他肯定可以完成得很漂亮，但要让他带领十几万大军独立行动，协调方方面面的关系，朱棣实在是没底气啊。

这个皇帝出生在炮火连天的岁月，血液里注定有更多战斗的细胞；年纪轻轻就被安排到北平戍边，在与蒙古人的较量中成就了高超的统帅能力；人到中年，悍然起兵"靖难"，靠实力和运气，硬是抢下了根本不会落到他头上的皇冠。

他不是开国之君，却是马上天子，战场上的血拼让很多人害怕，却让他更加兴奋。

不过，朱棣在"靖难"三年中，总是习惯性地冲锋在最前面，饶是有建文皇帝的免死金牌护身，他也至少有四五次与死神擦肩而过的惊魂时分。造反的时候你是燕庶人，一无所有，押上自己的性命去赌一把未来，也没什么不可以；现在你已经贵为天子了，还有必要亲自上前线吗？白头发都一大把了，为什么还如此冲动呢？

别说鞑靼人不会学朱允炆发免死牌，就算真的给你，一个皇帝，万一有个闪失，过去的辛苦不是白费了吗？

已经五十岁的朱棣，何以如此热爱战场？

表面上的原因，是朝中真的没有了合适的统帅，朱能死了，张辅远在安南平叛，而朱高煦，如果他安分守己，不再与大哥争夺太子之位，朱棣也许会选择他。可现在这种节骨眼儿上，让老二带兵去建立功勋，无疑和当年李渊放纵李世民坐大一样愚蠢。

如果让朱高煦率领十几万大军开往漠北，在军队中安插自己的亲信，并通过一场大捷，大大提高二皇子的威望，那因为丘福之死造成的被动局面，很可能就能扭转过来了。

潜意识里，朱棣也不希望这个战场上比自己还生猛的二皇子，走上自己当年的道路。都说朱棣向着老二，但关键时候，他还是更信任远在南京的那个胖子。

说到底，朱棣的心还是向着老大，Sorry，是老大的老大——朱瞻基。

其实，就在前一天晚上聊天时，小瞻基居然一脸严肃，请求皇爷爷御驾亲征。这么小的孩子，居然已经能看出政治大势了。

更深层次的原因，是朱棣对于战场的热爱，对于战争的向往。既然是个天生的战士，唯有战场才能带给他真正的满足。这种成就感，是占有多少财富，征服多少女人，都不能够满足的。

五百年后，已经功成名就，赚够几辈子钱的柯受良，依然不顾娇妻的反对，依然要冒生命危险去飞越黄河，大致也是这种想法。

四、胪朐河边，朱棣重返二十岁

朱棣一旦做了决定，谁也不能改变了。他传下圣旨，在全国征调兵马，运送粮草，长江以北各布政司的精兵，都迅速向北京集中。由于没有给力的交通工具，运粮车就出动了三万多辆，从北京城到居庸关，每隔十里就建立一座塔楼，用来存储军粮。好在鞑靼没有空军，不然丢几个炸弹下来，那损失可老大了。

永乐八年（1410）二月初十，天气晴好，齐化门外旌旗招展，鼓乐喧天。部分消息灵通的北京市民已经知道，皇上这是要打大仗了。本着看热闹不怕事大的精神，无数人都跑出门外张望。

马上的朱棣神情严肃，目光如炬。八年前，他曾经从这里出发，南下去收拾大侄子朱允炆。那个时候，他身边不过只有十万人，要对付的是朝廷的百万大军，胜负不得而知，前途无法预料。但他无所畏惧，押上了自己所有的底牌。幸运的是，他成功了。

八年之后，他已经是这个国家，这个星球上最有权势的人，当然朱棣没见过哥白尼，不知道地球的概念。

如今，他面对的是实力已经严重削弱的鞑靼，而且有了丘福用生命换来的前车之鉴，朱棣确信，作为一名合格的统帅，自己没有理由失败。

朱棣对外宣传的兵员人数是五十万，这当然是不可能的。但可以肯定的是，这次集结的军队质量，明显要高于张辅指挥的那支南征大军。实际数量，怎么也应该在二十万左右，比当年徐达的北伐大军，也少不到哪里去。更重要的是，大军中还包括了三千营、五军营和神机营这样的精锐部队。

朱棣将主力划分为五军，中军由清远侯王友统领，安远伯柳升为副，宁远侯何福、武安侯郑亨指挥左、右哨，宁阳侯陈懋、广恩伯刘才率领左、右掖，都督刘江为前部先锋。这样的阵容，只能用"豪华"两字来形容。

北上之路他并不陌生，二十年前，作为镇守北平的燕王，他就曾从这一带穿过，去讨伐北元太尉乃尔不花。这条路上，有岳父徐达亲自指挥修建的卫所，有当地百姓自发修建的杨令公（杨业）祠。不过，当年还能看到炊烟缭绕的村庄，现在满目所及，却是一片荒漠。

出了宣府，跨过了长城，就来到了蒙古人的传统势力范围，周遭越发荒凉。眼前能看到的，只是茫茫无际的荒漠，连个野兔都难得遇到，更别说鞑靼骑兵的踪迹了。由于兵马辎重较多，又有丘福丧师的前车之鉴，明军推进速度越来越慢。但朱棣并不着急，他知道，猎物是不会主动跳出来让你收拾的，必须引蛇出洞。

鞑靼人没有固定的城邦，出没无常，飘忽不定，想要围歼肯定是有难度的。但他们也有自己的弱点，必须逐草而居。斡难河、胪朐河一带，正是当年成吉思汗赖以崛起的圣地。作为黄金家族后人，本雅失里显然不能容忍明军占领这块地盘，感情上的屈辱还是小事，失去了这片草场，几十万部族就得跑到更远的杭爱山一带放牧。没有足够的食品储备，到冬天就会有更大的麻烦等着他们。

三个月之后，朱棣大军来到了胪朐河，这是当初丘福等人阵亡的地方。河谷两边零乱地堆积着一排又一排的尸体，看起来非常恐怖。鞑靼人真是太没有公德心了，污染的可是他们自己的环境。

朱棣知道，二百年前，一直在金人管辖和奴役下的蒙古各部，就在这里，在他们的民族英雄成吉思汗的主导下，先是完成了部落统一，接着以病毒传播一般的可怕速度，连续吞并了数十个国家，所到之处，生灵涂炭。到了世祖忽必烈时期，他们又以汉军为先锋南侵大宋，占领杭州，使华夏大地第一次遭遇彻底沦陷之痛，汉人和南人沦为低等之民。

四十年前，自己的父亲朱元璋在南京建立大明，自己的岳父徐达率领二十五大军，驱逐胡虏，恢复中华，把蒙古人赶到了长城以北，让中原大地重新回到了汉人的治理之下。今天，就在这一刻，他，朱元璋的儿子，徐达的女婿，亲自率领五十万大军，向北深入四千余里，来到了蒙古人的发祥地。没有一个汉人皇帝，能做到他这一点。即使是史册上那些最耀眼的名字，也没有他今天这样的壮举。

当年的汉武帝曾大破匈奴，唐太宗也曾成为天可汗，但他们从来没有亲自带兵千里行军，深入荒漠，站在胡虏发祥地的经历。

朱棣下令掩埋阵亡战士的遗骨，清扫战场，就在这里安下大营。面对随军的胡广、杨荣和金幼孜三大阁臣，朱棣突然来了兴致：

"胪朐河是我大明十万将士遇难之地，也是成吉思汗发家之所。王师至此，当易此河名，以彰我军威！"

"敢问陛下，您如何命名？"

"我大明既然士兵在此饮马，就叫'饮马河'，而安营之所，可叫'平漠镇'！"

"饮马塞外，踏平漠北，皇上的气魄，令臣等望尘莫及！"杨荣带头，三个人纳头下拜，以表达自己由衷的钦佩之情。

朱棣也是热血沸腾，心潮难平。他回到寝帐，拉开门，突然看到一个曾经无比熟悉的身影。

徐皇后笑意盈盈，款款下拜。

朱棣急忙扶起她，轻轻抚摸着她秀丽的脸庞，徐皇后伸出双手，熟练地勾住了他的脖子。朱棣看着爱妻，眼泪都快流出来了，多少个日日夜夜，他捧着她绣的荷包发呆，可现在，心爱的人就在眼前，就在他的怀中。

他一把抱起徐皇后，向帐后走去……

这一夜，朱棣重新回到了二十岁，回到了精力最旺盛的时候。

这一晚，他们二人极尽缠绵，似乎担心再也没有机会。

这一觉，朱棣睡得很香。醒来之后，下意识地看着枕边。

她醒来了，笑容是那样的妩媚，身姿是那样的轻柔，世界上没有一个男人，能够抵抗这种诱惑。

朱棣猛然清醒了，睡在他身边的，根本不是徐皇后。

这到底是怎么回事？

五、要么不做，要么做绝

朱棣一觉醒来，发现身边躺着一位年轻姑娘。

原来昨天的那一幕，都是自己的幻觉。他太累太兴奋了，居然把她看成了皇后。

朱棣此次北征，只带了一个妃子，就是韩国权臣权永均的掌上明珠权氏，永乐七年入宫，随即被朱棣封为贤妃。

贤妃生于洪武二十四年（1391），比朱高炽还小十三岁。自从有了她，朱棣觉得自己也变年轻了，浑身充满了力量，像又回到了三十年前，刚刚和徐仪华结婚，在北平就藩的那个年月。

朱棣偶尔也会感到迷茫：她究竟是自己的女人，还是自己的女儿。她让他迷恋的，不仅仅是洗尽铅华的清新优雅，还有她温柔似水的乖巧可人；他让她执着的，并不是他身为皇帝的高高在上，而是他作为男人坚强果敢的性格和雄浑的气魄。

可惜的是，他在她身上留下了无数激情时刻，她却不能为他生下一儿半女。这并不是她的责任，但一定是她的遗憾。

男人的舞台在战场，女人的舞台在后宫。搞定一个男人，就能搞定整个世界。战场上的血雨腥风可以说是一目了然，而后宫中的危机与陷阱，可能会更加残酷。

大明开国皇帝朱元璋抛弃了元朝的宽松政治，将中国变成了一个警察国家，但他却继承了元人的陪葬制度。朱元璋死后，尚在人间的四十个妃子，有三十八个被迫自杀，好继续伺候这位皇帝。

朱棣这一年刚过五十，当然还没来得及考虑殉葬问题。但他万万没想到，贤妃给自己带来的欢乐，不过是短短两年。

除了徐皇后，贤妃可能是朱棣爱过的唯一一个女人。其实，朱棣只是将她当作皇后的替身。

渡过饮马河后，北征大军继续前进。前锋刘江的部下抓了几个落单的鞑靼士兵，送到了朱棣大帐，他们却告诉了大明皇帝一个天大的好消息。

朱棣手下这些大将听完，随即发表了自己的观点，有人认为，机不可失，应该马上动手；有人觉得，情形可疑，最好按兵不动；还有人建议，应该把这些俘虏拉过来，用最严酷的刑罚再招待一番，应该会榨出更多干货。

不过，朱棣显然有了自己的想法。

到底是什么好消息呢？

本雅失里的兵马，已经离此不过五十里了。而且，本雅失里和阿鲁台已经分道扬镳，各走各的路了。

其实，这些俘虏并没有骗人，事情是真的。

按说，本雅失里是阿鲁台扶上汗位的，应该老老实实地当个傀儡才对，但这个成吉思汗的后人很有想法也很不安分，总想着做一个真正的领袖。

朱棣带着五十万大军亲征漠北的消息，让总人口不到百万的鞑靼部落上下非常紧张，处处弥漫着悲观情绪。

大敌当前，逃跑是一定的。问题是，往哪里逃才是最合理的选择。

阿鲁台作为事实上的决策者，当然得有主见。他很快提出了自己的观点：向东，往兀良哈三卫那边跑。

本雅失里心想，好啊，终于有机会甩开你了。于是他说，兀良哈三卫早就是大明的附属了，往那边跑，不是自投罗网吗？他坚决主张，向西逃，跟瓦剌联合。

阿鲁台急了："我们刚跟瓦剌打过仗，他们只会看我们的笑话！"

本雅失里笑了笑："那你往东，我往西，这样也不至于都被消灭。"

阿鲁台算是整明白了，这小子想趁机自立门户啊，没有我老人家保护，你这个成吉思汗后人一钱不值。好吧，先不管你了，我先跑我的，等朱棣回去了，我再回来收拾你！

朱棣和手下将领讨论作战方案，偏将王友说："陛下，末将愿率一万兵马，追赶鞑子！"

"不，你留下，朕要亲自领兵去追。"

王友多亏手里没捏着杯子，不然准得摔在地下。丘福老先生是怎么死的？这帮人很可能是故伎重演，想把明军引入包围圈。王友本来就是天生的炮灰，随时可以牺牲掉，让他去追就行了，一国之君，有必要冒这个险吗？

可朱棣却有自己的打算，他把自己的道理一讲，杨荣、方宾等人全都不住点头，认为这是个好主意。

第二天一早，朱棣带领两万轻骑兵，前往传说中本雅失里的驻扎地——兀古儿扎河。朱棣知道那几个俘虏是情报人员，就故意放走他们，让这些人把皇帝亲自追赶的情报放出去。

本雅失里得知朱棣带着万把人亲自来抓自己，开心得就像占领了北京城。他立即下令手下精锐的铁骑，养精蓄锐，摆好阵势，准备给朱棣致命的打击。

几个月前，就是这帮弟兄，把胪朐河变成了明军的坟场，现在，听说大明皇帝就在阵中，他们个个憋足了劲儿。朱棣"靖难"时的神勇表现，蒙古人也多少了解一些。但本雅失里觉得，再凶狠的汉人还是汉人，他们在马上是赢不了蒙古勇士的！

八年没上战场的朱棣，难道就又要重蹈丘福的覆辙？

阳光温柔地照耀在兀古儿扎河上，微风拂过脸庞，让人感到非常舒服。如果你有一个女朋友，你可以牵着她的手坐在河边，看小鱼儿在水里游来游去，让她把头靠在你的肩上，让香气钻进你的脖子。

可惜，一场即将到来的战争，把这里的宁静完全打破了。

没有一对一的单挑，没有先礼后兵的形式，更没有寒暄与客套，双方骑兵就在这里交手了。不过，让人无法理解的是，冲在明军最前面的，不是赶着送死的先头部队，而是他们的皇帝！

多少年了，朱棣有个习惯从未改变：打仗喜欢冲在最前面。在"靖难"的时候，他是燕庶人，是个通缉犯，一无所有，没有什么可失去的，不把生死看得太重还好理解。现在，他已经当上了皇帝，得到了天下，拥有了一切，却要如此犯险，实在让人无法琢磨。

蒙古士兵无法理解，但大明将士却无法不感动。从古到今，有多少军人能和皇帝一起在战场上拼杀呢？有几位君主甘愿冒这样的风险呢？如果自己有任何哪怕是不明显的懈怠，怎么能对得起皇上的这份信任？如果不能赢得这场较量，这一辈子怎么能抬得起头来？

本雅失里开出了高额的奖赏，但他的士兵却没有福气消受。而大明士兵，却拿出了"靖难"时期置之死地而后生的那种狠劲儿。在阳光下，他们的大刀闪着耀眼的光芒，砍得对手不断惨叫，他们的眼中，更是充满了必胜的信念，让胆小的蒙古士兵，吓得根本就不敢交手。

本雅失里本来是想看笑话的，却发现自己已经成了笑话。眼看着喊杀声离自己越来越近，他已经管不了别人的死活，在贴身护卫的拼死保卫下，勉强杀出一条血路，一路向西逃跑。

朱棣显然并不想把本雅失里置于死地，这么蠢的大汗，留着对大明是有好处的，要是换了个王保保二世来，那才是悲剧。本雅失里一口气跑出去老远，眼看明军已经消失在视线之外了，这才长出了一口气，想起来清点人马。结果他发现，跟随自己的只剩下了七个人。他们不好意思去投奔瓦剌，害怕人家笑话，就向东察合台汗国的方向逃去。

傍晚时分，战斗平息下来了，兀古儿扎河两岸，横七竖八地堆积着无数的尸体，但这一次，死的大多是鞑靼人。本雅失里的大营内，堆积着不少他积攒和搜刮的金银财宝，平时省吃俭用的大汗没来得及消费（也没有地方能花），现在都落到了朱棣手中，变成日后继续攻打鞑靼人的军费。

本雅失里显然不知道古希腊哲学家赫拉克利特的名言：人不可能两次踏入同一条河流。朱棣当然也不知道，但他知道丘福是怎么死的——笨死的。

朱棣和丘福看似做了同一件事，遇到同一批人，上了同一次当，但性质是完全不同的。

丘福带的是五千人，朱棣带了两万，而且主力是更加强悍的三千营骑兵。丘福把士兵累得士气低落，而朱棣却把士兵煽动得如同打了鸡血，战斗力就有了质的不同。丘福与主力部队离得太远，鞭长莫及，最后时刻心理崩溃，而朱棣的士兵知道，后续部队可以很快赶到，心里踏实。

朱棣打败了本雅失里，并没有忘记真正的对手阿鲁台。自作聪明的阿鲁台跑到了兀良哈，结果人家根本不愿收留他，道理很简单，谁愿意得罪天朝大军，据说还是五十万！没办法，阿鲁台把悲伤埋藏在心底，默默地走上了逃跑之路。

而朱棣这边，几十万大军在荒漠中行军，粮食物资的消耗是巨大的。杨荣等人一再劝说朱棣早点儿班师，万一粮草接济不上，动摇了军心，后果不堪设想。但朱棣哪肯这么罢手，他还没打过瘾呢。

二十年前，朱棣第一次独立带兵，就在迤都（今蒙古苏赫巴托）包围了北元太尉乃尔不花，并成功地劝说他归顺朝廷。从此，朱棣在老爸朱元璋那里留下了良好的口碑，为他以后的发展奠定的扎实基础。

二十年过去了，朱棣也由当初渴望胜利的青年将军，变成了身系国家命运的一代君主。对付蒙古人的游击战术，他有着更加得心应手的战术。

不过，眼看这么多人都提议班师，坚持留下的实在不多。朱棣即便再好战，也得照顾一下群众情绪，不是吗？

这位皇帝微微一笑，下令班师，咱们回北京庆祝去！

六、将计就计，让敌人无路可走

明军粮草消耗殆近，大举撤退的消息，很快就传到了阿鲁台那里，他非常高兴，得知本雅失里的遭遇之后，当然更开心了。他带着手下军民开到阔滦海子（今呼伦湖），准备在这里舒舒服服地过冬。

这一天，阿鲁台带着几个随从，视察牧民的生活状况，并和大家亲切交谈。突然，一个探报慌慌张张地跑了过来："报，报，大事不好！"

"有事慢慢说，怎么了？"

"明军主力……杀过来了……"

阿鲁台赶紧带人站在沙丘上观察，不看不知道，一看不得了。远处密密麻麻的，都是明军的旗帜，其实人家说撤军，是故意放出消息，让自己上当的！

天啊，地啊，成吉思汗啊，做人不能这么没信用吧，说好的撤兵呢，我和我的小伙伴都惊呆了……

阿鲁台想到了逃跑，可是一跑，自己同胞辛辛苦苦养大的奶牛、养肥的绵羊，不都得拱手交给朱棣，能不心疼吗？如果和明军硬拼，下场可能会更惨，能不能看到明天的太阳都不好说。如果投降，永乐能相信自己吗？不会趁机把自己处理了吧？怎么办？

就在进退两难之时，朱棣的特使上门了，当年，就是本雅失里杀了天朝特使，才惹出了一大堆麻烦，阿鲁台可没他那么蠢，立即传令，以最高规格接待。

草原上条件实在简陋，就算是最高规格，使者也感到自己是从皇宫来到了监狱。凑合着喝完了酒，这才说出了自己的目的。

原来，使者是上门劝降的。阿鲁台不也正想投降吗？他立即派手下懂汉语的，以自己的名义写了一封信，说是给自己几天时间，收拾好了就过去投降。

使者拿着这封信回去交差了。阿鲁台目送使者的背影消失在地平线上，不禁松了一口气。他叫过两个随从，在他们耳边吩咐着。二人一边听，一边不停点头："太师英明！"

"哈哈，让大明天子也见识一下我们的手段。"

使者回到明军大营，呈上阿鲁台的信，朱棣看了之后，若有所思。

过去几天，阿鲁台一直在监督手下整理东西，该打包的打包，该装车的装车，说这是要送给大明皇帝的礼物。

到了晚上，没有什么夜生活的鞑靼士兵，突然接到了命令，今天夜里，立即带上东西逃跑！敢情阿鲁台蓄谋已久，这些打包的东西，根本不是要献给朱棣的。

为了不惊动明军，阿鲁台还特意下令不许点火，要悄无声息地开溜。可当士兵们去牵马时，却发现了让他们终生难忘的一幕。

无数的火把，将夜空照得通红，无数的明军，变魔术似的钻了出来。他们高喊"活捉阿鲁台，封万户侯"的口号，杀向了鞑靼营帐，不大一会儿工夫，原来昏暗的夜空，就被映照得分外通红。惊慌失措的蒙古人满世界乱跑，只恨爹妈少给自己生了两条腿；得势不饶人的明军在后面穷追猛打，多杀一个人，就意味着多一份酬劳。

正忙着指挥人搬东西，准备玩胜利大逃亡的阿鲁台，吃惊地发现明军打上门来了。没有办法，他只能把财物先丢在一边，指挥士兵仓促迎战。可惜，夜战从来不是蒙古人的强项，离开了马背，他们的战斗力就损失了至少一半。士兵们一门心思想逃跑，根本没有拼杀的欲望，更没有击败敌人的底气。没过半个时辰，地上已经堆积起了不少蒙古勇士的尸体。阿鲁台的卫兵抢了几匹马，使出浑身力气杀出一条血路，这才护卫着老大勉强逃了出去。

东方露出了鱼肚白，胜利的明军发出了自豪的欢呼声。鞑靼大营已经换了主人，数以千计的马匹、牛羊，都成了朱棣的战利品。而逃向远方的阿鲁台，不得不担心，到了冬天还能吃什么的问题。

阿鲁台估计一边逃跑，一边还在抱怨朱棣不讲信用。答应了让我们投降，却要搞突然袭击，把人家辛辛苦苦积攒的家当全给抢走了！

有道是兵不厌诈。朱棣自己就是搞阴谋的老手，阿鲁台玩的这种把戏，不过是他年轻的时候玩剩下的。朱棣知道，阿鲁台必然是收拾东西想跑，于是将计就计，布置了这出大戏。可怜的阿太师，还一度认为自己智商够用，但跟朱棣一比只能被爆成渣。他忙活了半天，只是帮大明天子收拾好了战利品，等着人家来搬。

朱棣本来还想继续追击，把阿鲁台抓到北京审判，但手下军官提醒，马上要进入冬天，沙漠的气候将会明显恶化，不宜再冒风险。而且，阿鲁台已经遭到重大损失，北征的目标基本实现了。

是啊，如果阿鲁台就这么完蛋了，便宜的不就是瓦剌吗？毕竟现在，朝廷还没有在漠北设立都司直接管理的可能，还需要维持蒙古草原这种均势。等到条件成熟了，这里也会和云南、安南一样，并入大明的疆域！

于是，朱棣下令班师。当大军向西南跨过大兴安岭时，朱棣看到了一座外形奇特的小山，他突然来了灵感，决定将其命名为擒狐山。并且留下了这样的诗句：

"瀚海为镡，天山为锷。
一扫风尘，永清沙漠。"

在一处以清流泉命名的水域，朱棣下令刻碑，留下了这样的文字：

"于铄六师，用歼丑虏。
山高水清，永彰我武。"

打了胜仗的朱棣，心里是踏实的，情绪是乐观的。可万万没想到，命运会如此捉弄他。在返回北京的途中，贤妃不幸薨于临城，朱棣由此变得非常郁闷，但不知出于什么原因，并没有将她的遗体运回北京，而是葬在了峄县，并上谥号"恭献"。

朱棣作为一国之君，当然不能把痛苦写在脸上，可承受的打击，恐怕仅次于皇后之死。

这年十二月，走投无路的阿鲁台，被迫向明朝服软，称臣纳贡。

当鞑靼的使者来到南京，踏上金銮殿之时，他的紧张情绪可想而知。就在一年多以前，本雅失里杀害了天朝特使，引发了双方的武力冲突。现在阿鲁台被打得大败，人家愿意答应你们的求和吗？

朱棣此时已经回到了京师，害得鞑靼特使又多跑了两千多里。不过令使者高兴的是，朱棣非但没有像本雅失里这个粗人一样将他杀掉，也没有对他进行任何羞辱。相反的，这位大明皇帝不但亲自接见，甚至还设宴款待，而且满桌菜品特别丰盛。这怎么能不让他感动呢？

可就在接见鞑靼特使不久之后，朝中四位重臣黄淮、杨荣、杨士奇和金幼孜却联名上书，他们的建议让朱棣陷入了深思……

第九章　选择朱瞻基，就是选择了大明的未来？

一、经营东北和西域，只为遏制蒙古

在首次北征取得很大成功之后，朱棣于当年十一月返回了南京。但他知道，蒙古人是不可能就此循规蹈矩的。

明朝是汉人在反对元朝统治的过程中建立起来的，虽说蒙古退到了长城以北，但终明一世，他们的势力都不容小觑。为了遏制这一民族对中原可能的入侵，并最终彻底击败他们，朱棣除了不惜亲征，武力打击之外，对于其东、西两翼的控制与拉拢，也显得相当重要。

拥有整个黑龙江、松花江和辽河流域的东北，是女真和契丹两大民族、辽与金两大帝国的"龙兴之地"。特别是女真族建立的金朝，从白山黑水出发，占据了全部的中原领土，将大辽打成了西辽，将大宋打成了南宋，并成为西夏、大理、室韦（蒙古前身）和朝鲜共同的宗主国。

其实早在盛唐时期，东北全境就曾一度属河北道管辖。但安史之乱以后，朝廷就完全失去了对这片广阔领地的控制权。元朝建立之后，则设置了辽阳行省，管理着从北冰洋到日本海的广大地区。

朱元璋统治时期，就高度重视对东北的扩张与经营。洪武四年（1371），元辽阳行省平章刘益投降。同年，朝廷在辽阳设立辽东都卫，隶属于山东布政使司。洪武八年，又改其为辽东都指挥使司，下辖二十五卫，一百三十八所、二州一盟。不久，朱元璋将三个儿子封藩东北，辽王朱植驻广宁，宁王朱权驻大宁，韩王朱松驻开原，他们都拥有重兵，严防蒙古势力渗透到关内。洪武二十二年，明朝政府又在东北西部建立了朵颜、泰宁、福余三卫，安顿不久前投降的纳哈出部。但朱元璋的政策，基本上以防御为主：只要蒙古人不越过长城，一般也不会主动攻打。

到了朱棣执政时期，他的想法和父亲已经大不相同了。迁都北京当然是势在必行，一劳永逸地彻底征服鞑靼和瓦剌，才是他的终极目标。为此，朱棣更要加强对东北的经营，特别是对女真各部的拉拢控制。辽东巡抚李承勋曾向朱棣进言说："国朝建都于燕，亲以九鼎之重，扼胡人之吭，而拊其背。辽在侯甸间，与宣大错峙为三雄镇，以藩屏京师。天下无事则并力以抗胡，有事精兵数十万，指麾可集，而天下固以服其强矣。"朱棣深以为然。

永乐元年（1403），朱棣登基不久，就派行人邢枢和知县张斌往前往奴儿干，对吉列迷诸部落实行招抚。第二年，这位皇帝准备在东北建立建州卫，遂安排千户王可仁前往辽东安抚女真各部。朱棣的民族政策是相当慷慨的："给予印信，自相统属，打围放牧，各安生业，经商买卖，从便往来。"因此，无论是吉列迷诸部落，还是建州、海西和野人女真，都纷纷向大明表示投诚。朝廷则在各地建立起卫所，任命部落酋长为指挥千百户等官，并准其定时朝贡，这是一种高度自治。

而奴儿干都司的设立，更是明朝历史上值得大书特书的事情，也是朱棣巩固东北边疆、控制蒙古所取得的重大胜利。

永乐二年（1404）二月，忽刺温等处女真野人头目把剌答哈来朝，朱棣于是设置奴儿干卫，任命把剌答哈、阿剌孙等四人为指挥同知，古驴等为千户所镇抚，赐诰印、冠带、袭衣和钞币等。

永乐七年（1409）闰四月，奴儿干卫头目忽剌冬奴等来朝，向朱棣建议道："其地冲要，宜立元帅府。"

永乐九年（1411），朱棣派亦失哈率兵千余人，大船二十五艘到达奴儿干，并正式开设奴儿干都司。亦失哈精明能干，是郑和的同行（太监）。治所在黑龙江下游东岸的奴儿干（今特林），下距黑龙江入海口约二百公里。派驻都司的大明官员和驻防军，都生活在这里。

奴儿干都司所管辖的卫所，西起鄂嫩河的斡难河卫，东到库页岛上的囊哈儿卫，南起浑河一带的建州卫，北接兴安岭的古里河卫。理论上说，整个黑龙江和松花江流域，包括库页岛在内，都归这个机构管理。但事实上，这片超过两百万平方公里的庞大区域，都司并不能真正有效控制。各卫所如果入朝，都是直接地与朝廷发生关系，朝廷的宣谕也直达各卫所，各卫所不相统属，亦不受都司统属。

奴儿干都司内除了女真，还有蒙古、吉里迷、苦夷（苦兀）和达斡尔等多种民族，但大都以渔猎为生。他们向朝廷献上海东青、貂皮及马匹等土特产，相当于内地的赋税，换取粮食、布匹和各种生活用品。明政府在元代驿站的基础上，恢复了奴儿干通往内地的驿传，密切了当地同明廷的政治联系、经济往来和各族民众之间的友好关系，促进了当地社会经济的发展。

女真各卫所多属羁縻性质 [①]，由部落酋长出任世袭的指挥使，朝廷为这些人颁发诰印，他们只要定期朝贡京师即可，在自己的辖区内，无疑相当于土皇帝，想做什么就做什么。但奴儿干都司，却是由朝廷直接任命的流官管理。都司的军队，也是由大明直接控制的正规军。因此也说明了，朱棣对于东北的控制，并不完全是象征意义的。

当然，在这么大的范围之内，朝廷无法做到像两京十三省那样的严密控制，但大明对东北全境的管辖权，应该是确定无疑的。也基于这个原因，我们可以说，清朝取代明朝，不过是一次地方政权取代中央政府的变革，而并不是中国的亡国。况且，满族从来也都是中华民族的一个重要组成部分。

永乐十一年（1413）和宣德八年（1433），都司曾两次在特林修建永宁寺，并立有二碑。一块刻有《敕修永宁寺记》，分别由汉文及蒙古文与女真文写成；另一块有汉语碑文《重建永宁寺记》，记录了大明政府管理和经营奴儿干都司的若干轶事。这两块丰碑，可以有力地见证，大明对东北的管理，绝对不是表

---

① 所谓"羁縻"，就是一方面要"羁"，用军事手段和政治压力加以控制；另一方面用"縻"，以经济和物质的利益给予抚慰。

面文章。

大明的固有领土，也只有两京十三省，但奴儿干都司的设立，一定程度上，是为将来在东北全境实现行省化，将其真正纳入华夏体系，所做的积极准备。

朱棣主张："捐小费以弭重患，亦不得不然。"对于女真朝贡的回报相当慷慨，这当然会招致一些学者的口诛笔伐，但厚往薄来从来都是我中华之传统，仅仅批判朱棣，显然很不公平。况且以大明的经济实力，也完全给得起。

为了照顾女真的实际需要，朱棣下令在奴儿干开辟三处马市，"其一在开原城南关，以待海西女真，其一在城东五里，其一在广宁城，皆以待朵颜三卫夷人"。其实，大明根本不缺马，无非是为帮助女真各部换取他们的必需品。

永乐六年四月，朱棣与大臣聊天时，曾说：

朕即位以来，东北诸胡来朝者多愿留居京师。以南方炎热，特命于开原置快活、自在二城居之。俾部落自相统属，各安生聚。近闻有思乡土，及欲省亲戚者，尔即以朕意榜示之，有欲去者，令明言于镇守官员，勿阻之。

如此宽大的政策，怎能不得到女真各部的感激？对于边地居民的贫苦家庭，朝廷还要给予赈济。永乐十二年七月，巫凯上书云："开原三万辽海三卫岁收屯粮，仅给本卫官军及给安乐、自在二州之人。近奉命运给各卫调兵行粮，并接济毛怜、建州诸卫鞑靼，道路既远，供给不敷，宜将所给建州毛怜者，就沈阳各卫与之。"

通过以上各项措施，永乐一朝不仅巩固了东北边疆，而且在政治和军事上使北元势力陷入空前孤立的地位，这对明朝的统治是非常有利的。按朱棣的长远设想，当然是要将这一广大区域，完全地纳入大明管辖之下。但他万万没想到，在奴儿干都司建立不到两百年之后，这里就建立起了女真人的大金政权，在自己去世二百二十年之后，南明政权就被清朝所灭。

汉武帝时，中央政权就控制了包括天山南北路在内的新疆广大地区，并设立了西域都护府。盛唐时期，也曾一度设立陇右道进行管理。元朝时期，新疆大部分地区并不直属政府，而是由察合台汗国掌控。明朝建立后不久，东西察合台汗国都相继解体了，这对大明势力的渗透，无疑提供了很大方便。

西汉有张骞出使西域，被后世传为佳话。明朝立国之后，兵科给事中傅安、郭骥，北平按察使陈德文等，都曾先后前往新疆。永乐十一年（1413），朱棣又派陈诚出使。陈诚堪称一千五百年后的张骞、陆地上的郑和。他的足迹踏遍了哈烈、撒马尔罕、别失八里、俺都淮、八答黑商、迭里迷、沙鹿海牙、赛蓝、渴石、养夷、火州、柳城、土鲁番、盐泽、哈密、达失干和卜花儿大大小小十七个地域，两年之后才返回中土地。陈诚不光能走，还更能写，他将一路的见闻写成了《使西域记》，详细记载各地的地貌、风土与特产，这成为了解这些区域的宝贵史料。

朱棣本着中原大国对边境民族一贯的怀柔之策，用优厚的政策吸引西域各部前来朝贡，防止他们倒向瓦剌和鞑靼。他曾经说：

"人恒言，以不治治夷狄。夫好善恶恶，人情所同，岂间于华夷？抚之有道，未必不来。虎至暴，抚之能使驯帖，况虏亦饥食渴饮具人心者，何不可驯哉！但有来者，惟推诚待之耳。"

正是受到这种推诚置腹精神的感染，以及自身经济生活的需要，西域各部族首领，无论之前有没有接受故元的官职，都纷纷前来内地朝贡，请求通商。反正刻官印花不了几个钱，朱棣将他们通通封为都指挥、指挥千百户和镇抚等官，让这些人分外开心，难以产生造反之心。西域与内地的经济交流也日益密切。中原的丝绸、瓷器、布匹和茶叶源源不断地输入西域，换来玉璞、硼砂、硇砂、文豹、狮子、骆驼和马匹。

哈密被视为西域诸番领袖，地理位置十分重要，是天方等三十八国入贡的必经之道。永乐二年六月，朱棣封安克帖木儿为忠顺王，使得哈密正式归入了明朝版图。安克帖木儿遇害之后，朱棣又推其兄子脱脱嗣位。

脱脱曾长期生活在汉地，他的执政使哈密与大明的隶属关系更为确定。忠顺王府的地位与朱姓藩王相当接近，府内甚至有大量汉人官员。永乐四年三月，朱棣还设立哈密卫，安排直属朝廷的军队驻守，进一步加强了对这一地区的控制。

另外，西番罕东、毕里诸卫，以及别失八里、哈烈、柳城、火州、土鲁番和撒马尔罕诸部，都与大明政权建立和保持了通使通贡关系。

一方面可能是家底厚实了，另一方面是朱棣的本性使然，他在与西域各部的交往中，坚持"怀柔远人，厚往薄来"，送出去的多，收回来的少，但并不为之烦心。朱棣想让各部族首领能真心服从，而不是像朱元璋那样摆出一副高高在上的救世主姿态，不肯吃亏。但是，朱棣并非一味充当冤大头，他是从孤立北元残余势力的大局出发，才有这样的战略考量的。

忽必烈时期，吐蕃首次纳入了中原王朝的统治范围。但事实上，中央对西藏的管辖，远不如各行省那样牢靠。随着元朝的解体，广大的青藏高原地区，自然又重新回到了独立状态。

朱元璋统治年间，先后在青海地区设立了洮、河、岷、西宁四卫，在西藏地区设置"朵甘卫"和"乌思藏卫"。洪武七年，又设"西安行都指挥使司"于河州，并升"朵甘卫"为"朵甘行都指挥使司"，升"乌思藏卫"为"乌思藏行都指挥使司"。

朱棣自己并非任何教派的教徒，但他充分意识到宗教在维系吐蕃社会稳定中的作用，为此，不惜采用双重标准。对于汉人出家，他并不持鼓励态度。他曾经说过："国家之民，服田力穑，养父母，出租赋，以供国用。僧坐食于民，何补国家？"暗讽他们不劳而获，对国家没有好处。但朱棣对番僧却礼遇有加，给以极高的荣誉，赐予甚厚，所费不惜。

这双重标准固然让汉族和尚相当寒心，却让吐蕃高僧们非常快乐。因为政策太好，许多前来朝贡的番僧长期住在大城市，吃喝住用都是顶级标准，根本不想回高原老家受苦了。

《明史》中就有这样的描述："迨成祖益封法王及大国师、西天佛子等，俾转相化导以共尊中国。以故西陲宴然，终明无番寇之患。"

由此看来，朱棣的钱还并没有白花，安定了东北、西域与西藏，防止当地势力与蒙古残余勾结，使他能够集中精力完成对蒙古的彻底征服，并为大明真正取代大元铺平道路。

东西方属地形势都能稳定，朱棣自然就能腾出精力，对蒙古进行更大强度的打压。与此同时，他也必须先要处理好两个儿子之间的矛盾，攘外必先安内嘛！

二、恃才放旷，解缙走向末路

从某种意义上来讲，朱棣的一生，就是与命运斗争的一生，这也是他性格与现实合力的使然。他想与朱允炆争夺继承权，可惜朱元璋不想让他继位，后来他还是用武力夺了回来；他年轻时就与蒙古人斗，控制东北和西域，更是想将他们彻底收服；他不能容忍老大继承皇位过于顺利，也不愿意看到老二受太大委屈。因此，朱棣的政策看似摇摆不定，但实际上，他早就有了自己的规划。

在欧洲中世纪君主那里，指定继承王位的第一顺位、第二顺位，第三顺位……是很自然的事情，他们不忌讳谈生死，死了是要见上帝，并不算什么悲剧。

十六世纪上半期的英格兰国王亨利八世，一生结了六次婚（欧洲君主一次只能有一个老婆，要娶第二个必须和前任离婚），可一直折腾到 1537 年，四十六岁的他，才总算有了个亲生儿子爱德华。这位小朋友一生下来，就凭借尊贵的身份，取得了英格兰王位继承权的第一顺位，而他的同父异母的大姐玛丽因此屈居第二顺位，二姐伊丽莎白则排在第三顺位。这个顺序是明确而公开，得到朝臣接纳和拥护的。1547 年亨利八世死后，这三姐弟按此顺序，先后都当上了国王。

而翻遍中国史，并没有这种安排，只是立一个太子完事。但围绕着继承权的争夺，一直是各朝历史的重要主题。

自从永乐二年，朱棣立朱高炽为太子后，朝中大臣围绕着老大朱高炽和老二朱高煦，形成了太子党和反太子集团两大势力，争得是不亦乐乎。到了永乐八年，东宫一班文臣联合起来，准备玩一票大的，为中国历史开一个先河。

他们要做什么，搞政变吗？那倒不是，这些文人并没有这样的魄力。他们想把朱高炽的老大朱瞻基推为皇太孙。

大明曾经有过一位皇太孙，正是被朱棣赶下台的朱允炆。不过，他是因为自己的父亲，正牌太子朱标英年早逝，才被朱元璋封为太孙的。

现在，朱瞻基的老爸，大胖子朱高炽还活着，他身边的一群谋士，就琢磨着要让朱棣立皇太孙，这种事细想起来，总会让人感觉有些怪异。

不过，我们今天看来，这个举措绝对不是多此一举，画蛇添足。就在朱棣北征鞑靼期间，解缙又摊上大事了。作为太子党中最有计谋、最敢揽责、最好表现的重臣，他的失势无疑对东宫阵营是个沉重打击，令太子的接班大业也蒙上了一层厚厚的阴影。

聪明过人的解缙，为什么会走到这一步呢？

在朱棣刚刚上台执政时，解缙作为天下第一才子，得到了皇帝的特别信任，不但担任了首任内阁大学士，还能主持修改《明太祖实录》，编纂《永乐大典》《烈女传》等重要文献，做的都是一些别人做不来，也没资格做的重要工作。大明首任内阁中，他年纪不大，却是首辅，最得朱棣的器重。就连朱高炽能艰难地登上太子之位，解缙的出力无疑也是最大的。

朱高炽知恩图报，当然也会透过一些渠道，向解缙表达了不尽的感谢，这让后者多少有些飘飘然了。似乎未来新皇登基之后，自己就可以稳坐文臣第一的宝座。

开疆拓土是朱棣的一贯方针，陈天平事件的发生，相当于他瞌睡有人就送上枕头，这样的机会怎能错过？可当朱棣向大臣们征求意见时，解缙偏偏要搬出朱元璋的《皇明祖训》，极力反对南征，还直言不讳地说这是劳民伤财。

朱棣的军事行动固然伤财，但解缙的一番话更伤人，让朱棣脸上有些挂不住。不过这位首辅确实有高调的资本，在朱元璋年代，大臣们慑于老朱的可怕，一个个噤若寒蝉之时，年轻的解缙居然敢上《太平十策》来指点朝政，更让人想不通的是，朱元璋居然没有收拾他！现在朱棣当政，脾气比太祖好多了，又有什么好担心的呢！

但是，错误地估计形势，显然是要付出惨重代价的。

正式立太子之后，朱棣为了安抚老二，对他的信任与宠爱反而胜过了从前。朱高煦不想去云南，朱棣就打破祖制让他留在京城，还让他住进了规格仅次于皇宫的汉王府；朱高煦要最精锐的天策卫，朱棣没有犹豫就答应了；朱高煦明里暗里自比李世民，朱棣内心肯定很不舒服，但至少表面上并没有发作，也没有采取处罚措施。

所谓"欲要使其灭亡，必先使其疯狂"。朱高煦的种种表演，他大哥当然看在眼里，任是手下谋士一再提醒，这位大胖子就是不采取行动反击。但太子党的急先锋解缙却坐不住了，他不失时机地提醒朱棣："陛下，厚汉王而冷落太子，这可能会引发争端啊。"

朱棣没有表态，只是冷冷地打量了一下这位才子，他确实有点儿不高兴了。心说，我平日一直敬重你，可你也应该清楚自己的身份。我们家的家事，什么时候轮到你一个外人这般指手画脚！但朱棣并没有当场发火，只是面无表情地说了句："知道了。"

转眼到了永乐四年（1406）春天，按照惯例，皇上要赐给内阁学士二品纱罗衣，但这一次，解缙发现内阁其他五个人都收到了①，唯独没自己的份儿，心里当然比较失望。而这事传到朱高煦那里后，二殿下的马仔们恨不能开个"Party"庆祝。

永乐五年二月，有位官员上书弹劾内阁首辅，说他上一年的会试中有阅卷不公正的行为，对于这样的莫须有指控，解缙当然试图为自己辩护，朱棣认真真地听完，诚意满满地安慰他说："朕要给你升官。"

升官，当然是好事呢，内阁首辅只有五品，离侍郎的三品还差得远。不过当朱棣说出准备为解缙安排的工作时，这位才子脑袋"嗡"地一下，差点儿没

---

① 永乐二年九月，胡俨调任国子监祭酒，离开内阁。

当场昏过去。

从五品的内阁首辅，变成四品的广西布政司参议，官阶当然是提升了，但傻子都看得出来，这是明升暗降，明褒暗贬，是被赶出了权力中心。广西地处边境，一向都是流放犯人的地方，唐朝大才子柳宗元去了柳州，恶劣的生活条件加上憋屈的心情，让他四十七岁就过早离开人世了。这类轶事，大明第一才子岂会陌生？

送走解缙，对朱棣来说当然也是艰难的决定。很显然，解缙的才气，是内阁中其他人所不具备的，朱棣当时想的，也许只是给解大才子一个教训吧。但后来的事态发展，是谁也不愿意看到的。

所谓祸不单行，就在解缙一路向南，奔赴桂林的途中，又接到了一封调令，广西也没得去了，要贬得更远，到交趾（安南）上班。搞笑的是，解缙当年坚决反对皇帝用兵安南，如今却要在朱棣打下的地盘上混饭吃。

如果解缙在交趾安分守己，他也许还能过上几年太平日子。可这位大才子，显然并没有从过去的失败中吸取多少教训。永乐八年（1410），正当朱棣亲征鞑靼时，解缙正好回京述职。你说你解缙，明明是受过处分的人，居然敢住黔宁王沐英在南京的府第，住房超标就超标吧，明知皇帝不在，居然敢跑去见太子，见太子就太子吧，居然还让朱高煦在南京的亲信纪纲知道了。

等朱棣从北京返回南京，纪纲立即向主子告状："解缙太大胆了，趁着万岁不在，私自会见太子，见完之后直接回去了，完全没有做人臣的礼数！"

虽然朱棣已经立了太子，但对朱高炽并不满意，并且立下了大臣不得私见太子的规定，其实也不是防止朱高炽搞什么事，就是想让他知道，这个太子之位并不稳固，就是不让你过得太舒服。现在，解缙居然敢违抗自己的命令，不收拾他，朝中大臣还不有样学样啊。

其实解缙也真冤，朱棣既然北上，让太子在南京监国，大臣见不到皇上，转而向监国的太子汇报工作，当然也是顺理成章的事情。结果经纪纲之口，就变成了解缙趁皇上不在，故意跑过来私见太子了。

解缙向太子汇报完工作，因为等不到朱棣，就直接返回交趾，也就成了藐视万岁，目中无人的举动。

朱棣这边还没想好如何处置解缙呢，没过几天，内阁居然送上一份署名解缙的奏折，你说这姓解的都给贬到安南了，不安安静静地当他的屌丝，又要出什么幺蛾子？朱棣有点哭笑不得，他拆开奏折，想看看这个前首辅能玩什么花样。

不过，朱棣看着看着，表情就沉重起来，一会儿，他把奏折狠狠地扔在了地上：“来人！”

原来，解缙的故交、翰林院检讨王偁因罪贬谪交趾，两个失意者正好能搭伴旅行，排遣内心的悲愤。他们取道江西入粤，这里是解缙的故乡，自然让他感到亲切。也许是一路颠簸过于辛劳过多感悟，也许是想表现自己为国分忧的实际行动，解缙突发奇想，认为应该在赣江与珠江水系之间开凿运河，让两地交通更加顺畅，皇帝出巡也更加方便。

按理说，这也不是什么大不了的事情，搁以前，朱棣大可一笑了之，或者把信传给身边的大臣，让他们调侃一下前首辅的纸上谈兵。不过，这一次不知道听了谁的意见，朱棣居然罕见地动怒了。他认为，赣江本来是向北流进鄱阳湖的，你解缙要让它向南流进珠江，试图倒转乾坤，这是在诅咒大明江山！（这脑洞有些大了。）

于是，解缙很快就回到了京城，是被锦衣卫抓来的，随即扔进了诏狱，少不了皮肉之苦。审问的内容主要有两个：一是为什么胆敢私见太子，二是为什么要用恶毒的妄语诅咒皇上。

走到这一步的解缙，在永乐时代恐怕就彻底废了。

诏狱别名鬼门关，解缙自然被打得不成人形。在他看来，锦衣卫真的是欲加之罪，何患无辞，而自己曾经用一副对子调侃过他们的最高负责人纪纲，很可能对方是公报私仇。解缙提出要面见圣上，可他现在哪能得到这样的机会；他希望太子能证明自己的清白，可朱高炽也突然联系不上了。

解缙又气又悔，每次用刑时，少不了说些胡话，抱怨他的朋友们不来救他。于是，大理寺寺丞汤宗、宗人府经历高得抃、中允李贯、赞善王汝玉、翰林院编修朱纮、检讨蒋骥、潘畿、萧引高能及御史李至刚等人，均被解缙连坐入狱。其中高得抃、王汝玉、李贯、朱纮、萧引高都"病"死于狱中。

解缙入狱的事情，朱高炽当然不是不清楚，他也一度试图向父皇进言。但手下谋士一致认为，此时情形对东宫相当不利，如果草率从事，太子之位可能就会不保，弃车保帅是必须的。朱高炽不会忘记解缙在立储中起到的突出作用，他当然非常痛心和自责，而这些幕僚们，也觉得应该使出绝招了。

三、构建双保险，东宫群臣祭出大杀器

东宫文官联合起来使出了绝招，他们向主子进言，要求立皇长孙为皇太孙，这不仅让当爹的朱高炽费解，也让不少后来人捉摸不透。

明明皇太子活得好好的，却要捧个皇太孙给天下人看，这玩的是哪出啊？

朱瞻基有什么特别的优势，能让一众幕僚如此用心？

朱瞻基有什么特别的才华，能让朱棣如此厚爱？

朱瞻基有什么特别的魅力，能当这个大明第二皇太孙？

其实，只要翻一翻朱瞻基的档案，就会发现这样的举措并非迫不得已，而是很有针对性。

某种程度上说，正是朱瞻基的出生，才激励了朱棣的起兵"靖难"。

建文元年二月初八，当时还在北平的朱棣，被建文削藩的事情搞得很不开心。道衍一直煽动他造反，可他并没有马上拿定主意。这天晚上，朱棣躺在床上睡不着，突然有人推门进来。

朱棣大吃一惊，以为有刺客，不过看到这个熟悉的身影，他马上翻身起床，倒头就拜。原来，眼前这个人，正是父亲朱元璋。

生前杀人如麻的老朱，此时却非常和蔼，完全是个慈眉善目的老头子。朱元璋告诉朱棣，原本是打算立他为太子的，可惜临终前，你不在身边，现在朱允炆这样胡闹，我也很有意见啊。说着说着，父皇从怀里掏出一块大圭，郑重地交到儿子手上。

朱棣看得清清楚楚，上面刻着"传之子孙，永世其昌"八个大字。

大圭在古代是权力的象征，朱元璋亲手赐大圭给朱棣，难道也怂恿他造反吗？朱棣一个趔趄摔倒在地，猛然惊醒，发现天已经快亮了，他正琢磨着要不要把梦告诉夫人，突然有人来报，世子妃张氏生了！

朱棣一愣，立即把孙子的出生和自己的梦联系在一起，认为这不是简单的巧合。他来到了张氏的房间，亲手抱起了小孙子，看到这小家伙，眉宇间似乎有一股英气，不像他那个胖子老爸，倒更像自己，朱棣当然非常高兴。

当时，根据朱元璋的规定，燕王的孙子必须是三字名，中间必须有个"瞻"字，最后一个字中还得有土，朱棣别看识字不多，此时却灵光一现，告诉一家人："就叫朱瞻基[1]！"

这个"基"，正是登基坐殿的"基"。按理说，在削藩风声正紧的时候，一个藩王不好好装孙子，还给自己的孙子如此起名，纯属是没事儿找抽的举动，肯定会大大加速被削的进程。但自从朱棣如此起名之后，他的造反举动，从此就拉弓没有回头箭了。

朱棣后来真的"靖难"成功，真的"瞻"上了"基"，坐上了殿。这个孙子，简直就是他的幸运星、吉祥物，当爷爷的能不另眼相看吗？

两个儿子朱高炽和朱高煦，朱棣都有不满意的地方，但对于长孙朱瞻基，当爷爷的那绝对是真爱。

朱瞻基一出生，就得到了爷爷的特别关照。永乐二年，朱高炽一家来到了南京，从此小瞻基就经常能够见到朱棣。永乐五年，九岁的朱瞻基开始接受皇家系统教育，朱棣指派姚广孝亲自为小孙子授课。传授的内容，除了传统的经史子集，还有历代帝国的治国之道，各种明君贤臣的至理名言。

特别值得一提的是，朱棣甚至还安排了大批在音乐、美术和建筑方面极有造诣的艺术家，来培养和熏陶小孙子的艺术修为，在十五世纪初就有这样的意

---

[1] 朱瞻基的出生年，有两种说法，一是洪武三十一年（1398），二是建文元年（1399），本人倾向于后者。显然，如果朱元璋还活着，朱棣的第一个孙子，不应该擅自命名，而且，也不能起这样选择意味过于明显的。如果朱元璋没死，这样的梦也就说不通了。

识，不能不说，朱棣的思维是相当超前的，也充分体现了他对孙子的爱心。

事实上，从一开始，朱瞻基就被当作未来的储君来培养。

和他父亲一样，朱瞻基特别喜欢读书，广泛涉猎各类经典，但当爷爷的同样从他身上，看到了自己小时候的影子。小瞻基同样喜欢习武射箭，喜欢与同龄孩子比试，也喜欢跟随自己去打猎，跟他那个大胖子父亲并不相同。

永乐六年开始，朱棣又安排朝中多位文武重臣，来兼任朱瞻基的辅导官，要求他们培养小瞻基的治国才能，传授他更多的政治经验。这样一来，朱瞻基跟许多重要官员的交情，无疑就大大拉近了。而且，鉴于小瞻基是皇太子的长子，朱棣用这样的方式，在事实上宣告了他孙子未来继承人的身份。

永乐七年（1409），朱瞻基跟随皇爷爷远赴北京。这里是小瞻基出生和成长的地方，和朱棣一样，他对北京的一草一木都非常有感情，来到了这里，摆脱了父亲的约束，他的心情似乎也更加舒畅了。

永乐八年(1410)二月，朱棣从北京出发，远征鞑靼。鉴于朱瞻基年仅十二岁，实在太小，朱棣并没有将他带在身边，而是让皇孙留守北京，并安排夏原吉辅佐他。

别看朱瞻基还没过第二个本命年，事实上已经承担起北京的军政事务了，而他的叔叔朱高燧，暂时被晾在了一边。夏原吉的职务是户部尚书，同时管理着北京吏、户和兵三大部门的事务，绝对称得上朝廷栋梁，也是朱瞻基的首席顾问。

每天早上，朱瞻基就穿着特制的官服，准时来到奉天门，听取各路官员汇报上来的军政事务，而夏原吉就站在他旁边，帮小瞻基杀伐决断，两个人的配合相当默契。小皇孙的聪明果敢，给夏尚书留下了深刻印象，而夏原吉的忠于职守和办事能力，更让小瞻基无比佩服，这对年龄相差三十二岁的君臣之间，从此奠定了长久的亲密关系。

永乐八年（1410）十一月，朱棣带着朱高煦和朱瞻基，得胜返回南京。对于小瞻基留守北京时的表现，当爷爷的相当满意。他认为，无论是见识、气魄，还是学问、心智，朱瞻基的表现都能超出同龄人一大截，甚至不亚于当年的自己。回京途中，朱棣把自己主编的《务本之训》送给小瞻基，还严肃地告诉他："田野农桑之事，国用所需都出于此，为民上者，应善加悯恤。"

小瞻基回家之后，将皇爷爷的原话告诉父亲，朱高炽一听，不知道应该是高兴还是难过。朱棣把朱瞻基当作未来的"为民上者"，也就是说，已经把他看作是未来的接班人了。朱瞻基要想接班，他老子必须当皇上才行，这样朱棣无论如何，也不会废掉自己。但是，自己身为太子，却不受父皇欣赏，要靠儿子保住太子之位，这传出去是一件很丢人的事情。

朱高炽熟读诗书，肥胖笨拙的外表下，是一颗敏感脆弱的心。

解缙已经无法翻身，东营阵营少了最得力的干将，如何应对二太子的攻击？眼看小瞻基这么得宠，当爹的这么不受待见，朱高炽手下众谋士一合计，他们挑了个机会，由杨荣带头，齐刷刷地跪在了太子面前，央求他答应一件事，并说这是打击二殿下最行之有效的大杀器。

一看马仔们这么忠心，平日相当不自在的朱高炽，此时变成了朱高兴，他心情大好，忙不迭地让大家伙儿起来，并问："各位爱卿，到底是什么妙计啊？"

等大家伙儿一说，朱高炽原本和善的胖脸，马上来了个晴转多云。

这位太子爷心里太窝火了：我明明还活得好好的，你们就要推举皇太孙，有这个必要吗？

可大伙儿说，太有必要了，而且，立皇太孙的最大受益者不是别人。

那是谁啊，朱高炽不解。

就是您，太子殿下！

朱高炽的智商明显不够用了，我还没死呢，要这个皇太孙做什么？可大伙儿这么一解释，他那张油腻的胖脸上，居然露出了许久不见的笑容。

这又是什么玄机呢？其实也很简单，既然朱瞻基都是皇太孙了，那朱棣死后，接班的肯定就只能是朱高炽，不然，封这个太孙又有什么意义呢？立了朱瞻基为太孙，就等于给朱高炽一家上了双保险，就是让朱高煦彻底死心，别有非分之想了。

当然，东宫大臣们这一决策，其中也暗含了这样的意思：朱高炽是个病秧子，万一哪一天抢在朱棣前面去见朱元璋了，那作为皇太孙的朱瞻基，也就可以顺利接班，不会节外生枝。而他的两个叔叔，高煦和高燧，还是哪儿凉快哪儿待着去吧。

杨荣这一帮人，在朱高炽面前当然是毕恭毕敬，据理陈词，表现得忠心耿耿。但在他们心目中，已经把朱瞻基当成真正能靠得住的靠山了。朱高炽智商不低，情商更不会差，他看出了这一点，不由得产生了一种悲从心底起的凄凉感受。

在朱高炽看来，东宫辅臣们是为了太子的大儿子。

在这些人口中，则是为了朱高炽这个皇太子。

而实际上，他们为的是自己的饭碗，甚至是自己的命运。

这些大臣都是东宫的核心成员，别看现在级别都挺高，万一让手段残忍的朱高煦上台，他们是想做个平民也不成，满门抄斩就是他们的宿命。齐泰、方子澄就是他们的先例。

人都是自私的。就在这一年，朱棣还忙里偷闲，处决了一个人，引得天下百姓欣欣鼓舞。他是谁啊？

四、选择朱瞻基，就是选择了大明的未来？

永乐九年（1411）春，朱棣将民怨极大的陈瑛处死，这对那些忙着揣测圣意、捕风捉影、不择手段弹劾国家干部的言官御史来讲，无疑是当头棒喝。此时的大明政权已经相当巩固，朱棣当然要为其未来多做谋划。

当年十月初十，深秋的南京风和日丽，奉天殿上举行了盛大的册封仪式。朱棣亲自出席，中官当庭宣读圣旨，晋皇长孙朱瞻基为皇太孙。

从皇长孙到皇太孙，虽然只是一字之差，含义却是大为不同。

其实，这一年的朱瞻基只有十三岁，不过是个刚刚进入青春期，对异性有了懵懵懂懂好感的小朋友。

朱棣是个非常有主见的人，直到生命的最后一刻，他也不会放弃权力。立朱瞻基为皇太孙，表面上是应众文臣之请，其实是他潜意识中早就酝酿的想法，当大臣们提出来之后，朱棣不过是顺水推舟而已。

否则，这事无论如何也办不成。

朱棣之所以愿意加封朱瞻基，无非是以下几个原因：

首先，他特别喜欢这个皇长孙。瞻基出生时，朱棣正处于人生最灰暗、处境最危险、前途最渺茫的一段时间，三个儿子被朱允炆扣为人质，自己被迫装病以求自保。而这个孙子的到来，激发了他夺取江山、取代朱允炆的强烈愿望，瞻基，瞻基，这个朱棣亲自选定的名字中，就包含着重大的政治图谋。这个孙子，确实给自己带来了好运，让自己一路杀到南京，登基坐殿。

其次，朱瞻基生得眉目清秀，身形匀称，惹人喜欢。如果活在今天，就是标准的小鲜肉一枚，走到哪里都会有女生尖叫，待在哪一行都有大票粉丝，一点儿不像他的大胖子父亲朱高炽。皇帝是一国之君，是一个国家的形象代言人。特别是大明这样级别的帝国，一把手的形象气质是非常重要的，早点儿把朱瞻基立为太孙，也利于有针对性地加强培养。

再次，只有十三岁的朱瞻基，却表现出了与年龄极不相符合的成熟果断。无论是劝自己御驾亲征讨伐鞑靼，还是在留守北京期间的表现，都让朱棣非常满意。相比太子朱高炽的保守，老二朱高煦的毛躁，朱棣有理由相信，朱瞻基一定会将自己开拓的大业推向一个新的高度。

最后，也是朱棣潜意识中的想法，他希望二儿子朱高煦从此打消夺位的念头，心安理得地做一个王爷，享受一生的荣华富贵，而不要有太多非分之想，甚至给自己带来太多无妄之灾。这个想法，朱棣当然是说不出口的。其实，这正好也是东宫群臣的真实意图，是他们运作策立皇太孙的首要目的。

这场册封大典进行得极为隆重和圆满，老皇帝朱棣特别高兴，他只有五十二岁，正领导着这个国家的臣民构建永乐盛世。但他也知道，自己的很多想法，很可能在有生之年难以完成，而眼前这个孙子，无疑可以让他走得安心些。

因此，朱棣居然不顾仪式的安排，亲自拿起皇太孙的皇冠，戴在了孙子的头上。不知道在这个时候，他有没有想到：

大明首个皇太孙，是怎样让他逼得活不见人、死不见尸的？

太子朱高炽的心情，可谓是五味杂陈。他自然会回想起自己被册封为太子时的庆典，场面相比今天，只能用冷清、草率和寒酸来形容。父皇丝毫不掩饰对自己的不满，却又对孙子如此的厚爱，让夹在中间的他相当尴尬。难道说，他朱高炽这辈子最大的贡献，就是生出了个好儿子？

但不管怎么说，如果自己当不上皇帝，今天的仪式岂不成了一场闹剧，永远被后人耻笑？从这个意义上说，朱高炽显然也是赢家，尽管不怎么光彩罢了。话说回来了，如果不是解缙的"好圣孙"，他当太子的时间，都还不知道又得拖到什么时候呢。

这样的场合，按说朱高煦就不应该来受刺激，可是不知道什么原因，也可能是朱棣的命令，他也不得不来到现场。站在台阶之下的老二，感觉自己就像这个世界上多余的人。现场的每一次欢呼，就像一把钢刀插进了他的心口，这种欢呼越热情，他受到的伤害就越深。要说朱高煦的表现还算说得过去，并没有当场拔出宝剑，杀向这个毁掉他一生幸福的小兔崽子。

朱高煦偷偷瞥了下皇上，发现老爹的笑容是极度真诚的，朱棣表演了几十年，唯有这一次，难得地没有伪装。朱高煦也明白了，自己想取代老大，就是在毁掉朱瞻基的前程，老爹万万不会答应的。只要朱棣还活着，他想通过和平手段取代太子的可能性，几乎已经不存在了。

那怎么办，还有没有翻身的机会？这个曾经参与过"靖难"无数场血战的战士，真的要就此放弃了吗？

朱棣选择了朱瞻基，也就是为大明未来几十年选择了方向。但他不会想到的是，这个聪明伶俐、身体健康的孩子，居然没有他那个病秧子父亲寿命长。更没有想到的是，朱瞻基表面上似乎像他爷爷，骨子里却和他老爹一个德行。

册封大典带给朱棣的高兴劲儿还没有持续多久，他的新麻烦又来了。

第十章　个人的小失误，改变的是中国大历史

一、贵州设省，比收服安南更有价值

朱棣打败了鞑靼，等于是间接帮瓦剌确立了在漠北的优势。永乐十年（1412），马哈木趁机杀掉了本雅失里，并千里迢迢将人头送到了南京。朱棣当然非常高兴，回赐了马哈木很多礼品。

马哈木有了大明的支持，底气更足，越发看不起鞑靼，没事儿就欺负他们一下。而可怜的阿鲁台，变成了一个爱告老师的笨学生，添油加醋地希望老师能惩罚欺负他的人。鞑靼和瓦剌都向大明称臣纳贡，朝廷也就有维系漠北局势稳定的义务。但朱棣可不希望他们之间相安无事，打得越热闹，他越高兴。

当然，漠北也不能一家独大。当年阿鲁台气焰嚣张之时，朱棣狠狠地修理了他。现在，马哈木日益强大，朱棣可不想让他吞并鞑靼，如果蒙古草原重新统一在一个部落的旗帜下，对大明的威胁不言而喻。

漠北纷乱则中原安康，漠北一统则华夏危殆。

转眼到了永乐十一年（1413），刚过春节，朱棣就收到了一条让他相当震惊的消息：马哈木等三王，居然拥立成吉思汗嫡孙阿里不哥[①]的后裔答立巴为蒙古大汗。鉴于黄金家族是大明朝廷的死敌，瓦剌此举，实际上和上次鞑靼杀害天朝使臣的效果差不多，都是朱棣无法容忍的。

马哈木甚至还从鞑靼手中，抢占了成吉思汗的"龙兴之地"哈拉和林，摆出一副为建国做准备的态势。

---

① 忽必烈的弟弟。

168

朱棣与方宾、杨荣、夏原吉等重臣商议之后，让太子朱高炽在南京监国，他本人则再次北巡，对瓦剌展开攻势。同时，封四年前自己羞辱过的阿鲁台为和宁王，避免他和马哈木勾结。

当年四月，朱棣一行抵达北京，随即进行了新的一轮军事动员。为了持久作战，他下令筹集十五万石粮食，屯在宣府；同时，北方的各路精兵，大规模地向北京集中，准备随时听从皇上的调遣。

就在当月，朱棣还做了件大事，对于中国西南地区的历史有着重要影响，那就是贵州设省。

贵州一带是中国少数民族成分最多最复杂的地区，主要民族有土家族、苗族、布依族、侗族、彝族、仡佬族和水族等。在元代，名义上分别由云南、湖广和四川三个行省管理，但实际上实行的是地方自治，大小事务都是由当地土司决定的。

朱棣的战略重点在北方，但对于南方，他一点儿也不掉以轻心。收拾个安南，都要派出一支号称有八十万的大军，对于贵州，他也相当重视。

永乐八年（1410），思南和思州两地的土司——田琛和田宗鼎，为了争夺矿产所有权，开始了凶猛的械斗。一个半世纪之后，当戚继光路过义乌时，也赶上了义乌和东阳两地百姓的大械斗。当然，戚继光时代的争斗还比较文明一些，二田的较量，那是天天要死一堆人的火拼。

义乌的火拼，事实上促成了戚家军的建立；而二田的械斗，成了贵州建省的导火索，这都有点"蝴蝶效应"的味道。

消息从贵州传到南京，就得一个月的工夫。为了争个地盘，就置无数人的生命于不顾，酿成大规模的流血冲突，这让朱棣相当恼火。他给镇远侯顾成下了一道命令。

顾成和贵州有着不解之缘。洪武十三年（1380），他跟随傅友德远征云南，后来担任了贵州指挥同知，长期镇守这片土地。"靖难"战役时，顾成投降了朱棣，并曾协助朱高炽守北平。永乐建政之后，这位老将军不辞辛苦，再次回到他最熟悉的地方。

顾成久经战事，两个姓田的怎么可能是他的对手，很快就被双双擒获，朱棣不想让二人继续为祸作乱，就吩咐押到京城处斩，并请在都城的各国使节围观。

惩治了这俩土司之后，朱棣一不做二不休，决定改土归流，撤销了思州和思南宣慰司，分成八府，并决定建立贵州布政使司，由朝廷直接派官员管理。从此，贵州与朝廷的关系得到进一步加强。

这是当时中国第十四个省级行政单位。从此，贵州改变了世代由土司自治的状况，与中央的关系得到了大大加强，其作为中国一部分的观念，也日趋深入当地人心。

贵州设省的意义，容易为历史学家所低估，因为其管辖区域，自西汉以来就是中国的领土。但事实上，这可能是比安南设省更有意义的事情。

别看安南已经脱离了中原王朝四个世纪，但当地居民的生活习惯，完全还是中国式的。而贵州下辖的八府，都是少数民族占据人口多数，按照惯例，是不应该由流官直接管理，更不应该征税的。但这一切，都被朱棣打破了。

贵州设省，以事实证明了"夷狄入中国，则中国之；中国入夷狄，则夷狄之"的观点并不可靠。汉族流官到了贵州，并没有被同化，而当地的各民族，也并没有因此誓死捍卫自治权，大规模的流血冲突并没有发生。那么，如果将这一成功案例，延展到蒙古与东北，又会发生什么情况？

没有什么是不可能的。那些过去人们认为天经地义的信条，其实都可以改变。

不过，设省之后的贵州，依然是中国最穷困的地方，也是朝廷流放官员的热门地区。明朝最有成就的哲学家、军事家王阳明，就是被放逐到贵阳附近的龙场驿之后，才完成了著名的"龙场顿悟"。后来，他在鄱阳湖活捉六代宁王朱宸濠，挽救了朱棣后代武宗朱厚照的命运。

要是朱棣不在贵州设省，一百年后，作为兵部主事的王阳明，也不会被安排到朝廷的龙场驿站上班。

要是王阳明不去贵州，没有在龙场睡棺材的苦难经历，没有参透生死的无畏气概，在宁王叛乱之时，他表现得也不会那样积极。

要是王阳明在朱宸濠反叛时作壁上观，那大明江山八成就得易主，朱权的后代就会完成为先人报仇的大业。

因此，我们似乎可以小心翼翼得出这样一个结论：朱棣要不在贵州设省，他的江山在一百年后，就得交给十七弟的后代了，想想都可怕。

朱棣的一小步，中国历史的一大步！扯远了，回到正题。

就在朱棣紧张筹备对鞑靼用兵之时，朱高煦不想着为老爹分忧，却提出要回南京。朱棣不想放他走，担心他到了南京和老大不对付，可按照习俗惯例，北征又不能带他。怎么办呢？

考虑再三，朱棣批准了老二的请求，但提出了一个条件：让他的长子朱瞻墼留在北京。朱棣现在已经有十几个孙子了，谁能留在皇上身边，当然是一种莫大的荣耀。但是，朱高煦的一句话，却让朱棣无言以对。

朱高煦是这么说的："我想带儿子回去，让他好好读书。"是啊，在当时，南京的教学条件还远远好于北京，老二自己粗人一个，吃了没文化的亏，想让儿子多学习，自然不是什么坏事。但朱棣岂能不清楚，朱高煦这是防着自己啊。

回想当年，朱棣让三个儿子去南京奔丧，结果被齐泰力主扣为人质，如果不是朱允炆头脑发热将哥仨放回，朱棣肯定不能那么坚定地发动"靖难"。而现如今，在朱高煦对谋反表现出越来越大的兴趣之时，如果将他们父子放回南京，自己在北方鞭长莫及，后果不知道会是什么样？

不过，眼下最需要操心的，还不是二子之争。

二、有些问题，还得靠拳头解决

永乐十二年（1414）二月，依然是晴朗的初春，依然是装束整齐、号令严明的二十万大军，依然在永乐皇帝亲自率领下，依然从齐化门出发踏上了北征之路。不过，他们这一次即将攻打的瓦剌，四年前却是大明的得力藩属；而那时候朱棣出兵教训的鞑靼，如今至少名义上，已经臣服了大明。

没有永久的朋友，只有永久的利益。

朱棣率军亲征的消息，自然很快为瓦剌人所知。对于这位战神皇帝，马哈木岂能没有忌惮心理？阿鲁台的惨败，更让他知道小心从事的道理。如此一来，朱棣大军进入蒙古草原之后，从未遇到过像样的抵抗，也就很容易理解了。

六月初三，在康哈里海一带，明军先头部队终于发现了一股瓦剌骑兵，这可把这些转悠了几个月的士兵高兴坏了。在先锋官刘江指挥下，明军对他们来了个迎头痛击，并抓获了不少俘虏。

从这些俘虏的招供中，刘江得到了一则重要情报，他不敢怠慢，立即向朱棣禀报。

朱棣听了之后，却微微一笑（四年前的鞑靼已经玩过啦）："你觉得他们说的是真话吗？"

刘江愣住了，是啊，为什么会莫名其妙发现一小队骑兵，为什么他们一战即溃，为什么要交代如此重要的信息？

这一切，难道不是马哈木布的局？

那些俘虏告诉刘江，马哈木主力，就在漠北草原的核心地带忽兰忽失温

（今蒙古乌兰巴托东），距康哈里海不过百里之距。

朱棣一向以给别人挖坑下套为乐，他当然会敏锐地觉察，马哈木可能在下一盘很大的棋，因此下令全军，不可轻动。但思考片刻，朱棣突然改变主意了，下令全军立刻快马加鞭，直奔忽兰忽失温！

就算马哈木在那里摆好了阵势，就算他们以逸待劳，二十万明军，还能怕他们不成？

如果不敢主动前去挑战，可能就会丧失全歼对手的唯一机会，让他们从不远处溜掉，那这四个月的辛劳，无数粮草物资的耗费，不就化为了泡影？

这事要让马哈木传扬出去，大明天子岂不成了笑柄？

置之死地而后生，不入虎穴，焉得虎子？这不是赌气，是争气。

六月初七，明军主力顺利地开到了忽兰忽失温。这里距离四年前大败阿鲁台的饮马河已经不远。

四年前，这一带还是鞑靼的势力范围，四年后，这里已经属于瓦剌。这支大明远征军的主帅，依旧是四年前那个将阿鲁台吓得半夜逃跑的人。

此时的朱棣已经五十五岁，但依旧精力充沛，思维敏锐，眼光精准。而且，他的身边还多了一位特别年轻的小将军。

他就是年方十六岁的皇太孙朱瞻基。这岁数只能算孩子吗？不，朱棣这么大时已经定亲了。

按说，如此危险的场面，是不应该带孙子来的，但朱瞻基坚持要和皇爷爷一起出征，朱棣能有什么说的。朱棣把他带在身边，也是想让这个未来的大明皇帝多开眼界，多长见识，知道捍卫大明江山的辛苦，将来别像他老爹一样不思进取；明白蒙古骑兵的强悍，将来要像爷爷一样继续修理他们。

这个老战士的内心深处，早已经把小孙子当成了最好的接班人，一点儿也不放松对他的要求。

话分两头，当马哈木获悉朱棣主力赶来的消息时，这位顺宁王的脸上，居然露出了许久不见的笑容。他当然有点飘飘然了：都说朱棣用兵如神，连本王的诱敌深入之计都看不出来？

马哈木的身后，是三万名披挂整齐，随时准备接受命令的蒙古骑兵。这是他多年心血培养出来的铁血战士，这是对他无比忠诚的草原勇士。今天，他要好好招待一下大明皇帝。

马哈木当然也知道，相比大明，自己的武器装备是远远落后的。但朱棣的火铳再厉害，也得有装填火药的时间，再说火铳的命中率，绝对是比弓箭低不少的。你最多也就射趴下头一拨人，等你们再装火药时，我第二拨人已经冲到跟前，还不把火铳手们杀个七零八落啊。

况且，瓦剌骑兵是以逸待劳、守株待兔，而朱棣的大军，已经在草原上瞎转悠四个多月了，体力精力能好吗？

马哈木将骑兵安排在地势高的地方，虽然他没有学过物理，不知道动能与势能，更不明白牛顿第一运动定律，但他知道，这样居高临下，他的马匹冲击就更有力量，他的战士挥刀就更加凶狠，他的战术就能得到更彻底的贯彻，而他的对手朱棣，当然就会死得更加难看。

可是，当这些马背上的英雄冲下来时，他们突然傻眼了。

明军居然把步兵摆在最前面，对着瓦剌骑兵的，是一排排黑洞洞的枪口，一双双冒火的眼睛。高地上的马哈木见多识广，不禁脱口而出："不好，神机营！"

朱棣以前并不重视火器，这使得他在与平安的交手中吃了大亏。但朱棣是那种从哪里跌倒就从哪里爬起来，特别善于学习敌方长处之人。他特意挑选精干士兵，建立了一个特种部队——神机营。

毫不夸张地说，神机营的设立，绝对称得上是中国军事史上一个里程碑式的事件。它标志着在人类冷兵器时代，火枪兵成为一个独立的兵种。朱棣以后的历次北征，都会把神机营带在身边。

神机营由五千人组成，其中三千六百人为火铳手，人手一支单管火铳，还有二百支多管火铳；四百人为重炮手，人手一只手把口（防身用手铳），配备盏口将军（重炮）一百六十门。此外，还有一千骑兵做配合。这是世界上最早的火器部队，比西班牙的火枪队还要早一个世纪。

指挥神机营的安远伯柳升，已经在此恭候多时了，只见他令旗一挥，三千多柄火铳和上百门重炮同时开火，一阵刺耳的轰鸣声响过，浓烟四起，鞑靼勇士的号叫声与战马倒地的嘶鸣声交织在一起，现场局面惨烈无比。

站在高处指挥的马哈木看着手下弟兄一个个地倒下，心里也很着急：你们都死了，谁给我卖命啊！但他知道，这个时候不能后退，不然军心就散了。明军的火药总有打完的时候，趁他们装填火药之时，就可以给他们致命的一击！

他下了死命令："后退者斩！"

没有被射倒的骑手们奋力想向前冲，但对方的火力实在是太密集，一时半会儿还真冲不过去。地上的尸体倒是越积越多。

仗都打半天了，明军的火力，完全没有减弱的意思，瓦剌的伤亡，也根本停不下来。马哈木表情麻木，浑身僵硬，他真是百思不得其解：南蛮的火铳，真的可以无限装填吗？

他哪里知道，柳升采用的是当时世界上最先进的火枪战术，通俗地讲，就是"三排轮放"。

六百年前的火器，当然远不如今天这样操作自如。炸膛什么的就不用说了，装填火药和铅弹也是个极大麻烦。但镇守云南的大将沐英，却天才般地设计出了一种可以让士兵连续开火的战术。

通俗地讲，就是将火铳兵分为三排，第一排负责射击，第二排手持装好火药与铅弹的火器待命，第三排则负责装填。第一排的士兵放完之后，立即退后，由第二排士兵顶上来继续射击，而装好子弹的第三排士兵，则前行到第二排待命，原来的第一排士兵，则留在后面装弹。如此循环，就保证了攻势一直能维持下去。

十八世纪的普鲁士国王腓特烈二世，被视为可以与拿破仑比肩的军事家，曾经也设计出类似的三行战术，并自诩为发明人，但他到死也不知道，早在三百年前，大明军队就已经采用类似战术了。

战场上的枪声逐渐稀疏了下来，神机营的弹药看来用得差不多了，刚才吃足苦头的瓦剌骑兵幸存者，憋足了劲儿想要报仇，疯狂地向前冲，眼看就要冲到扛着火铳的步兵面前。只要他们的马刀轻轻一挥，这些人就得脑袋搬家。

突然一声炮响，神机营表演团体操一般向两边闪去，中间露出了一片宽阔地带。一时间尘土飞扬，马蹄声碎，明军主力骑兵冲了上来！

朱棣此次北征，把五军营的精华都带上了，宁阳侯陈懋、成山侯王通从左路攻击，丰城侯李彬、都督谭青、马聚从右路攻击，与鞑靼骑兵混战在一起，难分胜负。

朱棣在远处观察了一段时间，觉得火候差不多了，他大喝一声，挥着宝剑冲了出去。在他的后面，是明军最精锐的三千营。

三千营也是朱棣的发明创造，最早是由投降过来的三千蒙古骑兵组成的，这些人作战勇猛，对朱棣也是忠心不二，在"靖难"中发挥了重大作用。以后三千营的人数得到了扩充，也吸收了汉人，但这个名称却被保留了下来。

与蒙古人的轻装不同，三千营的骑兵都是铁甲重装，这样对方的冷箭就无法伤害到他们。他们手中的兵器，也不是传统的马刀，而是长矛和狼牙棒。这样就算距离较远，他们也能对敌人构成威胁。蒙古人还没来得及冲到他们跟前，就可能会被长矛戳穿，被狼牙棒拍死。

远处观战的马哈木等三王，看着给他们封王的人，都亲自扛着家伙揍他们来了，不由得越发紧张，马哈木的盔甲早让汗给湿透了，他知道，如果让三路兵马合围，那可就真是插翅难飞了！

打不过了就跑，逃跑又不丢人，何况是输给朱棣这样的铁血皇帝。

"退兵！立即退兵！"马哈木也没有扩音器，只能扯着嗓子大声喊。话音未落，他自己就为那些还在拼死抵抗的勇士们做出了表率：狠狠对着马屁股抽了两鞭，使出浑身力气向东奔去。太平和孛罗一见这个阵势，也带着自己的手下各自逃跑。

眼看胜负已分，如果换成别人，这场战斗也就告一段落了，可朱棣是什么人，要么不做，要么做绝，这是他多年不变的风格，他怎么可能让对手这么轻易地跑掉。

朱棣看着身后的三千营战士："听我指挥，立即卸甲，追击胡虏！"

可把他身边的朱瞻基吓坏了："皇爷爷，去了铁甲，万一中了埋伏，如何是好？"

"我倒要看看，他马哈木能有什么埋伏！"朱棣冷笑一声，对内侍李谦说，"你带一千人保护太孙，其他的，跟我追！"

"是！"士兵们的声音在空旷的荒漠中回响。

脱去重甲的三千营，果然行动速度大大加快，追出去四十里地，前方就隐约看到了瓦剌逃兵。朱棣本已有些疲倦，猛然来了精神，大喊一声："胡虏就在眼前，各位切勿放过！"

士兵们加速追赶，离敌人越来越近，眼前出现了一座小山丘，只见十多面大旗随风飞舞，旗帜下面，几员将领簇拥着一人，他镇定自若，丝毫不把追兵放在眼里，甚至还露出了微笑。

这不就是刚才还撒欢猛跑的马哈木吗？他这是唱哪出戏呢？

朱棣也带住了缰绳，远远地观察着眼前的一幕。身边的副将赶紧上前劝说："万岁，我们不能再追了，恐怕有诈！"

"有诈？"朱棣笑了。没文化真可怕啊，这个马哈木，还想玩三国丞相诸葛亮当年玩剩下的空城计啊，可惜，朕又不是司马懿，怎么能上你的当！

"给我冲！"朱棣话音未落，就一抽跨下战马，向前冲去，三千营士兵一见，个个奋勇向前。没想到，瓦剌并没有继续逃跑，反而迎了上来！

双方又是一场混战。朱棣也观察到了，原来马哈木的阵中，居然多出了一些重甲骑兵，蒙古人的制造业相当落后，他们自己是生产不了重甲的，这些人的出现，也让朱棣感到非常奇怪。

可惜，披上重甲的蒙古战士，反而如同缚住手脚的猛虎，浑身力气使不出来，战斗力反而不如轻甲骑兵，经过一个多时辰的拼杀，眼看形势不妙，瓦剌人又使出了他们的看家本领。

他们在马哈木的带领下，奋力逃跑。

都说穷寇勿追，可也得分什么情况，对于马哈木这样的，朱棣怎么能轻易放过，那不是放虎归山嘛。如果就这么追上，大明历史可就就就要重新改写，就不会有土木堡之变，不会有北京保卫战，不会有于谦的死，也不会有迷恋中年妇女的年轻皇帝朱见深。

可就在这个时候，一骑急报急急赶来，马上的那个士兵浑身是血，用尽最后一点儿力气，挤出了最后的几个字："太孙……被困……九龙口……"

三、个人的小失误，改变的是中国大历史

朱瞻基被困九龙口的消息，令朱棣十分紧张。

原来，在朱棣带着大队人马追击马哈木时，朱瞻基也闲不住，想在战场上砍几个人玩，长长见识。李谦开始还不答应，生怕给自己惹来什么麻烦，可朱瞻基的态度非常坚决，甚至搬出皇太孙的身份来命令他。当太监的能有什么办法，这是未来的皇帝啊，不听他的哪行。

李谦和朱瞻基就带着这千把人，加入了追赶瓦剌的行列中去。一开始，他们只是撞上小股敌军，很快就解决战斗了。杀了几个人的朱瞻基，兴奋得如同第一次牵小姑娘的手，提着宝剑，专找人多的地方钻。李谦没办法，只能死死地跟着他。就这样，他们一路杀到九龙口，身边只有几十个亲兵，却遭遇了一支近千人的逃兵队伍。

虽说朱能曾经了创造了三十人打跑一万人的嚣张纪录，但朱瞻基毕竟没有这么能，他之前也从来没打过打仗，碰上这样的阵势，肯定会受到惊吓的。

好在当年没有网络和电视，瓦剌士兵根本就不知道自己包围的，是未来的大明最高领导人。这才能让李谦安排的突击队员跑了出去，向朱棣报信。

朱棣一听消息，当然是不敢怠慢，马哈木这次抓不了，还有下次，可朱瞻基要是有个三长两短，自己不得后悔一辈子吗？他立即下令，留下少量人马继续追击马哈木，其他人跟他直奔九龙口！

要说朱棣的效率就是高，及时赶到了目的地，把自己的宝贝孙子救了出来。朱瞻基这才清楚地意识到，自己和爷爷之间，至少隔着一百个丘福。以后，他

再也不也敢逞能了。而可怜的李谦，因为害怕皇帝处罚，居然举刀自尽了。

朱棣留下的人手不够，让马哈木最终突围了出去。但经过这样一场惨败，这位瓦剌首领算是长了记性，也认清了形势，他很清楚，只要朱棣活着，自己别想打回大都去。他学习阿鲁台，以他做榜样，向朱棣称臣。这真是：

一仗打出十年和平。

明军撤走了，但马哈木的悲剧并没有结束。两年之后，阿鲁台的兵马突然对瓦剌发动进攻。身为太师的马哈木冲在战争最前线，被鞑靼骑兵杀死。

马哈木死了，他的儿子和孙子都很争气，似乎注定要在蒙古草原上做一番事业，儿子脱欢拥立斡亦剌歹为汗。永乐十六年（1418），脱欢被明成祖封为顺宁王，这也是马哈木生前的爵位。而此后三十年间，瓦剌一直都是大明忠实的臣属，直到土木堡事变发生。

修理了鞑靼和瓦剌，立了皇太孙，朱棣是不是可以轻松一下呢？并没有。

四、欲加之罪，全世界都有理由

北京和南京之间相隔了两千多里，骑马也要一个来月的行程。可就朱棣率北征大军返回北京之后，远在南京的不少官员——都是辅佐太子监国的高级干部，却要排着队被押往北京，这又是怎么一回事呢？

永乐十二年（1414）七月，朱棣班师回北京，路过西郊的沙河时，碰到了朱高炽千里迢迢派来上贺表的几位官员，领头的是兵部尚书兼詹事府詹事（东宫首席辅导官）金忠，这是北平的老战士啊，朱棣自然相当高兴，对于老大的这片孝心也相当赏识。

一个月之后，朱棣回到北京，在故元宫殿接受了行在官员的朝贺。因为打了胜仗，朱棣特意减免了北直隶两年的租税，一切似乎都相当和谐。可就在闰九月，朱棣却突然下旨，要将侍读黄淮、侍讲杨士奇、正字金问，以及洗马杨溥、芮善都抓起来。

这些大臣都远在南京工作，朱棣人在北京，难道他有千里眼，能看到他们正在危害大明江山？当然不是。朱棣还是对朱高炽有意见，觉得他迎驾迟缓，行动拖沓，缺乏足够的诚意，而且，贺词也写得敷衍了事。更重要的是，有人在朱棣耳边吹风，说老大的错误，都是辅政诸官的失职。因此，朱棣决定将东宫官员们抓到北京，接受（皮肉）教育。

敢这么搬弄是非的，除了朱高煦，恐怕也难以找出第二个人。朱高炽接到圣旨，也是无可奈何，根本不敢有任何抗拒措施，只能下令将这些人装车——囚车，押往北京。这些平日里生活舒坦的大臣们，哪里遭过这样的罪，正值夏末，他们一路颠簸，吃尽了苦头。

不过，刚刚走到山东地界，圣旨又到了，责塞义返回南京，其他人继续前进，直到住进朱棣在北京为他们的安排的免费住所——监狱。

朱棣特地召见了杨士奇，向他询问东宫的事情。这些年来，很多文官都和太子走得很近，但杨士奇却是个例外，他似乎从来不把自己当东宫的人，因此朱棣觉得，只有从他那里才能听到实话。没想到老杨的一番表现，却把朱棣逗乐了。

杨士奇一见朱棣，就跪下使劲儿磕头，力度之大，朱棣真担心把地板给磕坏了，忙叫他平身。于是老杨一本正经地说："陛下，太子殿下一向仁孝恭敬，如果有什么做得不周到的地方，一定都是我们下属的罪过，臣等愿意受您的任何处罚。"

朱棣许久说不出话来。能有手下如此心甘情愿地背锅，可见朱高炽并不是不通人情世故的书呆子。朱棣本身也欣赏杨士奇，又见他态度相当诚恳，就破例把他放了，其他人则继续关押。

这些人恢复自由的时候，已经是永乐二十二年（1424），也就是说，朱棣死后，朱高炽才敢将他们放出来。那个年代，中国人的平均寿命也就四十来岁，这一关十年，确实损失太大了。

要说接驾迟缓，最应该处分的不是别人，正是兵部尚书金忠。偏偏人在北京的他，一点儿事都没有，远在南京的一大批东宫官，却成了朱棣安抚朱高煦的牺牲品。当初，朱棣之所以让金忠出任詹事府詹事，很大程度上是希望他监视太子的举动。但金忠却似乎已经被朱高炽的个人魅力折服，心甘情愿地为这位胖子效命了。

朱棣如此大规模地处罚东宫辅臣，很有些鸡蛋里挑骨头的意味，自然是做给朱高煦看，希望他能就此收敛，但实际情况会按朱棣设想的方向发展吗？

第十一章　从解缙之死到创设东厂

一、解缙之死，留给后人太多反思

永乐十三年（1415）正月十三，年还没过完，南京市民还沉浸在新年的喜悦之中。一般来说，这个时节，监狱的犯人也得改善改善生活，吃顿饺子什么的。

锦衣卫指挥使纪纲正值春风得意之时，他是朱棣身边的红人，同时又是朱高煦的死党。得罪老纪的人，通常死得都比较难看。不过这一天，不知道什么原因，纪纲突然良心发现，置办了一桌丰盛的酒宴，命令送到京城某个牢房，送给在这里关押了三年的一位重要犯人。

这个犯人胡子拉碴，衣衫不整，显然很久没有吃过这样好吃的东西了，他很快喝得大醉，倒在了地上。

这个时候，他应该写首诗，因为这是他的强项；他更应该说点什么，最好写个遗嘱啥的。因为再不说就永远没机会了。

可惜，他什么都没有留下。

而且，他从此再也没有醒来，后面发生的事情，他根本就不知道。

但有人帮他记录了下来[①]。

当天，雪下得很大。几个锦衣卫打开了牢门，把他扔在了外面的空地上，任由大片的雪花落到他身上，最后一点一点地把他埋了起来。

真人就变成了雪人，最后又成了死人。

这帮老粗们杀过的人不计其数，但他们未必知道，埋在雪堆里的这具尸体，

---

① 解缙之死，记录于《明史·列传第三十五·解缙》。

曾经还是朱棣最欣赏的读书人，曾经还是大明内阁的首任首辅。

他正是解缙。

想当年，解缙仗着皇帝的宠幸，不把纪纲放在眼里，甚至还写出了"墙上芦苇，头重脚轻根底浅；山间竹笋，嘴尖皮厚腹中空"的段子来取笑他。纪纲为人外宽内忌，怎么能受得了这口气。

解缙因为卷入太子之争过深，又有点恃才放旷，喜欢对皇家事务指手画脚，太不把自己当外人，还喜欢在不恰当的时机，做不合适的表态，因此就一步一步地失去了朱棣的信任，后来又被抓进了锦衣卫诏狱。

永乐十三年（1415）正月，纪纲来到宫中给皇上拜年，并呈上最新版的罪犯名单。按说朱棣根本不会仔细看这些，但是，偏偏一个熟悉的名字跳入他的眼帘，让他的目光停住了。

解缙！

朱棣这几年忙于处理北征、迁都和太子之争，忙得没有时间休息，甚至都忘记关心老朋友解缙现在怎么样了。于是他脱口而出："解缙还活着啊？"

于是，就有了纪纲让人给解缙置办了一桌好酒，将其生生灌醉，然后拉到雪地里活活冻死的惨剧。这位当时的大明第一才子，死时年仅四十七岁。

对于朱棣的态度，历史学家们争个不休，有人说，朱棣是想杀解缙，但自己不便动手，就交给最得力的狗腿子纪纲，潜台词就是："解缙怎么还活着，办了他！"纪纲是领旨行动，完全是借刀杀人。

可另一拨人则认为，朱棣看到解缙的名字，想起过去两人的交情，为他的处境感到惋惜，甚至有了重新起用之意："原来解缙还活着啊，挺好！"纪纲恨死了解缙，害怕他出来后报复自己，干脆害死了他。

这两种说法，哪种更合理一些呢？有两个不争的事实：第一，解缙死后，朱棣不但没有表现出过分伤心，甚至下令抄了他的家，并将其妻子、儿女、宗族都流放到辽东。由此看来，朱棣是真恨解缙。第二，纪纲在害死解缙的第二年，就被以"谋大逆"的罪名凌迟处死。要说这两件事之间没有联系，那恐怕也不是实事求是的态度。解缙是在用自己的生命，帮助朱棣铲除了一大祸害。

　　不管怎么说，解缙就这么死了。如果他再坚持九年，熬到老皇帝归天，新君主上台，凭借劝说朱棣立太子的功劳，就可以终生享受荣华富贵了！

　　不过，解缙的遭遇，并不能说明朱棣轻视读书人，恰恰相反，正是在朱棣执政期间，文官政治才得以奠定。

二、用人不疑，文臣集团的崛起

都说我们炎黄子孙喜欢任人唯亲，但朱棣继位后，并没有特别栽培自己北平的亲信，而是唯才是举，重用的大都是建文朝的降臣，以及后来通过科举进入权力核心的人，甚至留下了史上赫赫有名的"三杨"班底——杨士奇、杨溥和杨荣。即便这些人与太子走得很近，朱棣其实也并不怎么计较。

文学才华到底有多重要？解缙主持修改的《明太祖实录》，朱棣心里并不满意，但嘴上不说罢了，等到解大才子主持《永乐大典》的编纂时，朱棣对其作非常恼火，直接给打了回来，并让姚广孝出任顾问，直接架空了解缙。

但是，三修《明太祖实录》的官员，却能令朱棣相当欣慰。永乐九年（1411）至十六年（1418），朱棣任命学士胡广、祭酒胡俨、学士黄淮、杨荣等为总裁，对《明太祖实录》再一次进行删改，进一步凸显四太子的光辉形象，并对朱标父子进行各种各样的明贬暗讽。如此一来，读者只会认为，朱棣的接班，才是对大明江山最为有利的选择。朱棣至此才说："差不多还能让我稍微满意（庶几小副朕心）。"晚明大才子王世贞曾经说过："读累朝实录，可据者十六七。"但现在这份太祖实录，似乎很难起到权威资料的作用了，但是，谁在乎呢？对文官来说，生存之道，可比事实真相重要多了。

我们很多人天真地以为，读书越多的人，头脑就会越僵化，办事就会越教条，行为就会越古板——解缙不就是活教材吗？因此，学习不是什么好事。读书既不能像泡妞把妹一样，直接带来生理上的强烈刺激，又不能如喝酒应酬一般，为事业发展拓宽人脉。但是，书籍却为我们人类，打开了一个靠自己琢磨永远也无法触及的世界。人类智慧最重要的结晶，人类文明最靠谱的传承方式，不是绘画，不是音乐，不是建筑和雕塑，更不可能是微信公众号，而是书籍。

很多成功者学历是不高，似乎也不重视学习，这让无数屌丝以为，读书无用论真是永恒真理。但真相往往是令人震惊的。古往今来，不喜欢读书的成功者，确实不是太多。成功者一边自己拼命学习，以把别人甩得更远；一边拼命鼓吹读书无用论，防止别人也和他一样认真。别的不说，没有一个富豪和权贵，不让自己的孩子上大学的，而且上的一定是中国或者全世界最顶尖的名校，那些被表面现象迷惑的人，活该一辈子当屌丝。

朱元璋和朱棣父子表面看起来更重视武将，但事实上，他们自己都非常喜欢读书，并且（内心）极为重视读书人。相比陈友谅和张士诚，朱元璋能够夺取天下，很大程度上在于对知识分子的争夺。陈友谅真心不欣赏读书人，而张士诚则喜欢养一堆人装饰门面，但最信任的却是自己的几个弟弟，导致幕僚离心离德。唯有朱元璋，不仅每占领一座城市，就首先网罗当地读书人，更是对他们相当重用，委以重任。在夺取天下的过程之中，李善长、刘基和朱升等人，都发挥了极其重要的作用。

但是，等到朱元璋当上了皇帝，坐稳了江山，他对读书人的态度，却在一点一点转变。老朱几乎没上过学，但天资非常聪明，在刘基等人的影响之下，他开始系统地阅读经史子集，并且尝试写文章。当然，朱元璋的那些水平有限的作品，必然要被大部分文官吹捧到天上，这令他对自己的判断力，也发生了微妙的变化。而且，这位草根皇帝认为，学者虽然博览群书，但做事瞻前顾后，缺乏魄力，并且墨守成规，相当迂腐。

因此，朱元璋在杀胡惟庸、废丞相之后，把国家的大事小事一肩挑，既当爹又当妈，根本不重视文官队伍的建设，给自己的亲孙子朱允炆留下了一个烂摊子。朱元璋还大兴文字狱，让很多文人莫名其妙掉了脑袋，当官成了比当兵危险百倍的高风险行业，因此，很多人根本就不想考取功名。

朱棣却与其父亲大为不同，如果说朱元璋身上，集中反映了暴发户式的目光短浅与不自信，朱棣的作为，却彰显了贵族式的海纳百川与包容心。从朱棣大力提拔文官，信任读书人的角度来讲，他的谥号文皇帝，其实也非夸大事实。

解缙恃才放旷，不懂收敛，表现欲望过于强烈，不仅令自己树敌太多，更使主子朱棣也逐渐不满，失去了这一靠山，他的厄运就不可避免了。

同样是科举出身的文官，杨士奇、杨荣和杨溥这"三杨"的文章写得没有解缙精彩，创意也没有解缙精妙，甚至经常以做缩头乌龟而自得其乐，但人家就是能安稳地成为在三朝老臣，越升越高。可见，在官场上混，光有才华是不行的，才华往往是一把双刃剑，把握不好锋芒就会令自己受伤。

朱棣提拔重用的官员，不仅在本朝发挥了重要作用，甚至成了此后近半个世纪大明的中流砥柱。杨荣、杨士奇、蹇义、夏原吉和金幼孜固然在永乐一朝得到重用，朱瞻基于宣德十年（1435）去世之时，选择的五位顾命大臣，居然还都是永乐朝老人。除武将张辅之外，四位文臣正是大名鼎鼎的"三杨"以及礼部尚书胡濙。

直到明英宗统治前期，还在享受着太爷爷留下来的人才储备。当然，永乐一朝老臣，终究都有老去的时候。此后的历代皇帝，都相当重视文官队伍的建设，并进一步扩大了内阁权力，几乎彻底杜绝了武将干政的可能性，刘裕、朱温之类的危险人物，在大明是彻底玩不转了，这无疑是历史的一个巨大进步。

三、专注削藩十五年，朱棣终成正果

朱棣用武力赶走了建文帝，但过去这些年来，他一直忠诚地执行着朱允炆的削藩大计。当然做叔叔的，可不像大侄子那么草率，一年连废五个藩王，也不会把亲王一夜之间变成囚犯。他只是如温水煮青蛙一般，慢慢清除藩王的羽翼，等他们发现大事不妙的时候，已经毫无还手之力了。

朱元璋的老七齐王朱榑，在朱允炆削藩时被抓到南京，与老五朱橚关在一起，城破之后，被燕军救出。朱棣恢复了朱榑的待遇，让他继续回青州封地。令朱榑感到开心是，四哥当了皇帝那么忙，居然还会抽空给他写信，提醒他别忘记了当年一起共患难的日子。自己脑子再不好使，也知道得低调做人，可别让四哥抓住什么把柄啊。

不过，是福不是祸，是祸躲不过。永乐四年（1406），朱榑还是收到了命他进京的诏书，他走得急，也没带什么行李。朱榑能想到的是，京城之行可不轻松；没想到的是，离开青州之后，他这辈子就别想再回来了。

当年五月，朱榑来到了阔别四年的京城，见到了皇兄。在亲切友好的气氛中，朱棣热情款待了七弟，说了一些客套话之后，朱棣突然表情严肃起来，并拿出了厚厚一沓奏本请老七过目。

朱榑一看，脸色当场就变了，原来都是弹劾自个儿的。说什么阴蓄刺客，招异人术士为咒，动辄调动王府护卫军来守卫青州，将城墙与苑邸围墙并筑，隔离外界往来，等等。

朱榑越看越紧张，他能不生气吗？七年之前，大侄子朱允炆就玩这种把戏，七年过去了，皇帝换了，年号改了，郑和都下西洋了，收拾人的招数一点儿可没进步！

朱樉愤怒地说："陛下，这些个奸臣喋喋不休，加害皇弟，无非是效仿建文朝旧事。依我看，应当将上书之人通通斩首，以正告天下！"

这话朱棣可不爱听了，敢说我老人家学建文？再者说了，这些上书之人，都是你哥，不，寡人指使的，看不起他们，就是看不起朕，揭他们的老底，不等于是抽我的大嘴巴吗？于是朱棣传令，请朱樉搬到他最熟悉的地方——监狱居住，深刻反省自己的严重错误。

同年八月，朱棣把朱樉的几个儿子都召到南京，和他们的父亲一道，通通废为庶人。

永乐六年（1408），老十八岷王朱楩也犯事了，朱棣削减了他的护卫，罢了其官属，但好歹还保留了他的王爵。

辽王朱植的封地原来在辽宁广宁，与宁王朱权很近。建文削藩时，担心朱权与朱植和朱棣勾结，就召他们进京。朱权借口身体不适迟迟不去，最后跟着朱棣"靖难"，而朱植来到南京之后，被改封荆州。

朱棣痛恨朱植在"靖难"中不支持自己，一直想废掉他。永乐十年（1412），朱棣声称朱植图谋不轨，削夺了其护卫，只给他留下了三百名军校厨役。

当然有一个人是不在乎这些的，他还和以前一样任性而为，各位千万别觉得他是活得不耐烦了，他特别热爱生活，真的还想再活五百年。

他就是在"靖难"中打开金川门，迎接朱棣进城的功臣之一，谷王朱橞，朱元璋的第十九子。

朱橞生于洪武十二年（1379），比朱高炽还小一岁，洪武二十八年就藩宣府，因当地在秦汉时属上谷郡，故封为谷王。朱橞和老十一蜀王朱椿、老十三代王朱桂都是郭惠妃所生，也就是说，这哥仨是郭子兴的外孙。正因如此，朱元璋生前，对三个孩子都相当照顾，而朱允炆上台之后，对三兄弟又相当忌惮。

朱允炆将朱桂囚禁于大同，却命令朱橞与李景隆一道，把守极为重要的金川门，显然，这个决定并不明智。

当"靖难"大军进驻龙潭之时，朱橞、安王朱楹和李景隆三人，还作为朝廷的使臣，前往朱棣大营求和。当哥哥的摆下丰盛的酒宴，招待了两个弟弟，把两人吓得没当场哭出来，以为这是最后的晚餐。朱棣由始至终对几个人没有什么好脸色，冷嘲热讽自然不在话下，不过还是把他们放回去了。

之后不久，就发生了著名的"金川之变"，朱橞和李景隆打开城门，喜迎朱棣大军的到来。后人难免怀疑，朱棣和朱橞哥俩在饭桌之上，可能已经达成了某些共识了。但这种事情，当事双方肯定都不愿意承认。

朱棣当上了皇帝，朱橞也因为自己的特殊贡献，得到增岁禄两千石的赏赐，并改封长沙。据说从此之后，朱橞就有些飘飘然了。他开始居功自傲，肆意妄为，侵夺民田，贪污国税，还杀害无罪的老实人。

永乐七年（1409），忠诚伯茹瑺路过长沙时，没有来得及拜见朱橞小朋友，这位王爷就发飙了，向皇上报告此事。陈瑛趁机弹劾茹瑺违背祖制，后者被抓进了锦衣卫诏狱，不久就死在狱中，据说是自杀，但怎么看，事情都没有这么简单。而王府长史虞廷纲因为屡次规劝朱橞的行为，谷王居然就杀害了他，还诬陷他诽谤。

还有更加离谱的。据消息灵通人士透露，朱橞的手笔越来越大，底气也越来越足了，活脱脱一个山寨版朱高煦。他收留了上千名在民间胡作非为的捣乱分子，发给他们兵器弓弩，日夜操练。他还大修佛寺，收留上千名和尚，整天呜哩哇啦念经作法。

都指挥张成，太监吴智、刘信几人，都成了朱橞的死党，张成被尊称为"师尚父"，那二位则有了"国老令公"的头衔。几个人整天在一起交流心得，似乎要整出点儿大动静来。朱橞找人占卜，得出的结论是，高皇帝的第十八子要夺取天下。虽说他排行十九，但赵王朱杞早就不在了，他就是在世的老十八。反正朱棣常年不在南京，长沙离首都也不过十天的路程，如果真要造反，够那个大胖子喝一壶的吧。

朱棣这种眼里不揉沙子的人，怎么会容忍此类现象的存在？明明功劳更大的朱权都给灭了，朱橞再蠢，也不会做这么没智商也败人品的蠢事吧。而且这种找卜士忽悠人的把戏，玩得最纯熟的，不正是我们的男一号朱棣吗？

永乐十四年（1416）十月，朱棣从北京回到京师，不久之后，他就下诏，请多年不见的十九弟来京师小住。

皇帝下命令，朱橞当然不能不听啊。那时候的交通很不发达，朱橞为了赶时间，不敢乘船，而是乘车赶路，紧赶慢赶，到南京已经是腊月了。一路之上，自然是受了不少罪。

这一天，朱棣端坐在威严的奉天殿上，文武群臣分列两班，朱橞自然要跪下磕头，然后按照习惯例，自然是平身、落座。不过这次，朱棣好像没有要他起来的意思，而是拿出一份奏折，吩咐："拿给谷王殿下！"

朱橞哆哆嗦嗦地从太监手里接过了文书，刚一打开，就不由得脸色惨白，看着看着，身上的汗就不停地往外冒。突然间，他把奏折丢在一旁，以头抢地，拼命磕头，嘴里还念叨着："微臣罪该万死，请陛下开恩，放过我的妻儿！"

原来，朱棣交给十九弟的，居然是当初朱橞写给蜀王朱椿，约他一起搞大动作的邀请函。都说血浓于水，但老十一却干脆利落地出卖了亲兄弟，并将他当作为自己洗脱嫌疑的人证。

这时候，文武官员纷纷跪下，请求陛下立即处死谷王，他们说："周公诛杀管、蔡，汉景帝剿灭刘濞，那都是大义灭亲啊，陛下您要再护着朱橞，恐怕天下人心就不能服气！"

厉害了我的哥！敢情朱棣要是不杀掉自己的十九弟，就成了包庇罪犯的昏君了，那么，朱棣又是如何把这场大戏推向高潮的呢？他从龙椅上站了起来，做出一副极为痛苦的样子，眼泪都快流出来了，一字一句地说："事关重大，容我跟诸位兄弟商量再定。"各位大臣一见皇上不听自个儿的，都表示相当失望，黯然离去。

转眼就是永乐十五年（1417）正月，周王朱橚、楚王朱桢及蜀王朱椿等陆续赶到南京。都是自家兄弟，关起门来说话也没有什么好顾忌的。不过，这几位藩王的口径相当一致，难保不是事先商量好的。他们共同表示："朱穗违反祖训，图谋不轨，动机相当明显，简直是大逆不道，应该诛无赦。"

朱棣看着兄弟们一张张义愤填膺的表情，非但不觉得开心，反而感受到了一种发自内心的悲凉：如果自己和朱穗交换一下位置，他们铁定也这么对待我啊。他的心里，已经有了主意。

朱棣顶着"重重压力"，还是将朱穗放了，只是将他及两个儿子废为庶人，但是，谷王官署的不少工作人员，还是被处死，以惩罚他们没有尽下属的职责。

翻看《二十四史》《资治通鉴》，几乎每一页都在死人。汉武帝唐太宗这样的君主，连亲生儿子都杀，相比之下，生活在朱棣时代的藩王们，应该为自己的好运气感到欣慰。当然，朱穗到底有没有反叛的动机与可能，我们每个人都可以做出自己的判断。从某种意义上说，朱棣处罚朱穗，只是敲山震虎，提醒某个人安分守己。

其实，朱棣这次返回京城的真正目的，根本不是为朱穗，真正想要教训的是另一个人。

四、痛下决心，将朱高煦赶出京城

别看朱橞令四哥相当头疼，老二朱高煦更让当爹的烦恼。早在永乐十二年（1414），就在朱棣忙于准备对鞑靼发动战争的关键时刻，身为大将的朱高煦不想着为老爹出力，却莫名其妙地要求返回南京，朱棣想把他的大儿子朱瞻壑留在身边，朱高煦居然还机智地谢绝了。（简直为"心中有鬼"一词做了活注脚。）

第二年三月，朱棣在北京发出指示，将朱高煦的封地由云南改为山东青州，同时，将朱高燧封在河南彰德。这两地离北京都不远，显然，朱棣是在为迁都做准备，而在他未来的计划中，两个儿子将会扮演重要角色。按说这样的安排，足以体现出一个父亲的拳拳爱心了。

但是，朱棣很快就收到了老二发自南京的书信，这封信态度十分诚恳谦恭，文辞也一反常态地相当讲究，说父亲年纪大了，希望自己能一直留在京城，随时侍奉膝下，为左膀右臂，云云。朱棣看了哭笑不得，知道信肯定不是这货自己写的，最多是别人写好，自己抄上一遍。写封家书也要找代笔，自然不高明，但问题是，朱棣这么多年也找过不少枪手，甚至还攒出了一本《圣学心法》，你有资格教训儿子吗？

不过，老子在北京你在南京，说照顾真是胡说，谁知道这小子又想搞什么动静。于是，朱棣回了一封信，态度相当强硬，不是以父亲，而是以皇上的身份命令：

"既然你受了封藩，岂能常留在我的左右。以前封你去云南，你嫌远不去，封你到青州，你又找借口推脱。如果你诚心想留下侍候朕，去年在北京时，为什么还要南下？当时我想留下你的长子，你也不答应。你所谓留侍的言论，恐怕不是你的本意。让你去青州的命令，由不得你推辞！"

朱棣的口气已经相当强硬了，遗憾的是，这道命令下了一年多，朱高煦还赖在南京不走。这要换普通的大臣，如此不把皇命放在眼里，恐怕就得拉出去斩首了。可朱高煦就有这个底气，也有这个脸皮，更有这个能耐。

永乐十四年（1416）九月，朱棣收到了来自京城的密报，他决定放下北京的事宜，收拾东西南下。

原来，老二在南京做的那些事，正是当年自己在北平没少做的！比如偷养死士，进行军事训练，制造各种军用器械，等等。而且更严重的是，朱高煦不光训练汉王府护卫，还将南京周边并不属于自己统辖的大批军人纳入麾下，壮大实力。

那么问题来了，朱高炽就在南京监国，为什么对二弟的行为不加约束？老大也有自己的难处，他知道在朱棣面前，谁的发言权更大，捅了篓子，父皇会先收拾谁。这些年来，朱棣似乎根本不愿意，或者说不能容忍老大直接管理老二。当然，朱高煦这么闹下去，威胁的可是朱棣本人的统治，而并不是朱高炽的，父皇不可能不出手。

有的时候，睁一只眼闭一只眼，恐怕才是自保的最好办法。

有一种心机叫作深藏不露，大胖子朱高炽表面看起来逆来顺受，懦弱无能。但奇怪的是，朝中的文臣大都对他相当欣赏，甚至愿意替他背锅。朱高炽采用的手段，很有点《三十六计》中扮猪吃虎的味道，就是给你老二充分得瑟的空间。但同样有一种作死叫作忘乎所以，你朱高煦想造反，能不能低调一点？

自打永乐十一年二月开始北巡，朱棣离开京城已经有三年多，再不回去也有点儿说不过去了，其实，要不是朱高煦的事情，他还真不想这么折腾。朱棣也有一点点担心，如果朱高煦真的趁自己不在，悍然起兵，以长江为屏障，不仅会对永乐政权形成极大威胁，甚至会造成南北分裂，严重影响大明江山的稳定——别说这种可能性一点儿不存在哟！

朱棣火速让行在兵部给右军都督佥事欧阳青传令，要求各卫被抽调随侍汉王的，一律返回原卫所，不得羁留。这样，无疑就让汉王府的势力受到了很大削弱。

不过，朱棣虽说起程南下了，这一路却走得堪称不紧不慢。可见，朱高煦的那点破事儿，他也不是特别担心。这次南下，他还有另外一项重要的事宜。

十月十九，朱棣的车驾抵达凤阳，这是他们朱家祖辈安葬的地方，朱棣的祭拜仪式相当隆重，因为他知道，以后很可能不会再来了。六天之后，他又来到了孝陵，给老爹朱元璋上香。

为什么要如此郑重其事？朱棣已经下定决心，一定得把都城迁到北京去。因此，他必须向祖先通报，也希望能得到父皇和祖辈的谅解，毕竟南京城的建设与经营，也花费了老爷子几十年的心血。

当年十月，朱棣回到南京，立即听取在京文武官员的工作汇报。工部大臣向朱棣建议说：

"北京为圣上龙兴之地，北枕居庸，西峙太行，东连山海，南俯中原，沃壤千里，山川形胜，足以控四夷、制天下，诚帝王万世之都也。"

大臣们纷纷附议，朱棣一看民心如此，不答应就有点儿不好意思了，于是说："准！"这事很快就这么定了，可另外一件事，还需要他费些力气。

到南京之后，朱棣又获悉了朱高煦不少新的不法行为。老二为了多养战马，就纵容麾下汉王府的军人，强行侵占了许多卫所、公主府的牧地和农田，充当自己的草场。你说你一个藩王，养这么多马难道是想做生意？朱高煦还放纵手下在南京城内外抢劫商旅财物，甚至把无罪之人肢解，丢入长江。这些没头脑的行为，自然让朱棣不高兴。也可以说，正是太子长期纵容的结果。朱高炽的意图很清楚，尽情地闹吧，反正有人会收拾你滴！

这不，汉王府纪善周岐凤为人诚实，对朱高煦的种种拙劣表现实在看不过眼：这还有个亲王的样子吗？干的完全是土匪的勾当啊！他直言不讳地正告老二，如此胡闹下去不但得不到民心，恐怕连王爷的位子也保不住了。朱高煦大怒，就找理由诬陷他，并将皮球踢给老大，让监国来处分周岐凤。太子并不想做恶人，只是将他贬到长洲县做教谕了。

五城兵马司指挥徐野驴（人名），可就没周岐凤那么好对付了。有一次在出巡途中，他遇到了正在京城打劫商户的汉王府护卫，两边发生了冲突，徐指挥下令将这些人全抓了起来。朱高煦知道了之后，当然是不会善罢甘休的。

不久，徐野驴就死在了汉王府，据目击者爆料，是被朱高煦用铁锤活活砸死的。事情发生之后，南京城的文武官员敢怒不敢言，知道这个老二不仅很二，而且很残暴。连监国的太子都管不了他，谁还敢让他不痛快呢！

锦衣卫搜集到的朱高煦作恶证据，把皇上的案头堆得满满当当。朱棣又召见了太子和一些官员，向他们了解情况。这一次，朱棣彻底动怒了，他不但生气，而且伤心。他没有想到，这个自己最喜欢的老二，智商居然如此低下，头脑居然如此简单，做事居然如此白痴。朱棣想着想着，头上的汗不停地冒出来。自己这么多年，真的是瞎了眼吗？居然还一度考虑让这个混蛋接班。如果江山落到他的手里，那太祖的基业能不能保住，就要打很大问号了。如果不是自己的儿子，朱棣真想马上将他推出去斩了。

但是，自己这一辈子只有三个亲生儿子，他们的母亲临终时，始终放心不下老二，几次对他欲言又止。但朱棣看明白了：就算朱高煦犯了杀头的大罪，就凭他是徐皇后的儿子，也应该免于一死。真是无法想象，一生贤淑宽厚的徐皇后，怎么生出了这么个……

朱棣恨不得把老二叫过来，当场抢起皮鞭狠狠抽他一顿。但当皇帝的很快就收起了怒火，有条不紊地实施自己的方案。他随即传旨，将汉王府中护卫调往山东，改为青州护卫，由当地提督统领，即便朱高煦就藩，他也无法指挥这支军队了。随后，朱棣又下令将老二的左右两支护卫取消，并将这些军人全部派遣到长城沿线。

过去十几年来，这三支护卫都堪称朱高煦的私人武装，也是他用来与太子抗衡的最重要资本。但现在，朱棣的釜底抽薪大法一出，等于废掉了老二的左膀右臂，他就算有再多的不满，再大的野心，恐怕也折腾不起来了。

到底应该如何处置朱高煦，朱棣先后找来了自己最器重的两位大臣商量。蹇义清楚朱棣父子情深，也知道朱高煦的脾气，因此总是不置可否，让朱棣相当失望。于是，他召来了杨士奇。

杨士奇当然不是解缙那样的没心机。他隐隐地感觉到，皇上这一次对二殿下的态度，可能要发生一些改变。

那么，要不要赌一下呢？

朱棣问道："你在南京，可曾听说过汉王的一些不轨之举吗？"

杨士奇知道，这是在考验他。朱棣自己肯定掌握了不少证据，如果什么都不讲，显然又不能令朱棣满意。

"回陛下，臣与蹇义二人，一直在东宫辅佐太子监国，即便汉王真有什么举动，外人怎么会告诉我们呢？"

这样的回答显得太打官腔，朱棣显然不满意，他脸色一沉："我都知道了汉王的一些事情了，你们待在南京，难道真的不知道？"

杨士奇跪在地上，尽量平复自己的情绪，朱棣已经把皮球踢给自己了，显然不能不接招。但是，说不好就可能是牢狱之灾。到了这份上了，也只能豁出去了。

"陛下，汉王的行为，做臣子的不能妄议，但皇上两次让汉王就藩，他都不愿意前往，说要留在皇上身边。一次是云南，确实太远，另一次是青州，其实还是不错的地方。但是最近……"

杨士奇习惯性地抬头看了看朱棣，见他并没有动怒的表情，胆子也就大了起来："最近朝廷内外都知道陛下要迁都北京，但在这个节骨眼儿上，汉王殿下却提出要留守南京，他想要做什么，恐怕路人都看出来了。盼望皇上早做妥善处理，让他能有定所，这样方能保全皇上与二殿下的关系，为子孙后代留下一个有利局面（用全父子之恩，以贻永世之利）。"

中国人非常讲究语言艺术，为了不直接触怒对方，很多语句表达得模棱两可。就像杨士奇这番表白，你可以理解为劝皇上收拾朱高煦，也能解释为希望他们父子重归于好，不管朱棣最后如何决策，杨士奇都能给自己找台阶下。但朱棣是多么聪明的人，老杨真正想要表达的意思，怎能听不出来？

不过，小半年过去了，朱棣也没有采取什么行动，他难道不想深究，就这么算了？

永乐十五年（1417）三月的一天，朱棣突然传朱高煦到后廷。

二殿下以为风头已经过去，父子二人又能一起开开心心地喝个茶了。可是，当他跪下参拜之后，朱棣却并没有让他起来。

"大胆孽子，你这是要谋反吗？"朱棣恨得咬牙切齿，将一大堆奏折，狠狠地砸在朱高煦身前的地下。

看来，检举老二的黑材料，都能开个图书馆了。

"私造兵器，阴养死士、招纳亡命，漆皮为船，教习水战……"朱棣恨恨地说道："寡人还没有死，你就想起兵逼宫？"

"儿臣万万不敢……冤枉啊！"朱高煦不敢抬头，只能拼命辩解。但朱棣根本不听他的："来人啊，将汉王衣冠扒去，囚禁西华门内，等候发落！"

不是不报，时间未到。要知道走出这一步，朱棣自己是何等痛苦，他的心，肯定比刀割还难受。他怎么能忘记，朱高煦在"靖难"时立下的那些赫赫战功；他怎么能忽略；皇后徐仪华临终的牵挂；他怎么能否认，自己曾经也有立朱高煦的念头。可是这孩子，情商之低，真是皇室子弟的耻辱，都快四十的人了，做出来的事情如此弱智！

走到这一步，朱高煦的政治生命，基本上就是判死刑了！如果再有人上来煽动一下，他的小命，恐怕就保不住了吧。

据说，一直在旁边看热闹的朱高炽，此时却果断地站了起来。他要做什么？

五、姚广孝至死，都在为朱棣还债

据《明史纪事本末·高煦之叛》记载，朱棣正要囚禁朱高煦，太子却抢到他身前，"扑通"跪下："请父皇开恩，饶恕二弟！"

朱高煦既是朱高炽的亲弟弟，也是这个世界上最危险的敌人。当朱棣要严惩老二时，按理来说，当哥的即便不添油加醋，也应该顺其自然不是吗？难道朱高煦倒霉的最大受益者，还能变成别人不成？

但是，偏偏在这个时候，朱高炽却做出了让人大跌眼镜的举措，实在是让人费解。以德报怨做到这个份上，实在有点过头。鉴于《明史》《明实录》《明史纪事本末》这些主流史书，都喜欢热情吹捧朱高炽父子，我们今天的读者，当然要对这样的说法表示怀疑。

据说，当时朱棣还厉声说："我是在为你谋划大事，不能不处分（老二），你还想要养虎为患吗？"

朱棣最后并没有将朱高煦打入大牢，反而让他就藩了！不能不说，老二的运气就是好啊，但更要强调的是，朱棣对儿子也是真爱。这事要搁中国历史上大多数王朝，最后至少是逼其自杀。

不过，朱高煦并没有去青州，而是被转封到小城市乐安，这里离北京更近，反正朱棣早晚要迁都，也不担心治不住他。待在乐安的老二，从此彻底失去了跟老大争夺继承权的机会，守在四线小城里，既不快乐，更不安宁，只能靠殴打手下出气。

处理完朱高煦，朱棣也不想在南京待了。没过几天，他就打理好了行装，再一次踏上了北巡之路。

朱棣在京城只停留了五个多月。这已经是十六年来,他的第三次北巡了,而且这一次,朱棣的迁都计划已经得到了群臣的一致拥护(没人敢反对),他也不打算再回来了。

时间来到了永乐十六年(1418)正月,北京城的居民,因为他们的皇帝回归而感到特别兴奋,家家户户张灯结彩,鞭炮声响个不停。消息灵通的市民,都知道朱棣马上要迁都,北京要升格为京师了。那些在大都时代生活过的老人,自然都特别欣慰,而在永乐时期成长的年轻人,也都产生了无限憧憬。

但不久之后,一则坏消息传到了京师,交趾又出事了!就在当年正月,黎利在蓝山乡起兵反明,自称"平定王"。对于这样的行径,朱棣当然下令杀无赦,派中官马骐和大将李彬领兵征讨,坚决和分裂国家的邪恶势力斗争到底。作为曾在交趾布政司任职的安南土著(祖上当然是汉人),黎利对中国兵法深有造诣,诡计多端,因此,战事打打停停,互有胜败。

不过,远在北京的朱棣,还有其他很多事情要做。

三月十八,北京庆寿寺举行了极为隆重的超度仪式,为一位坐化的高僧送行。而就在前两天,最高领导人朱棣还亲临寺院,与这位高僧做最后话别。

他就是我们的老朋友,姚广孝。

再鲜艳的花朵都有凋谢之时,再娇嫩的容颜也有衰老的那天,再顽强的生命,也扛不住自然规律的折磨。一个人如果寿命够长,那他后半生的重要工作之一,必定是一个接一个地送走老朋友、老伙伴,让自己成为真正的孤家寡人。

人之将死,其言也善。姚广孝一生中最辉煌的事情,当然是辅佐朱棣"靖难"成功(其后的永乐盛世跟这个和尚几乎没什么关系),但他一生最为人所诟病的,同样也是"靖难"。

他得到了一个人臣所能享受到的最高尊荣,却失去了一个普通人也能轻易得到的世间真情。

楚霸王曾有名言:"富贵不还乡,如衣锦夜行。"这种小家子气被后世学者反复嘲笑，但有此爱好的可远不只项羽一人。刘邦不是也回老家转了一圈，还写了首打油诗《大风歌》，成为千古名句吗？可见，诗写得好不好，不光在于作者的水平，更在于作者的影响力。

永乐二年（1404）八月，未能免俗的姚广孝，也过了一把衣锦还乡的瘾，回到了阔别多年的苏州老家。他的脑海中，可能早已经盘算好了，家乡人民是如何黄土垫道，净水泼街，恭迎他们心目中的英雄；亲戚好友们是如何把自己的孩子领到他跟前，请求提携关照；曾经小看他、得罪他的那些人，是如何紧张地跪在他的面前，请求宽恕。

可惜，姚广孝能看清楚大明王朝的命运，却看不清楚自己在乡亲们心目中的分量。想象中的热烈欢迎场面根本没有出现。父母双亲早已不在人间，他去长洲拜见自己的亲姐姐，姐姐的反应让他吃惊坏了：不是杀鸡宰鹅地招待弟弟，而是根本不想搭理他！

姚广孝本想拿钱来扩建宅院，姐姐却根本不给这位国师面子，不仅不收钱，还骂他是败家子，声明自己没有这样的弟弟。

姚广孝无比震惊，于是去了小时候的好朋友王宾家。王宾明明在家，就是不想见他，让他碰了一鼻子灰，黯然离去。这还不算完，王宾日后逢人就说："这个和尚不干好事，这个和尚不干好事啊……"

这一下，姚广孝完全石化了，他尝到了众叛亲离是什么滋味。在亲人和朋友眼中，扶持篡位者朱棣上台，推翻一个合法皇帝的行为，岂止是很不应该，简直是大逆不道。

姚广孝一下子老了十几岁。从此之后，他完全就像变了一个人，不再为永乐王朝出谋划策，成了一个真正的和尚。他的余生，都活在了被亲友嫌弃、被往事纠结、被良心谴责的阴影之中，可以说生命中最后的十几年，都在替朱棣还债。

当朱棣去北京庆寿寺看望姚广孝时，这个老人已经病得相当严重了。他挣扎着想从床上爬起来，给朱棣行君臣大礼，朱棣当然不让，硬是把他拦住了。

三十六年前，他们两人第一次见面，是姚广孝主动上门求见的，他还要送给朱棣一顶白帽子，朱棣已经是王爷了，"王"字上加"白"不就成了"皇"字吗？

三十六年之后，他们两人的最后一次道别，是朱棣主动前来的。异性之间维持三十六年的感情都极为困难，而两个男人之间，要做三十六年的好友，绝对需要缘分。

人之将死，其言也善。当年，姚广孝请求朱棣放过方孝孺，朱棣却一时糊涂给忘记了。这一次，他请皇帝释放建文皇帝的主录僧溥洽，朱棣显露出非常为难的神色，因为放掉了溥洽，朱允炆的行踪之谜就永远没有水落石出的一天。

溥洽正是建文四年六月，朱棣攻陷南京时被俘的，从此一关就是十六年。相信朱棣肯定想从他口中打探出建文的秘密，相信皇帝的手下肯定想用尽各种手段逼他招供。同样，我们相信，溥洽守住了为人臣子的节操，并没有让那些人得逞。

但是，建文的行踪到底有多重要，如果他真的想要起事，何以十六年没有任何动静？

十六年前，支持朱棣的人还并不算多，人们把他当作乱臣贼子。

十六年后，朱棣用自己的治国能力堵住了批评者的嘴，用《永乐大典》征服了读书人的心，用北征蒙古、南定安南，贵州设省，拓殖东北的事功，让大明帝国的强大形象深入人心，远播海外。

那么，就算朱允炆跳出来，说自己才是大明皇帝，朱棣是篡位者，会有几个人听他的，支持他呢？会有几个人愿意跟着他去吃苦？

用脚趾头想一想，就知道谁胜谁败。

朱棣答应了姚广孝，让这位老人走得从容。三月十八日，姚广孝在庆寿寺去世，终年八十四岁。在民间，有"七十三、八十四，阎王不接自己去"的说法，在那个年月，绝对是高寿了。如果朱棣能够活到八十四岁，他必然也会完成更多的大手笔。

姚广孝的死，让朱棣非常难过。同时，也坚定了他解开建文行踪之谜的决心。但此后不久的他，却干出了让后代历史学者诟病的事情。

那会是什么事呢？

六、创设东厂，实属败笔

朱棣刚夺取了天下，就重设锦衣卫，是为了监视百官，清除异己，巩固自己的统治。但如何防止锦衣卫胡作非为呢？有谁比护卫更加忠于自己呢？朱棣的想法和许多皇帝一样：就是那些离我最近又绝对不会给我戴绿帽子的人。到了晚年，这种愿望更加强烈。

永乐十八年（1420）十二月，朱棣突发奇想，建立了一个由太监负责的情报机构，因为设在东安门，所以叫东缉事厂，通常又简称东厂。六百年后的今天，北京依然有一条东厂胡同。

东厂的首领称为"钦差总督东厂官校办事太监"，简称"提督东厂"，通常被人尊称为厂公或督主。一开始，东厂只有调查和抓捕权，而审理则移交给锦衣卫，后来，东厂自己的监狱也建立起来了，业务不再外包。看来，监狱真是一个受欢迎的产品。

为了树立好的行业作风，朱棣可谓用心良苦：规定在大堂前建立"百世流芳"的牌坊，堂内还要高挂岳飞的大幅画像，让这位民族英雄无时无刻不监视他们。遗憾的是，后来的东厂头目们，比秦桧更加凶狠，更加没有底线。

东厂的首领称为东厂掌印太监，通常被尊称为厂公，由太监的最高领袖——司礼监掌印太监兼任，后来，一把手因为工作繁忙，往往将这一位置交由秉笔太监担任。鉴于郑和在太监中的良好威信，朱棣非常希望他能出任首任厂公，可惜后者要忙于下西洋的任务，只好另安排亲随太监狗儿担任。

在许多以明朝为故事背景的电影中，我们经常可以看到，一群样貌周正、身手不凡的锦衣卫高手，却要向说话细声细气的太监们点头哈腰，就因为人家是东厂出来的！

这里，我们有必要搞清两个问题。

第一，虽说东厂老大是太监，可并非所有员工都是阉人，大部分基层工作人员还都是正常人。武侠电影中，那种几百个太监一齐化身武林高手满世界飞的壮观场面，完全是不可能的。

第二，锦衣卫并非东厂的下属机构，两者都是直接听命于皇帝的。因此，不会出现东厂太监指挥锦衣卫执行任务的情况，都是各忙各的。

但是，锦衣卫多少还是有点惧怕东厂的。一来，后者有调查前者的权利；二来，东厂掌印太监住在宫内，相比锦衣卫指挥使，他见到皇帝的机会更多，说话也更方便。因此，显得东厂地位更高。

东厂设立不到四年，朱棣就去世了。他哪里会想到，日后的东厂居然成了邪恶与恐怖的代名词。这个锅到底应不应该由朱棣来背呢，这当然是个见仁见智的问题。但无论如何，这个东厂都是朱棣创设的。

这一年的朱棣已经六十一岁，在那个年月已经是高寿之人——没有多少日子了。因此，有一件大事，他要在有生之年非办不可，一天也不想耽误了。

第十二章　迁都北京，重塑此后六百年历史

一、顺应历史趋势，政治中心不断东移

对于任何一个政权来讲，首都的选择与经营无疑是极为重要的。

在传统社会里，首都不仅要充当政治、文化、军事和交通中心，甚至还会成为经济中心。而首都及其周边的区域，无疑就成了一个政权，以至一个国家的"核心区"。

自公元前十一世纪，周政权成为"天下共主"，到"中华民国"建立的三千年间，历代政权选择的建都地点，呈现出一个明显的自西向东迁移趋势。

如果以十世纪初唐朝灭亡为分界线，就可以看出，中国前两千年的政治中心，一直都在以长安—洛阳为核心的关中河洛地区，特别是"秦中自古帝王都"，西周、秦、西汉、隋和唐鼎盛时期，全都以长安为都城，洛阳通常只是担任"副中心"角色，其地位和长安明显不在一个级别。

安史之乱是唐朝由盛转衰的开始，却成了以北京为核心的河北地区、以开封为核心的汴洛地区崛起的机遇。安禄山正是从范阳（北京）起兵，向南横扫北部中国的，而他也曾在洛阳称帝，国号燕。

某种意义上讲，安禄山和朱棣还是有一些相似之处的。朱棣是承受了建文越来越强烈的削藩压力，安禄山则是在与杨国忠的斗争中日益看不到希望而悍然行动的。当然，作为粟特人后裔的安禄山，政治眼光与战略战术，是无法和身为大明四皇子的朱棣相提并论的。

隋朝大运河的修建，使得通济渠（又称河，连通黄河与淮河）上的枢纽城市汴州，地位日益重要。到了唐末，甚至超越了东京洛阳。而以这两个城市为

中心的汴洛区，逐步取代了关中，成为汉地最核心的区域。军阀朱全忠经营汴州二十年，最终灭唐，将汴州升为东京开封府，作为国都，洛阳则为西都，长安自此永远丧失了成为国都的机会。此后，后晋、后汉和后周和北宋相继建都于东京。

不过，北宋建立之前，契丹就已经发展成为了一个庞大的帝国，宋辽事实上形成了类似"南北朝"的对峙。宋宣和七年（1125），金宋联合灭辽，随后金又灭北宋，并将河北、汴洛地区包括北宋四京，全部置于自己的统治之下。正因为金朝控制了河北与汴洛两大中国核心区域，而南宋偏安一隅，尽管中国史书一直不承认金朝的正统王朝地位，但金与南宋事实上已不再是平等的政权。

长久以来，关中—河洛地区都是中国的政治、军事、文化、交通和经济中心。但从唐末开始，出现了经济中心转向东南——长江中下游，政治中心转向东北——汴州与河北的趋势。顺应这种趋势的结果，是国都的选择不断向东。即便朱温不火烧长安城，长安的地位恐怕也还是保不住的。

而北宋的灭亡及大运河在元朝时的改道，也让开封的优势地位永久丧失，以北京为中心的河北，终于有机会成为中国无可替代、独一无二的核心区。

巧合的是，对于汉人政权来说，其主要的威胁也由西北的匈奴、突厥，西南的吐蕃，变成了东北的契丹、女真和蒙古，出于防范入侵的目的，将政治和军事中心放在河北一带，也是非常必须的。

不过，北京能够发展到今天的规模，最应该感谢的人，不是金朝皇帝海陵王完颜亮，不是元朝的缔造者元世祖忽必烈，更不会是悍然发动入关战役的多尔衮，而是本书的主人公朱棣。是他，让一座少数民族色彩极为浓厚的边境城市，第一次（也是最后一次，唯一一次）升级成了汉人王朝的首都，从而使得这座城市在以后的岁月中，几乎成了首都的同义词。

大明迁都之前，北京曾经是金元两朝的都城，已经有了近两百年的建都史。但对于汉人来说，这似乎不是一个理想的建都之所。传统的东西二京，当然是长安和洛阳，特别是长安，那才是让每一个炎黄子孙魂牵梦绕、倍感骄傲的热土。

谁愿意把都城放在离边境线不远，离强悍的蒙古部落很近的地方？

谁愿意把都城放在一个已经被异族统治了四百多年，刚刚收回的城市？

谁愿意把都城放在一个胡风深厚、受汉族传统文化影响不深的城市？

能做出这种举动的，除了朱棣，恐怕再难找出第二个。

而在明军收复元大都之前，这座城市已经经历了四百余年的异族统治了。

永乐元年（1403）正月，朱棣皇位还没坐稳，就把北平改为北京顺天府，下辖大兴、宛平两县，并把北平省改为北直隶，同时迁直隶、浙江等地的富户到北京。如此一来，南方上层社会的生活习惯及休闲方式，当然不可避免地要影响到这个一度"胡风深重"的城市，而北京也逐步发展成了南方富裕阶层最为青睐的北方大都会，直到今天依旧如此。

请大家一定注意，从这一年开始，今天的中国首都，才第一次取得"北京"的称号。在这之间的两千多年时间里，它先后被称为蓟、渔阳、涿郡、范阳、幽州、南京、中都、大都和北平，反正就不叫北京。

那么，北京在哪儿呢？

二、从南京到北京，朱棣做到了继往开来

在中国历史上，先后也出现过很多以"北京"命名的城市。

唐至德二载（757），肃宗正式设五京，其中以太原为北京，这是中国历史上第一次出现"北京"的名号，后唐清泰三年（936），太原连同幽云十六州一起，被割让给东北的契丹政权。

北宋仁宗庆历二年（1042），朝廷升大名府（今河北省大名县）为北京，从而正式确立了四京制。

洪武元年（1368）八月，朱元璋抵达开封，将这座宋朝故都升格为北京，同时，将元大都路改为北平府。十年之后，朱元璋撤销了开封的"北京"待遇。

永乐元年（1403），今天的北京，第一次拥有了现在的名字。

将北平升格为北京，从战略角度来讲，这其实是朱元璋时期就应该做的事情。

中国历史上的多数王朝，实行的都是两京制。这项制度是从西周开始的。但也有一些王朝，实行五京或者四京制。

西周定都镐京，在灭商之后不久，武王姬发就去世了，成王姬诵继位，周公姬旦监国。此时，周政权已经从关中的一个部落发展为天下共主，为了控制东方，由召公姬奭和周公主持，在河南境内营建洛邑，作为东方的统治中心。

自洛邑营建之后，在差不多两千年的时间里，长安和洛阳这两座相距七百余里的城市，都是统一中国的政治、经济和文化中心。总体上来说，长安的地位当然还是更加重要一些。不过，它们的地位出现过几次互换。

刘邦在赢得楚汉战争之后，原本定都洛阳，后在张良等大臣建议下迁都长安，将洛阳变为陪都，而东汉的建立者刘秀则建都洛阳，以长安为陪都。

兴起于关中的隋王朝定都长安，后在长安东南修建大兴城，但隋世祖继位后不久即迁都洛阳，长安降格成副都。唐朝建立之后，重新定都大兴并改名长安，以洛阳为东都。武则天建立周朝之后，又迁都洛阳，定名神都。她死后，唐朝得以恢复，首都又回到了长安，洛阳再一次降为陪都。

唐朝灭亡之后，中国出现了长期的分裂局面，直到元世祖忽必烈时期才又一次实现了统一。忽必烈以大都为都城，并将上都（开平）定为夏都。但也有学者认为，上都与大都地位相同，它们共同组成了一个首都圈。值得强调的是，上都到大都的距离，与长安到洛阳大致相近。

洪武元年，朱元璋定都应天府（南京），改名京师。但问题来了：中国历史上从来没有一个统一政权的都城，会建在淮河以南。南京的地理位置，也决定了它不大具备辐射全国的能力。

北伐占领大都之后，将其改为北平，取"平定北方"之义。如今，朱棣将北平升为北京，朝中大臣们并没有多想，毕竟这是龙兴之地，提高待遇是顺理成章的事情。可是，朱棣后来的做法，实在把这些人吓住了。

北京的历史当然不如长安和洛阳那样辉煌，但同样让人神往。

秦统一六国之前的燕京（燕国都城）、秦之广阳郡、两汉的幽州、隋朝的涿郡（大运河北起点）、唐之范阳（安史之乱爆发地），都是在不同时代里，中国境内相当重要的都市。

西周初期，召公姬奭被武王封在蓟（北京最早的称呼），建立燕国。召公本人并没有就藩，封国由长子姬克管理，燕国存在了八百多年。秦始皇二十六年（前221），秦军占领蓟城。此后，历代通常将一位皇族封于此地，是为燕王，驻防河北。十六国时代，前燕、后燕先后在此建都。而安禄山、史思明和刘守光的叛乱政权，也以燕为国号。

后唐应顺三年（936），契丹皇帝耶律德光帮助太原节度使石敬瑭夺取皇位，并封后者为皇帝，建立后晋。石敬瑭"信守承诺"，割让包括幽州和太原在内的十六州给契丹。在接收幽州之后，耶律德光将其易名为南京析津府，作为五都之一。

值得强调的是，自秦灭燕到石敬瑭割地这一千一百余年里，北京及附近地域一直归中原王朝管辖，但却是多个民族杂居之地，汉人及其文化占不了压倒性的优势。地方首长往往也由外族出任。最出名的恐怕得属发动安史之乱的安禄山和史思明，他们都是粟特人（属于白人）。因此，石敬瑭愿意割让十六州，可能也有这一层考虑。

但石敬瑭死后，两国关系迅速恶化。后汉天福十二年（947）正月，耶律德光占领开封，并在这里加冕称帝，定国号为"辽"，打算充当中原王朝的继承人。（这比后来女真金国占领开封，要早了近两百年。）

但他的美梦，却因汉人的激烈反抗而粉碎。愤怒的耶律德光洗劫了开封，并将上万名官员、宦官、宫女和工匠裹挟北上，其中不少人留在了南京析津府。如此一来，就为南京（现在北京的前身）注入了更多汉族血脉。

显然，契丹将南京（析津府）当成了入侵中原的前哨基地。宋朝建立之后，不断兼并周边小国，收复燕云十六州的愿望变得特别强烈。北宋太平兴国年（979），在南京（析津府）西郊的高梁河，辽军大败宋军，宋太宗赵光义乘驴车逃走。从此，宋朝彻底丧失了武力收复十六州的勇气。真宗景德二年（1005），澶渊之盟缔结之后，宋辽两国成为兄弟之邦，保持了长达一百余年的和平状态。而处于南北交汇处的南京（析津府），则获得了长足发展。

在鼎盛时期，南京城周长达到二十六里，拥有近三十万人口，是全国最大的城市，也是管理汉人与渤海人的南面官衙门所在地。这里还是辽国与中原进行贸易往来的重要窗口。辽圣宗开泰元年（1012），改南京（析津府）为燕京。

金天会元年（1123），燕京被金军占领，在短暂交付宋廷后，天会三年（1125），金人又重新占据此地，作为统治汉地的行政中心。皇统九年（1149），海陵王完颜亮登上帝位，他野心勃勃，希望攻灭南宋，统一天下，遂下令对燕京进行了大规模扩建。金贞元年（1153），当工程基本完工之时，完颜亮宣布改燕京为中都，将金国都城从上京迁到这里。

这一年，是北京历史上值得特别强调的一年。金与辽同样实行五京制，燕京虽是辽五京之一，但只是南院大王的驻节之处，但从金贞元年开始，中都成了整个金朝的都城。

当时正是金朝统治最强盛的时期，它占据了整个中原，包括汴洛、关中、河北三大核心区域的全部领土，以及六大古都中的四个（北京、西安、洛阳、开封），国土面积明显超过偏安一隅的南宋。南宋、西夏、大理和朝鲜等周边政权，都要向金称臣纳贡，接受领导。整个蒙古大草原，也是女真的势力范围。毫不夸张地说，它就是当时东亚朝贡体系的核心。相比之下，以杭州为行在的南宋，地方政权属性非常明显。

因此，我们不妨小心翼翼地得出结论，从1153年开始，今天的北京，事实上第一次成了整个中国的统治中心。

从此之后的八百余年间，北京的这个光荣地位就很少中断过。尽管完颜亮因暴政和南征而不得人心，连个皇帝谥号也没有捞到，但单凭迁都北京之举，他就能在中国史上占据一个重要位置。

十二世纪末期，中都人口超过了六十万，成了金朝第二大城市（南京开封府是最大城市），以及政治、文化、贸易与交通中心。汉、女真、渤海、契丹、回鹘、突厥、波斯和大食等多个民族在这里共同生活，佛教、伊斯兰教和景教等教派信徒也能和平相处，城内街巷交错，商铺林立，一派繁荣景象。

全盛时期的金朝，人口超过了五千万，其中汉人大约四千万，女真人仅七百余万，并且处于明显的汉化过程之中。正因如此，落后的蒙古各部看金人的羡慕眼神，无疑类似于突厥莽汉看大唐子民。在各种历史记录中可以看出，蒙古直接将金人称为汉人①。

---

① 蒙古人将生活在金朝统治区域的汉族人，以及女真、契丹、朝鲜等半汉化民族，不加区别地通称为汉人。

进入十二世纪，长期安逸舒适的定居生活，似乎让女真勇士丧失了进取心，他们不懂得用铁血手段阻止蒙古崛起，不知道学习朱棣的分化削弱大法，却试图通过加固长城来保护自己。成吉思汗在统一蒙古各部之后，很快向金朝发动了多次袭击。贞佑二年（1214），宣宗完颜珣决定迁都南京。第二年，中都被蒙军占领，成吉思汗的勇士们在这里大肆劫掠，将繁华的京城变成了人间地狱。

在中都遭到灭顶之灾的同一年，一位英雄在蒙古草原出世。至元元年（1264），他宣布将国号由蒙古国改为大元，并开始在燕京东北修建新都，定名大都。九年之后的元旦，他正式入住完工的皇城，从这里向庞大的帝国发号施令。

这位英雄就是忽必烈，三年之后，他成了第一个统一了全中国的少数民族皇帝。因为他的选择，北京也成了当时世界第一大帝国的首都。

必须指出的是，终元之世，大都只是帝国第二大都市，无论人口还是商业规模都依然落后于杭州。这也许跟很多人的想法并不一样。而正是忽必烈采取的与其先辈不同的兼并策略，才使得杭州以至整个江南的繁荣，在统一战争中基本上得到了保留。认为元朝是中国亡国、充当蒙古殖民地的观点，固然不值一驳；认为元朝灭南宋，带来了巨大经济破坏的说法，显然也根本不符合事实。

毫不夸张地说，忽必烈统一江南的战争，对社会经济造成的破坏作用远远不如元末白莲教起义。

新并入的南宋领土，面积只有帝国的八分之一强，但人口却占到80%以上。正是因为元朝对江南长期实行的宽容政策，才使得"南人"的不满和离心情绪一直在膨胀，最终为帝国的解体埋下了伏笔。当年秦始皇不统一六国，自己的帝国没准儿会维持许多年；蒙古要不是兼并江南，恐怕也不会把华北地盘丢个精光。历史真是充满了吊诡。

徐达北伐占领大都后，朱元璋亲自为其更名为北平，朱棣被封为燕王，成年之后就藩于此。

朱棣的一生，大致可以平分为三个阶段，他出生于南京，二十一岁之前一直生活在南京；洪武十三年就藩北平，直到建文四年占领南京，他大部时间都生活在元朝旧都，住在忽必烈住的宫殿里，北平的生活改变了他的一生，他也彻底改变了中国的历史；四十三岁时他当上了皇帝，此后二十二年，就开始了一种史无前例的"双城生活"，在南京和北京之间来回折腾奔波，还先后发动了五次北征，将大把时间消耗在路上。

　　放眼两千年专制帝王史，论折腾，我只服朱棣，也只有秦始皇和隋世祖能跟朱棣掰掰手腕，其他人显然根本排不上号。不过有一点，这两人根本无法和朱棣相比：他们二位一死，自己的帝国就跟着完蛋了，但朱棣死后，大明江山却延续了二百二十多年。

三、朱棣真正想要超越的目标是忽必烈

作为一位有远见卓识的政治家，朱棣用温水煮青蛙的方式，逐步抬升北京的地位，一直没有激起官吏和民众太大的抵触情绪。

朱棣想迁都，不是一朝的心血来潮，可以说，从他起兵"靖难"之日起，他就有了清晰的规划。而登上皇位之后，他只是一步步地将想法付诸实施。

永乐元年（1403）正月，朱棣皇位还没坐稳，就把北平改为北京顺天府，作为国家的副中心，下辖大兴、宛平两县，并把北平省改为北直隶。同时迁直隶、浙江等地的富户到北京。但这时，没有几个聪明人能猜出这是迁都的前奏。提高"龙兴之地"的地位，是过往许多皇帝的习惯性做法了。赵匡胤将商丘升为南京应天府，朱元璋将临濠升为中都凤阳府，莫不如此。

永乐五年（1407）七月，徐皇后去世。当朱棣决定在北平为自己和皇后修建陵墓，这个举动，让多数聪明人看出了苗头，皇陵当然要放在帝都才正确。但不少人依然不愿意相信。当然，也没人明确规定，皇帝必须把陵墓放在都城，秦始皇陵不是放在了离咸阳挺远的临潼吗？放着好好的南京不待，还要回北京吃沙子，这蠢事皇帝会做吗？

永乐七年（1409），朱棣带着朱瞻基和朱高煦北巡北京，留下太子朱高炽在南京监国。北巡的目的，对外公开宣布说是准备讨伐鞑靼，但朱棣在此完成了一件大事，在昌平万寿山为自己和徐皇后选定了身后之所。

随后，朱棣又在北京增加了十个卫所，将大批富户迁到这个城市，还治理了大运河。这些，都是在为迁都做准备。

到了永乐十四年（1416）十一月十五日，等朱棣正式宣布迁都的时候，个别大臣们想反对，已经是有心无力了。

于是朱棣下令，开始修建新的京城和皇宫。

明朝是中国第一个由南向北实现统一的王朝，也是第一个把统一政权的首都放在江南的帝国。江南早在北宋时期，就已经成为中国经济最繁荣的区域，而南京应天府处于江南核心地带，又有六朝时期的历史底蕴，应该说是个建都的理想地域。

但盘点历史，凡是在南京建都的朝廷，几乎没有一个好运的，都免不了被北方强敌吞并，甚至搞个斩草除根的下场。

更重要的是，南京离北方边境过于遥远，对于控制北部领土相当不利。

北元解体了，但并不等于说，蒙古对中原的威胁从此就可以不用考虑，现实是残酷的，永乐七年（1409），明朝的十万远征大军（号称）被鞑靼全歼。这些人大多数可是"靖难"的主力军，其中包括了丘福、王聪、王忠和李远这样的悍将，逼得皇帝不得不再一次披上铠甲，御驾亲征。虽然朱棣先后狠狠地修理了鞑靼和瓦剌，但限于当时的条件，并不能彻底将他们征服，隐患还是存在的。

如果把首都放在北平，北方的防御力量无疑会大大增强，对蒙古的威慑也会提高到一个新的档次，中国北方领土的安全保障，就有了更大希望。

毕竟这个帝国太大了，从北京到南京，现在的高铁只需要四个小时，而明朝人骑马需要一个多月。在那个交通和通讯极为落后的年代，如果把都城放在南京，对于来自北方的侵略，很难有特别及时的反应。

当然，这只是保守的思路，对于雄才大略的朱棣来说，把都城放在北京，他就能更方便地出兵，攻打鞑靼和瓦剌，打服为止。

建都北京，对于东北的威慑作用，也是极其明显的。别忘了，那里可是成就了辽和金两大政权，是对中原大地形成过严重威胁的区域。

而从朱棣个人角度来讲，他也希望迁都北京。

朱棣出生于南京，在南方生活到了二十一岁，但自从就藩北平以后的二十多年里，他就一直居住在这个边塞城市，生活习惯完全改变了。他喜欢北方的面食，而不是南方的米饭；喜欢北方的水饺，而不是南方的年糕；他喜欢北方的粗犷山歌，而不是南方的丝竹软语。他甚至还迷上了朝鲜泡菜，据说后来又迷上了朝鲜姑娘。

按理说他有风湿病，怕冷不怕热，应该守在气候温暖的江南才对，但二十多年的生活，让他很难情愿地离开北平。也许是他生母的蒙古血统，让他骨子里热爱北方。

朱棣身边团结了一批北平武将，他们都不太乐意到江南上班，对于南方官员会不会联合起来对抗自己，永乐也并非一点儿也不担心。这种心态，无疑与五百年后的袁世凯有些接近，但这仅仅是一个方面。朱棣的眼光如果仅仅停留在这个高度，他就不可能成为永乐大帝了。

朱棣是一个特别有想法，也特别有野心的皇帝，他曾经自比唐太宗李世民，但在其潜意识中，疆域空前广大、国力空前强盛、对外交流空前频繁的大元帝国缔造者忽必烈，才是自己真正想要模仿和超越的目标。

朱棣和元世祖忽必烈，都是历史上的大人物。

他们都有一个了不起的父亲，教给了他们很多。当然，忽必烈还有一个更伟大的爷爷，朱棣的爷爷只是普通农民。

他们俩都排行老四，都不是合法的继承人。他们的江山都是抢来的，也就是说，是通过铁与血的手段得到的。

1260年，忽必烈在其兄蒙哥去世后，不顾蒙古大多数部落首领的反对，悍然在开平称汗，与各部落选出的领袖阿里不哥（还是他同父同母的弟弟）开战并打败了他。整整一百年后，1360年，朱棣在南京出生了。

1271年，忽必烈按照汉族的传统方式建立元朝，定都大都。将近一百年后，1370年，朱棣被封为燕王，封邑北平，以忽必烈的皇宫为王府。

北京，把两个历史巨人联结在了一起，冥冥之中，似乎有什么天意。

朱棣的眼光，绝不限于两京十四省，安南从前是独立的，现在不也建立了布政使司了？贵州以前是自治的，现在不也改土归流了？历史上的楚国和吴国，都是周天子不封的未开化之地，现在不也是华夏的重要一分子？北京现在处在大明的边境线上，但就永远处在边疆上吗？难道就不可能有一天，大明的领土比大元还要辽阔？

忽必烈把都城从上京迁到了北京，因为他知道，这里更容易为中原的主体民族——汉族所接受。

朱棣也清楚，相比南京，或者长安和开封，契丹人、女真人和蒙古人，甚至回鹘人和吐蕃人等，更希望看到并愿意融入这样一个国家：他把都城建立在北京，而不是那些汉族烙印过于明显的城市。

北京的胡风浓厚，作为单一民族的都城，当然有着天生的劣势，但要做一个多民族伟大帝国的都城，这里却是当仁不让的必然选择。

朱棣在做的事情，可以看作是忽必烈的继承。他希望有一天，大明帝国可以完全融合蒙古和女真各部，一如当年大元帝国把所有汉人居住区纳入自己的管辖范围一样。

明朝成为定都北京的第三个全国性政权，其后又有清朝成功效仿。但值得注意的是，金元明三朝立国之时，均不是定都北京，都有过迁都的历史。这也说明了北京的吸引力：要想成为真正的帝国，就不能不迁都到这座城市。而当它们进入末期之时，还均有再次迁都的情形。自然，离开北京，无疑就等于放弃了大国资格。金朝放弃北京之后二十年，就被蒙古灭亡；元朝放弃北京之后不久，就分裂为两大势力；而明朝放弃北京之后，第二年就走上了灭亡之路。

四、排除迁都最后一道障碍

一旦把北京定为首都，大明帝国最有权有势的那部分人，自然就会云集在这座城市，人口的快速膨胀无疑是不可避免的。有人的地方就有消耗，粮食物资的供应就成了突出问题，但朱棣似乎并不担心。

因为有纵贯南北连接北京与杭州的大运河的存在。目前的这条运河，是由元世祖忽必烈时期定型的，而它的开凿，可以一直追溯到春秋战国时期。

都说长城是中国最重要的历史文化符号，其实大运河才是。

长城代表的是封闭和退缩，而大运河展示的是开放与繁荣。

长城的修建，将中国割裂为两个世界；运河的通航，将中国南北紧密联系在一起。

长城修得再高再坚固，依然难以挡住匈奴、突厥和蒙古等民族对中原的轮番入侵，也未能防止明朝被清朝灭亡。

大运河却联结了中国南北，将南方的稻米、丝绸、茶叶和瓷器等源源不断地运到北方，也将北国的大豆、核桃和板栗等各类土特产送往南国大地。

大运河传送的不仅仅是物资，也让人员的迁移变得更加方便。

南北两方的生活理念与休闲方式，也通过运河得到了更多交流。

大运河的修建与疏通功在当下，利在千秋。三位在中国历史上占据重要位置的皇帝，都有"好战喜功"的黑历史，都有过迁都的经历，也都与大运河有着不解之缘。

而且，他们三人统治时期，都没有修过长城，这也算不谋而合了吧。换一种表达方式，可以说英雄所见略同。

从隋朝开始，中国历史上许多重大事情，都是沿着运河展开的。

运河从北向南延伸两千多里，它的两头，是中国最大最重要的少数都市中的两个——北京与杭州。

大运河是隋世祖杨广为这个国家、为这个世界留下的伟大工程和重要遗产。它从侧面透露了这样一个事实：早在公元七世纪初，长安和洛阳周边的资源供给，已经无法满足庞大城市人口的消费需求，不得不需要从江南调配物资。

自从公元 317 年晋朝南迁，到公元 589 年隋文帝灭陈，在这将近三百年的时间里，南方战乱的年月远远小于北方，经济得到了长足的恢复和发展。

在运河中段的河南，隋世祖开通了连接黄河与淮河的汴河。受益于运河贸易的繁荣，作为汴河上的重要枢纽，洛阳东边的小城汴州（开封）在隋唐期间得到了超常规发展。到了五代时期，它正式取代长安和洛阳，成为中国北方中心城市以及多个政权的都城，到了北宋，这里更是成为整个中国的政治和经济中心。

运河南部的中心是长江上的江都（扬州），但隋世祖却天才般地将终点放在了钱塘江口的余杭（杭州），而这个当时还并不起眼的城市，在南宋和元朝，都是中国第一大城市，甚至也是地球上最大最繁华的商业都市。

在北方，隋世祖把运河起点放在离两京相当遥远的涿郡（北京），无疑是出于进攻朝鲜半岛的切实需要。但这也说明了，这个边境要塞有着特殊战略意义，六百多年之后，它将取代长安与洛阳成为帝国首都。

估计杨广做梦也不会想到，自己修建了一条运河，就为中国造就了三座超级大都会，并改变了华夏历史的走向。仅凭这一点，就让拼命黑杨广的唐朝史家们，显得小肚鸡肠。

从某种意义上来讲，正是从开封那里，北京接过了首都继续东移的接力棒。北宋灭亡之后，开封的核心地位受到了很大影响，城市规模被杭州超越。即便金朝后期迁都开封，也只是为这个昔日帝国留下了一点悲歌而已。

224

元世祖统治时期，为解决大都的物资供应问题，忽必烈下令对大运河进行重大改造，首先修建了会通河，连接了会通和东平，让运河从山东直接南下，不再绕道河南，也从此远离了开封。新的运河全长由两千七百公里，缩减到一千八百公里，将中国的政治中心——以大都为中心的华北地区，和经济中心——以杭州为中心的江南地区，紧密地联系在了一起。

大运河告别中原，似乎也宣告了在中国历史上曾经无比辉煌的长安、洛阳与开封三大古都，已经通通沦为二线城市。

接着，郭守敬主持修建了全长一百六十余里的通惠河，从大都西北六十余里的昌平白浮村神山泉引水，经瓮山泊（今昆明湖）至积水潭、中南海，自文明门（今崇文门）外向东，在通州高丽庄（今张家湾村）入潞河。这样一来，来自南方的物资，就可以经过水路直接运送到皇宫门前不远处的积水潭，大大提高了运输效率。在元朝中后期，每年最高有二三百万石粮食从南方经通惠河运到大都。但因为海运发达，在终元一世，漕运仅仅是辅助性方式。

自朱元璋在南京建都之后，杭州也逐渐让出了江南中心城市的地位。

由于元末的长期战乱和黄河泛滥，大运河在山东一带出现了严重通航困难。汇入运河的汶水是黄河支流，携带着大量泥沙，将这段八十公里长的河道淤塞，无法通航。向北运粮不得不采用驴车运输的方式，成本极高而效率很低。朱棣知道问题的重要性，把这项工作交给了工部尚书宋礼，并派刑部侍郎金纯为助手。

宋礼和朱棣一样，一旦决定了任何事情，都要尽可能在短时间内完成。

在缺少施工机械的年代进行这样的工程，难度可想而知。宋礼和下属经过反复研究，决定在济宁北边的南旺，将山东省内的几条小河的水流汇集起来（南旺与临清之间有着九到十丈的高差），并设置了三十八个水闸，河水通过水闸的调控奔流而下，直抵临清。这一段小小工程，即便在宋礼的亲自领导下，还是用了三百天时间方告完工。

运河的南方河段依然需要维修，特别是淮安和扬州之间地势低洼，很容易造成堵塞。而这个任务落入了当年向朱棣投降的陈瑄之手。陈将军负责设计建造了四十七处船闸，以及三千艘专门用于浅水运输的防沙平底船。他因为自己出色的工作能力和领导才华，被朱棣任命为漕运总兵。

整修之后的运河，每年可以从江南向北平运送六百万石粮食。这样一来，迁都的障碍就进一步消除了。当然，有钱人的人生理想肯定不是吃，食物消费中主要的也不是大米。数不清的家禽、家畜、海鲜、新鲜水果和蔬菜，以及家具、装饰品、丝绸和文房四宝，都通过运河，运送到了首都及其周边的华北区域。

相比海运，大运河无疑更加安全，因此终明一世，这条人工河，就一直发挥着黄金水道的作用。

当然，一代一代的青年才俊，也会选择从运河乘船上京，或者参加科举，费用由朝廷承担；或者走访故交，谋求在京城发展的机遇。大量的京官，根本不是从北京土著里挑选，根本不需要拼爹，而是从考取功名的外地人中录用。

越来越多的读书人留在北京，也把读书传家之风带给了这座城市。年轻，就是他们的敲门砖；才华，就是他们的通行证。他们用不着买房，一样可以得到漂亮姑娘的青睐；他们用不着行贿，也能结识很多志趣相投的前辈。北京日益表现出它的开放、包容与自信。它的文化气息，用不了多久就堪比苏杭。

同样，有数不清的江南女孩，被北方的青楼歌坊或者大户人家选中，不久之后，她们的曼妙身影，就会吸引无数男人灼热的目光……

运河沟通了华北与华东这两处大明最重要的地域，让整个中国更加紧密地联结为一体。这也使北京这座原本胡风浓厚的城市，越来越多地有了江南的文化气息。在通惠河口，两岸不仅郁郁葱葱，景色宜人，更是广布亭台楼榭，雕梁画栋，吸引了无数文人墨客前来把酒言欢，其间自然有舞伎歌女作陪助兴，欢笑热闹的程度，似乎可以同秦淮河相提并论。

普通百姓，当然也会从运河的开通中受益，且不说有多少人可以充当船工纤夫，沿线城市的发展也增加了太多工作岗位，让许多农民的孩子，不再一辈子与土地打交道，让无数文盲的后代，也有了可以读书的机会。

说一条运河，改变了中国历史的进程，其实并非夸大其词。自元朝开始，这个国家发生的重大事件，几乎都是沿运河两岸进行的。朱棣开通运河的意义，可能仅次于其重建北京城。解决了运河问题，迁都的最大自然障碍当然就排除了。

五、迁都北京，重塑此后六百年历史

北京城的修建，绝对是中国和世界建筑史上的一大奇观。它的占地面积虽然不及隋大兴城（也就是唐朝的长安）和元大都，但工程质量、建筑水平及资源耗费等，都是前两者远不能及的。

一个相当流行的版本是这样的：

燕王朱棣夺取了天下之后，想在北平修建一府新都城，就把北平改为北京。工部官员一听就慌了，急忙禀报说："陛下，北平那里本是苦海幽州，有条孽龙非常厉害，根本不能建都啊！"朱棣一心想在北平建都，于是就命令大军师刘伯温和二军师姚广孝去实地考察。

两个军师都想在朱棣那里立功，心里都暗暗较劲，于是达成了默契，刘伯温住东城，姚广孝住西城，先各自独立调研，十天之后碰面，画出自己心目中的北京轮廓图。

十天之后，两人如约见面，落座之后，下人拿来了纸笔，两个人背对背画出了自己的设计图。当他们把图展开之后，现场观众爆发出了长时间热烈的掌声！

到底是燕王手下排名前两位的军师，心有灵犀一点通，两个人画的图居然一模一样！

两个人去拜见朱棣，燕王一见两人画的地图，奇形怪状，正要拍桌子发火。刘伯温哈哈一笑："陛下息怒，我给您解释一下就明白了。"

刘伯温指着地图："这正南开个城门，就是哪吒的脑袋，我管它叫正阳门；正阳门内开两眼井，就是哪吒的眼睛；瓮城东西两边开门，这是哪吒的两只耳朵；正阳门东边，有哪吒这半边身子的四臂，我给它们起名为崇文门、东便门、朝阳门、东直门；正阳门西边，同样有四臂，我给它们起名为宣武门、西便门、阜成门，西直门；城墙背面是哪吒的双脚，我管它们叫安定门和德胜门。"

朱棣看着看着，慢慢收起了愤怒的表情，开始欣赏刘伯温的设计了。

"为了镇住孽龙，非把北京修建成八臂哪吒形不可。"两位军师不约而同地说。

"这样啊，"朱棣若有所思，接着看两人的设计图，突然，他发现了问题，"姚广孝，你是怎么画的？"

姚广孝吓得一愣神，回头再看了看刘伯温的图，他摸着闪亮的光头，不好意思地笑了。

原来，刘伯温与姚广孝都分别遇到了长有八支胳膊的小天神哪吒，并照着他的样子画出了北京的设计图。不过，姚广孝却与刘伯温有着不同的经历。

当时，哪吒在前面蹦蹦跳跳，姚广孝在后面边跑边画。突然一阵风起，把哪吒的衣服吹起了一角。

"这一定是天意！就凭这个，我就能超过刘伯温。"姚广孝大喜，迅速画完了图纸，在城墙西面，他特意画出了一个缺口。

刘伯温不同意姚广孝的设计，姚广孝却坚持自己的神来之笔。争执不下，只好找朱棣裁决，朱棣金口一张："东城按刘伯温的，西城按姚广孝的。"

北京城在两大军师的监督之下，很快顺利竣工。新落成的北京城宏伟壮观，气势不凡，成了建筑史上的典范和样板，让朱棣相当满意。而且，因为两大军师的巧妙设计，孽龙果然没敢来闹事，大明江山也延续了近三百年。

这个故事当然是杜撰的，修建北京城的时候，刘伯温早就不在人间了，姚广孝也没有参与北京城的设计。真正主持北京城修建的，是来自安南的阮安。

值得强调的是，阮安也是一位太监，看来在永乐一朝，太监群体展示出的正能量可真不少。《明史·宦官传·阮安》中如是说："阮安有巧思，奉成祖命营北京城池宫殿及百司府廨，目量意营，悉中规制，工部奉行而已。"也就是说，他是一位天才的建筑师，不用查阅资料，只凭实地观测和思考，制订的建设方案就能达到各方面的要求，工部官员只需奉行就可以了。从今天的观点来看，这种说法也许有些夸张，但至少说明了，阮安确实是一位奇才。

永乐四年（1406）闰七月，朱棣下旨，决定在次年五月动工修建北京新宫，并派宋礼、陈贵等人采集物料，征召军户、匠户和民户，调集北京待命。

永乐十一年（1413），朱棣亲自选址的长陵修建完工，徐皇后的遗体得以安葬。永乐十五年（1417），北京宫城和皇城开始了大规模修建，直到永乐十八年（1420）十二月才宣告完工。在这十余年的修建过程中，先后征召的专业工匠有数十万，而出力的民夫高达近百万。

完工后的北京城，确实气势恢宏，壮丽雄伟，尽显大国名城风范，成为人类建筑史上的瑰宝。这座都城的建设，代表了中国古代城市规划的最高水准，被美国建筑师 E. N. Bacon 贝肯誉为"地球表面上，人类最伟大的个体工程"。

今天，北京皇城和京城的城墙已经被拆除，甚为可惜，不过在个别地方保留的城门遗址，依然能让当地市民和外地游客，都能深深感受到它当年的宏伟壮观。与以往的京城不同的是，北京由内城和外城组合而成，整个城市有点儿像中国的传统文具玉玺。外城^①包着内城南面，内城包着皇城，皇城包着故宫，而故宫周围又有护城河环绕，布局严密合理。

内城，是在元大都城的基础上修建而成的。元大都城墙呈规则的长方形，周长约五十七里，全都用土夯筑而成，外表覆以苇帘。因为城区面积过大，朱棣的岳父徐达将城墙南移近六里，并全部包砖加固。在朱棣就藩之前，舅舅李文忠又将北平城加固了一番。永乐十七年（1419），在施工过程中，将南边城墙又向南移了二里。

最终建成的内城，周长为四十五里，比大都略小，城门也由十三个缩减为九个。北有德胜门和安定门，东有东直门和朝阳门，西有西直门和阜成门，南

---

① 外城与朱棣无关，在嘉靖时代修建，不过只完成了南城部分。

面则有宣武、正阳和崇文三门。但是，明朝北京城是全部用砖包砌（内部依然要夯土）的，资源消耗无疑要大得多，而墙高也达到了惊人的十二米。

内城之内是皇城，周长大约十八里，是在元大都皇城基础上改造而成的。开有北安、承天、东安、西安四门，并在承天门开辟了一个 T 字形广场，当时叫天街，现在叫天安门广场。

皇城之内是宫城，是全城的核心，皇帝居住的地方。南京宫城被命名为紫禁城，北京宫城同样沿用此名。当然，国人现在通常称其为故宫。紫禁城周长为六里十六步（当时的建筑师计量真准确），同样开辟四门，南为正阳门，北为玄武门，东是东华门，西是西华门。而且，同样按照前朝后廷的格局布置。外朝的奉天、华盖、谨身三大殿，内廷的乾清宫、交泰殿和坤宁宫，名称完全模仿南京，但却比南京旧殿更加气派、宽敞和大气。

紫禁城南面，有太庙和社稷坛，甚至连施工时剩余的渣土也能废物利用，堆起了一座高二十四丈七尺的土山，这就是著名的万岁山。当年，皇上和嫔妃们站在山顶，就可以俯瞰整个北京城。崇祯十七年（1644），明朝倒数第二个皇帝朱由检，也是在这里为自己、也为大明王朝在北京的统治画上休止符。

十五世纪初，蒙古帝国已四分五裂，东罗马帝国正严重衰落，奥斯曼帝国刚崭露头角，西班牙帝国还没有成形，大明无疑是地球上实力最强的政权，朱棣无疑算是全世界最有权力的君主，但他并不能飞离地面，清晰地观察这座人类建筑史上的奇观。今天的一个普通人，如果有幸乘坐直升飞机鸟瞰北京，就可以看到一条清晰的中轴线，将整个北京城一分为二。从北到南，钟楼、鼓楼、地安门、内廷三大宫、外朝三大殿、大明门、正阳门沿中轴线一字排开，非常整齐，极为壮观。生活在高科技时代的我们，也不得不赞叹六百年前工程设计的严谨与精妙。而且，三大殿、中轴线与殿下石阶，组成了一个硕大的"土"字。中国一向以农立国，这个"土"字，也象征着皇帝的最高权威。

永乐十九年（1421）正月初一，六十二岁的朱棣，走上了刚刚建成的奉天殿，接受百官的祝贺。从这一天开始，前后进行了近二十年的迁都事宜，终于顺利完成。

在迁都诏书中，朱棣为了平息反对情绪，又一次把老爹朱元璋搬了出来："乃仿古制，徇舆情，立两京，置郊社宗庙，创建宫室，上以绍皇考太祖高皇帝之先志，下以贻子孙万世之弘规。"好像迁都北京，只是朱元璋的遗愿似的。

从此之后，北京正式改名为京师，京畿地区称为直隶，而原来的京师改称南京，其周边则改称为南直隶。但习惯上，人们依旧称大明都城为北京。

必须强调的是，朱棣时代的北京，距离边境还有一千多里的距离，元朝的上都——开平也在朝廷军队控制之下，根本算不上"天子守国门"。

朱棣为迁都耗费了近二十年心血，却只在新都生活了四年。这位永乐大帝死后，儿子仁宗朱高炽果然不是理想的继承人。这胖子把北京再度更名为行在，准备把首都重新迁回故都，并派太子朱瞻基去南京筹办迁都事宜。

不过朱高炽当了十个月皇帝就去世了，迁都的愿望因此也未能实现。朱瞻基继位后，顺利保住了北京的都城地位，并把他老爸也埋进了昌平万寿山下。此后，一代又一代的大明皇帝在这里相聚，形成了中华文明史上最著名的一个墓葬群，就是今天的十三陵。

顺治元年（1644）五月，盘踞东北的清军占领了北京，建立了中国历史上最后一个专制帝国，并继续定都北京，继续以紫禁城为皇家宫院，只是将奉天、谨身和华盖三大殿，改名太和、中和与保和殿。

这里，继续是全中国最有权威的地方；这里，继续见证着中国历史的风云变幻。

从1153年金朝海陵王完颜亮迁都中都至今，八百六十年的时间里，北京有近八百年的时间都是中国的政治中心。朱棣的迁都，显得特别关键。既有着承上启下的衔接作用，又让这座少数民族传统深厚的城市，从此重重地加上了汉民族的文化烙印，并成为各民族都能接受的天然政治中心。

朱棣迁都的战略意义，在过去几百年里都被低估。而他修建北京和紫禁城的花费，却成了历代文人讨伐的箭靶。是啊，批评是最容易的，而做实事却往往吃力不讨好。这些文人饱读诗书，眼光与见识居然还比不上他们眼中不学无术的朱棣。

从战略角度上来说，朱棣迁都的意义极其重大。此举令北京从金贞元年（1153）开始，在此后的八百多年间，几乎不间断地充当着整个中国的政治中心，最后成为中国"天然的首都"。同时，迁都又大大促进了东亚各民族的融合，为中华民族的最终形成、中国版图的最终确立，奠定了坚实基础。而这一切，都离不开朱棣的特殊贡献。

当然，今天说这些话，有点儿马后炮的味道，但明朝作为夹在元与清两大少数民族政权之间的汉人王朝，能够顺应地缘中心向东迁移的大趋势，没有如两宋一样退缩保守，确实表现出了相当的勇气与担当。

朱棣并非白手起家，他也是站在巨人肩膀上的。太祖朱元璋建立明朝之后，一方面主动承认元朝的中华正统王朝地位，承认了黄金家族过去近百年充当中国皇室的既成事实，并机智地以这个家族的继承人自居，如此一来，就为明朝接收蒙古帝国的庞大遗产，创造了法理上的可行性。

事实上，如果换一个皇帝，在平定江南、控制南宋基本疆域之后，很可能没有能力与魄力出兵北伐，与元朝军队硬碰硬，在江南半壁江山当个皇帝罢了。但朱元璋却做了最大胆也是最令国人振奋的决策，完成了周世宗、宋太祖都不能完成的功业。中原传统领土的大致恢复，就使得朱棣能够在更好的平台上，大胆实施自己的计划。

而且，从西周到唐末一直是中国政治中心的长安及关中腹地，相比东都洛阳，明显离匈奴、突厥和吐蕃等战斗民族聚居地更加接近，更有可能遭受入侵的威胁。但恰恰是定都长安的时期，汉唐两大帝国创造了最为辉煌的文明，而迁都洛阳的行为，只能表明衰落的开始。从某种意义上来讲，"天子戍边"，并不始于大明和朱棣，而是一个长期的传统，只是长安距边境的位置，相比北京没那么显眼而已。

朱棣迁都北京，并不（完全）是出于一己之私利，而是放眼天下，希望将大明发展成为大元帝国的真正继承者，并最终将蒙古高原和东北全境纳入中华版图。当然这个目标，朱棣生前未能完成，而他的后代，又回到了汉族王朝最拿手的消极防御老路上。随着防线的大幅收缩，大明真正形成了"天子守国门"的尴尬局面。到了宪宗朱见深时代，朝廷又重新开始大修长城。这一次的修建，则是有史以来规模最大、耗资最多的一次。但对于阻挡蒙古和女真的侵略，其实真的起不了多大作用。

迁都是朱棣长久的愿望，通过多年不懈的努力终告实现。差不多与此同时，在其一位好朋友的帮助下，朱棣还完成了另一项伟业。

六、万国来朝，东亚世界体系初告完成

如果要推选十五世纪前二十年最忙碌的人，朱棣肯定毫无悬念地排在首位，而雄居第二的，当然非郑和莫属。

郑和的首次下西洋非常成功，意义深远。此后，在永乐年间，他又进行了五次航行，但影响力都不如第一次。时间分别是永乐五年（1407）九月到七年（1409）六月，永乐七年（1409）九月到九年（1411）六月，永乐十一年（1413）十二月到十三年（1415）七月，永乐十四年（1416）十一月到十七年（1419）七月，以及永乐十九年（1421）正月到二十年（1422）八月。可以看出，这个频率是相当高的，朱棣执政期间，郑和有超过一半的时间是在海上。

相比十五世纪末的西班牙与葡萄牙航海者，郑和率领当时世界上火力最强的船队，却以执行和平使命为目标，所到之处，并没有要求任何一个国家割地交钱，甚至还扮演了和平仲裁者的角色。但无论如何，大明可不是追求与各国平起平坐，而是要他们接受天朝皇帝的册封，定期向中华纳贡。

有元一代，蒙古皇帝统治下的大帝国，自然是整个亚洲的中心，其他国家大都要向其表示臣服，接受册封。而拒不服从的日本、安南和爪哇等国，均遭到了元朝海陆军队的讨伐，但忽必烈的海外战争，大都没有取得预想效果，有些还损失惨重。

值得强调的是，忽必烈两次惨败于安南，朱棣却一战而拿下全境，并建立起了交趾布政司。而爪哇、缅甸也加入了向明朝朝贡的国家之列。

《隋书·音乐志》："每岁正月，万国来朝，留至十五日，于端门外建国

门内，绵亘八里，列为戏场。"万国来朝当然是夸张的说法，不过在朱棣时期，定期来南京（1421 年以后是北京）朝贡的国家，达到了六十多个。

朱棣得位的方式，别说让文人口诛笔伐，他自己也感觉到底气不足。为了能得到海外国家的认可，他甚至会不惜代价地鼓励朝贡。

郑和船队以及其他天朝使者的到来，给南洋各国带来了重大转变。事实上，永乐执政期间，围绕着大明为核心，出现了一个"东亚世界体系"，这些国家都被纳入了天朝的势力范围，成为了大明的附属国。

"附属国"，指名义上拥有主权，但实际上在外交、经济和军事等方面依附于帝国主义强国并受其控制的国家。最典型的莫过于朝鲜，新罗在公元七世纪后半期统一朝鲜半岛之后，就主动向唐朝表示臣服，以此换取不被入侵。此后，王氏高丽和李氏朝鲜，都继承了这一"光荣传统"。

郑和船队每到一个之前没有去过的国度，就会首先向当地的国王或者酋长宣读永乐皇帝的诏书，并举行隆重的册封仪式，向当地统治者颁赐象征藩王身份的冠服与印章，甚至还要为这个国家的山川河流立碑刻文，由此在大明与该国之间，建立起了明确的宗主国与藩属国的从属关系。

当然，郑和一路追求和平，必要时候也会使用武力。他曾经将陈祖义捉拿回南京处决，在锡兰山俘虏当地国王亚烈苦奈儿，在苏门答腊击败功干剌。因为双方力量相差过于悬殊，郑和并未遇到当年班超在西域的险境。他用自己的武力宣示，告诫爪哇、暹罗这样一些地区大国，不得对周边小国随意劫掠，大家都是平等的（平等地充当大明的附属国）。

中华传统一向讲究厚往薄来，不让客人吃亏。南洋各小国的使节来大明朝贡时，换加的赏赐，总是自身货品价值的数倍。例如，胡椒在苏门答腊每百斤才值白银一两，但明朝政府对当地使节的赏赐，却按每百斤二十两白银来计算。后人不怀好意地嘲笑朱棣，说他是打肿脸充胖子。北宋在澶渊之盟以后给辽国送的岁币，相比大明在朝贡外交中的经济损失，简直可以忽略不计。否则，这些小国何以如此热爱朝贡，即使表面上丧失了土皇帝的尊严，也是丝毫不在意。

但是，如果跳出历史大背景看决策，可笑的就不是永乐大帝，而是我们自己了。

郑和船队并没有造访日本和朝鲜，但这两个国家也早早加入了朝贡体系，并且表现得相当积极。

日本一向以中国为师，他们对蒙古灭南宋相当反感，坚决不向忽必烈屈服，为此两次遭遇入侵也在所不惜。但是，明朝确立在中原的统治之后，当时掌握日本实权的幕府将军足利义满，却两次主动派遣使者来中国，谋求恢复双方的关系。建文四年（1402），足利在兵库港迎接来访的明使，甚至用明朝人的跪拜方式，接受了建文皇帝的国书。不过，这个实诚人显然是跪早了，就在这一年，南京的主人都换了。

足利下拜，并不意味着日本从此成为大明的附属国，但加入以明朝为主导的华夷秩序，可以说确定无疑的。第二年，朱棣在南京接见了日本使臣，并正式册封足利为"日本国王"——朱棣显然也和大多数中国皇帝一样，不知道天皇才是真正的领袖。但足利居然没有推辞，慷慨接受，并从此年年派使者朝贡，并不定期捉拿倭寇送到中国，以表现自己的忠心。

隋世祖三次对高丽用兵，均以惨败告终，最终导致了这个帝国的解体。不过洪武二十五年（1392），李成桂建立李朝之后，却主动向明朝称臣。在崇祯十年（1637）皇太极征服朝鲜之前，这个半岛国家，一直是大明忠实的朝贡国。自洪武二十五年（1392）到景泰元年（1450），李朝居然派遣了三百九十一次使节来华。除了献上金、银、薄席、豹皮、海獭皮、亚麻布和人参等特产之外，还要定期贡马，并献上男童女童入宫。（女的当宫女，男的当太监。）

不过，值得强调的是，终永乐一朝，朱棣并没有解除父亲朱元璋于洪武四年（1371）实行的严格海禁，依然不允许民间进行海外贸易。

朱棣再怎么雄才大略，毕竟是军人出身的皇帝，文化素养显然不高，经济观念更加欠缺，肯定不懂得"比较优势"是怎么一回事。而且天朝无所不有，他对扩大对外贸易也就不太热心了。直到隆庆元年（1567），明穆宗在高拱等重臣支持下，才大胆调整海外贸易政策，允许民间船只远贩东西二洋。但事实上，民间私自的贸易（走私）是一直存在的。

学者郑一钧对《明实录》做过详细统计，发现在洪武年间，各国共派一百八十三次使团来大明朝贡，平均大约每年六次；永乐年间，各国共派使团三百一十八次，年均上升到了十五次；仁宗执政时，接待了十个使团，宣德年间，接待的使团有七十九个，平均每年约九次；而英宗朱祁镇在位期间，平均每年仅七个使团来朝。就西洋各国的来朝次数，永乐年间的数量比其他时期高出数倍。

但是，雄才大略的朱棣，真的愿意永无休止地当冤大头，永远这样被人宰下去吗？相比朱元璋不对海外发动战争的保守做法，朱棣事实上却将这些小国纳入了势力范围。难道，他丝毫不会产生完全兼并这些地域的想法？他可以直接将安南划为大明一省，收取租税；对付这些比安南实力更加弱小的国家，他真的不会玩出别的花样？

没有秦始皇的"多事"，珠江流域就不会纳入华夏文明之中；没有汉武帝的"黩武"，河西走廊上就不会有汉人定居。对华夏一族而言，在他们的眼中，这些在西洋海域中捉鱼摸虾的居民，与贵州云南的那些打猎为生的苗彝各族，到底能有多大区别？

朱棣的子孙后代，理解不了他构建"东亚世界体系"的长远意义，正如他们理解不了朱棣为什么非要迁都不可。

第十三章　迁都后的抗争

一、勤于政务，建立巡抚制度

朱棣在南京出生和长大，却对这个六朝故都没有太多留恋。继位之后，他一门心思要迁都北京，而这个过程，差不多耗费了他二十年时间。

就藩北平的时候，他还是个二十一岁的少年。不过这个年纪，他的好几个后代，早已经坐到金殿当皇上了；在南京登基时，他已过四十三，到了这个岁数，不少明朝皇帝已经住到十三陵去了；正式迁都那年，朱棣六十二岁，而他之后的十五位君主，没有一个活过六十。

相比中国历史上的一般皇帝，朱棣执政这些年来，工作效率高得惊人，永乐年间，大事一件又一件地发生。当然这一方面说明朱棣精力旺盛，意志坚定，创意十足；另一方面，也是与他有别于常人的极大付出分不开的。即便完成了迁都大业，即便已经年过花甲，他的劲头一点儿也没有松懈下来。

朱棣自己就曾说：

朕每旦四鼓以兴，衣冠静坐。是时神清气爽，则思四方之事、缓急之宜，必得其当，然后出付所司行之。朝退未尝辄入宫中，闲取四方奏牍，一一省览，其有边报及水旱等事，即付所司施行。宫中事亦多，须俟外朝事毕，方与处置，闲暇则取经史览阅，未尝敢自暇逸，诚虑天下之大，庶务之殷，岂可须史怠惰，一怠惰即百废弛矣。卿等宜体朕此意，相与勤励，无厌敢也。自今凡有事当商略者，皆于晚朝来，庶得尽委曲。

朱棣这样雄才大略之人，知道必须时时保持清醒头脑，明白"一怠惰即百废弛矣"之道理。永乐年间，朱棣别说休国庆和春节长假，连星期天都没有，大年初一都要上朝办公。自己的生日——天寿圣节也是照常工作。只要他上班，文武大臣们哪敢休假啊，当面提意见固然不好，心底下的埋怨自然是跑不了的。毕竟大臣们只是为这个政权打工，而皇上为江山社稷玩命，跟一个农民尽力照顾自家的黄瓜，可没有多大区别。

朱棣是一个很有危机意识的皇帝，而且特别善于触类旁通。有一回，他在看奏折时，胳膊肘碰上了桌案上的镇纸，差点将这个小铜猴子撞到桌子底下。皇帝身边的小太监看到了，自然是帮皇帝把镇纸往桌子中间移了移。

按说，朱棣这时候继续看稿子就完了，难道还要向太监说"谢谢你"吗？那倒没有，但他想了很多。他告诉身边的近臣："大家知道吗？这么一个小物件，把它放在正确的位置，它就是安全的，把它放到不恰当的地方，就相当危险了。大明江山，与这个物件不也类似吗？"

是啊，藩王朱高煦就应该去就藩，把他搁在京城就很危险；文人解缙就应该好好编书，整天搅和立储的事情就很危险；大臣的夫人就应该相夫教子，干预丈夫的决策当然也非常危险；而大明帝国这驾庞大的马车，如果脱离它应有的轨道，不知道会引发多少灾难呢？

因此，朱棣绝对不会等到鞑靼和瓦剌特别强大了才去进攻，而是要打得它们根本强大不了；不会等到自己死了，才让太子知道怎么当皇帝，而是让他提前担任监国，学习和摸索治国谋略。

朱棣在凤阳从事军事训练时，就喜欢微服私访，直接听取民意。他对官场上那些敷衍了事、阿谀奉承之风非常痛恨，但是，他总不能和老爹一样，为一点儿小事就"剥皮实草"吧。为了监督地方官的工作，在原有承宣布政使司（管民政）、提刑事按察使司（管司法）和都指挥使司（管军事）的基础上，他又派蹇义等人担任"巡抚"，分巡各省，由此产生了中国政治制度史上极为重要的巡抚制度。

巡抚并非地方官，而是由皇帝直接任命，朝廷发薪水，却可以管理地方事务，相当于"钦差大臣"，让地方上的三司相当忌惮。到了明朝中后期，巡抚一职由临时向固定转变。至于清朝建立之后，没文化的满洲人更是照葫芦画瓢，学得那叫一个严肃认真。

朱棣自己是工作狂，但他还是有人情味的一面。可能是察觉到了大臣们的实际需要，永乐七年（1409），朱棣玩了个亲民之举，一下子划出十天作为法定假期，即每年的正月十一到二十一，在此期间，停止一切公务，与民同乐，元宵节也可以舒舒服服地赏花灯吃汤圆了。不过，大臣们放假，朱棣却并不是、也不可能是真的休息，如果有突发情况，他也会立即结束休假状态，马上予以处理。

永乐二十二年间，朱棣居然有十二次过生日时不在宫中，而是在出巡和北征的路上，当然就没法儿好好庆祝。这恐怕也是历代皇帝中的一个纪录了。

相比后代们丰富多彩的业余生活，如朱瞻基的斗蛐蛐、朱厚照的打豹子，朱厚熜的炼仙丹，朱由校的当木匠，朱棣这个工作狂，几乎没有什么时间来享乐，连做新衣服的时间都没有，甚至会把破了的衬衣穿在龙袍下面。[1] 他认为："为人君者，但于宫室车马服食玩好无所增加，则天下自然无事。"

虽然历史学家们总是批评永乐盛世期间花钱太多，但朱棣自己，过得真是节俭得可以。当然，朱棣这么拼，就是为了缔造一个无限荣光的盛世。迁都大业宣告顺利完成之后，他自然是大大地松了一口气。那么从此，朱棣的日常生活，是不是能够轻松一些呢？

---

① 参见商传著：《永乐大帝》第二十一章。

二、三大殿失火是天怒还是人怨?

朱棣上台以来，坚定不移地执行朱允炆的削藩政策。二十年间，先后已经有齐王朱榑、岷王朱楩、辽王朱植和谷王朱橞等被夺了王爵和封地，其他诸侯和亲王无不心惊胆战，生怕达摩克利斯之剑什么时候就落到自己头上，一个个纷纷向朱棣宣誓效忠，并请自裁卫队，把子女送到南京当人质，就差没把老婆送给皇帝当丫鬟了。

总之，只要朱棣不收拾他们，这些人什么屈辱都愿意承受。他们不再当自己是皇帝的手足兄弟，而把自己当孙子。噢，不对，当爷爷的，最疼爱的就是孙子，这些人也根本不敢有非分之想。

不过，有一个亲王，朱棣似乎从来没有怀疑过他的忠诚，一直对其关爱有加，其实这也不奇怪，一笔写不出两个"朱"字，谁让人家是朱棣的同母兄弟呢！不过，朱棣万万没想到，自己也有那么一天。

永乐十九年（1421）二月，朱棣突然传旨，宣周王到北京，洛阳离北京也不远，朱橚只用十来天就赶到了。

站在巍峨的皇城之下，朱橚不禁回忆起十九年前，四哥攻陷南京，救出自己的情形。岁月染白了他的鬓发，时光却带不走美好的回忆，他们两兄弟，还能有多少时间执手欢歌，秉烛夜谈？

不过，朱橚一进宫，就发现气氛不对，四哥对他的态度特别冷漠，完全没有亲兄弟久别重逢的喜悦，这又是为了什么？

朱橚在阶下傻傻地跪着，太监呈给他一份文书。朱橚一看头就大了，上面密密麻麻地记录了锦衣卫精心搜集的，周王过去十多年来为非作歹的证据。其实这些事说大不大，说小不小，只是，皇上你信息搜集能力，为什么如此强大？

此时的朱橚，就如同打碎玩具的孩子一样无助。都一大把年纪了，需要这么绝情吗？他知道自己无法抵赖，当场就磕头谢罪："臣有罪，请皇上赐臣一死！"

要说朱橚还真不傻，这招以退为进起了作用。朱棣杀谁，也不能杀自己同父同母的弟弟啊，何况朱棣根本就没处决过一个亲王。可能是想起了死去的亲娘，朱棣眼泪当场就下来了。

不过，别忘了朱棣不仅是皇帝，还是影帝，他的表演才华无处不在，这眼泪当然是装出来的。朱棣决定对老五不予追究，并将他送回洛阳，不过，还是把周王府三护卫给削夺了，这当然更多的是起警示作用，是秀给其他亲王看的：我连最亲的五弟都不包庇，你们最好也能收敛一点儿！

经过朱棣二十年如一日的不懈努力，让建文皇帝头疼不止、最终导致他丢失皇位的削藩问题，在永乐朝却得到了比较圆满的解决。此后二百多年时间里，各地藩王花天酒地、醉生梦死当然没人管你，娶多少房妃子也无所谓，但你既不能互相串门（王不见王），也很少能上京旅游（北京不欢迎你），更不能干涉地方的政务，在他们的封地中形同人质。也有过少数藩王试图叛乱，想用武力改变命运，但无不轰轰烈烈开局，冷冷清清坚持，凄凄惨惨收场，没有成功的可能性，只不过给了武将练手的机会，甚至让文臣能一战成名。

朱棣不仅是大侄子政治遗嘱的忠实执行者，更在一个新的层次上圆满完成了历史使命。这个时候，那个在民间到处流浪的通缉犯朱允炆，不知道会做何感想。难道他会坐在租住的茅草屋中，一边吸着凉风，一边啃着窝头，一边热泪盈眶，向着北京方向行礼，嘴里还连声说："四叔，谢谢啊，谢谢啊！"

不过，朱棣处罚老五的行为，似乎败坏了他的人品，要不老天怎会降下惩罚呢？

永乐十九年（1421）四月初八，距朱棣正式定都北京不过百余日。

已经到了初夏，天气渐渐热了。各位一定都知道，北京属于温带半干旱气候，一年的降雨主要集中在夏天，而且多为雷阵雨。很多时候，明明早上还好好的，你出门不带伞，就能给淋成落汤鸡。

这天上午，天气还可以，朱棣在奉天殿接待了上朝的三品以上大员。中午，他正在乾清宫休息，忽然之间，传来"轰隆隆"一阵雷声，把朱棣给吵醒了。夏天嘛，这种打雷也不稀罕。

朱棣费力地翻个身，还想接着睡。这二十年，他实在是太辛苦了，宵衣旰食，殚精竭虑，为大明（自己）的江山操碎了心，两个儿子又各有各的问题，都让他相当失望。可就在这时，一个小太监慌慌张张地跑了进来：

"启……启奏陛下，大……大事不好了！"

大事，还能有什么大事？这些年来，天下大事还不都是我老人家制造出来的吗？朱棣蔑视地看着那张苍白的脸，感慨他与郑和不是一类人，同样是没有命根子的太监，做人的差距咋就这么大呢！可当太监把话说完之后，朱棣居然脑袋"嗡"地一下，差点儿一头栽在地上。

当初皇后死时，他的反应都没这么大。我的哥，这是怎么了？

朱棣快步走到窗下，小太监推开窗户。只见三大殿的方向已经是漫天火光，场面十分混乱，无数人慌慌张张地跑来跑去。朱棣站在窗下，两腿直打哆嗦。

奉天、谨身和华盖三大殿，同时被雷击着火了！

这是报应吗？十九年前那个夏天，当朱棣杀进南京城时，皇宫里的情况不就有点儿类似吗？这算是一报还一报？

其实，当朱棣迁都北京之后，还特意下令铸造了一口大钟，钟口直径一丈，高两丈，重量达到了九千三百多斤，上面密密麻麻地刻着十六种佛经和一百多种咒语，合计二十三万多字。后世的乾隆皇帝看到之后，就认为朱棣这是为自己过去的行为忏悔："瓜蔓连抄何惨毒，龙江左右京观封。谨严难逃南史笔，忏悔诇赖佛氏钟……欲借撞样散愤气，安知天道怜孤忠。榆木川边想遗恨，应氏徒添公案重。"到底他的本意如何，也许只有天知道了。

在那个年月，别说出动消防车，连个灭火器和高压水龙头都没有，只能靠众多太监们推着水车来扑救，能起多大作用呢？

大火直到晚上才终于被扑灭。不过，早上还无比雄伟庄严的三大殿，现在已经只剩下了一片残梁断壁，多少工匠多少年的心血，就这样化为乌有；无数银子无数财富，就这样打了水漂。多少人看到这悲惨的一幕，都不会无动于衷，甚至会潸然泪下。

最为伤心的，莫过于朱棣本人。这可是他一生奋斗的成果，一辈子努力的心血，说没就没了。面对一片废墟，这个六十二岁的老人，差点儿忘记一位君主应有的矜持，忘记自己无比高贵的身份，差点儿就当场放声痛哭起来了。

内官监对失火原因进行了反复调查，最后得出的结论，让大臣们忧心忡忡，令言官们心中暗喜，更让朱棣大为震惊：这并非人为破坏，而是由雷击引发的天灾！过去多少年来，朱棣和姚广孝坚持用封建迷信忽悠部下，笼络人心，但摊到自己身上，他再也无法淡定了。难道真的是上天降罪？难道自己真是铸下了大错，导致天怒人怨，人神共怨？

没有办法，认栽吧！当年不可一世的汉武帝，到了晚年，不是还下了个《轮台罪己诏》，首开中国皇帝自我批评的先河，被好事者嘲笑了一千多年吗？

不过今天看来，这事非常蹊跷。如果是雷击，为什么能精准地烧毁三大殿，而其他地方都安然无恙，难道雷公还真长了眼睛？显然，这无法排除人为破坏的可能，而幕后黑手的作案动机到底是什么，也是耐人寻味的。这问题说来复杂，有兴趣的同学，完全可以写一篇上万字的学术论文，类似《永乐十九年故宫三大殿火灾考证》，没准儿还能发在核心期刊上。

不过，朱棣并没有将火灾彻查下去，而是真的反省自己了。一个英雄，无论当初何等意气风发，也还是阻止不了时光的流逝，改变不了自己的衰老，而与脸上的皱纹一同到来的，往往还有内心的胆怯。年轻时，可以天不怕地不怕，可以发毒誓撒谎骗人，到了晚年，这种莽撞也好，这份勇气也罢，也越来越少了。

三、修省求言，让朱棣发现人心的可怕

"靖难"之时，朱棣是个天不怕地不怕的叛逆者，随着容颜的日益衰老，他也一天天地相信命运。他将大殿失火看作是上天的惩戒，没有立即着手重新修建。

此后，直到朱棣离开人间，三大殿一直是一片残檐断壁。朱棣坚持采用"御门听政"的方式与大臣会面，脚踏实地地过苦日子，可惜并没什么文章称赞他，大明的文人们都在忙着给永乐挑错。直到正统六年（1441），他的重孙英宗朱祁镇才安排阮安重修了三大殿。

即便朝中议论不断，朱棣却并没有下罪己诏，也压根儿没这个打算——他可不想给大臣们制造更多的口实。不过，朱棣还是下旨，鼓励大臣据理直言，指出朝政的缺失。同时，派出官员巡抚各地，安抚百姓，纠察不法，并免去永乐十七年（1419）之前天下军民拖欠的税赋徭役，以及永乐十八年（1420）遭受旱涝灾难地区的税粮。

既然朱棣开了口，大臣们也没令他失望，其实，当官能当到一定级别的，书呆子还真的不多。在洪武年代，不小心说错话是要掉脑袋的，批评朝政当然是万万使不得。即便是表扬和赞美，也有可能被当成阿谀奉承而倒大霉，当然，当大臣的又不能什么都不说，如何安全地讲话，必然成了一门大学问。

到了永乐年间，文官日子相对好过了不少，但因为有解缙的前科，大伙儿还是明白分寸与火候，知道该说什么不该说什么。可是这一次，三大殿都烧没了，看朱棣又这么实诚，很多人还是被感动了。

当月十七就是朱棣的生日，也就是万寿节，朱棣当然也不好意思办 Party 了，这些天，他的案头上，已经堆满了各种奏折。

这帮伙计是憋坏了啊，看来，长期不行笔，和长期不行房一样有害健康。但是，朱棣看着看着，脸色就变得不好看了。大部分奏表居然都是一个主题，好像都是商量好的——纯粹是给朕难堪嘛！

他们还是对朱棣迁都耿耿于怀，或者直言不讳，或者旁敲侧击，甚至引经据典、夹枪带棒地讽刺挖苦（欺负皇帝读书少）。不过中心思想很明确，就是南京好，北京不好，你迁都迁得天降大罪了，趁着腿脚还能活动，还是打哪来回哪去，别再惹老天爷生气了。[①]

有句老话，给你一块豆腐，你就敢开火锅店，说的就是这帮书生吧，还真不拿自己当外人！不过，朱棣这次笑不出来了，他感受到了这些人的韧劲儿以及骨子里对自己的看不起。这个六十二岁的老人，不得不感慨人心的可怕。

那么，朱棣又将如何抉择呢？

很快，一则喜讯就在大臣中传开了，七品御史何忠和郑惟桓，八品给事中柯进，因为上书直言，勇气可嘉，都被提拔为六品知州。看来，朱棣还真能从善如流，虚怀若谷啊，这么说，还都南京有望了？

不过，从那以后，上书的人却大大减少。难道他们不想得到提拔，受到重用？还真不是。这哥仨儿去的地方，正是当年解缙工作过的交趾。自从解大才子死得不明不白之后，六部官员早就将交趾视为鬼门关，有些人宁可辞官不做，也不愿意去建设边疆；宁守在秦淮河畔哭泣，也不愿到升龙城里抖威风。

大伙算是看出来了，朱棣这就是杀鸡骇猴，拿几个边缘人物当靶子。如果二三品大员还想继续找不痛快的话，那后果有多么严重，还真的不好说了。

不过，大明文官的脊梁，真的就样抬不起来了吗？当然不是。吏部有一位主事，名叫萧仪，只是个五品官，平时基本上不上奏折，可这一次，既然朱棣

---

① 详见《明太宗实录》卷二三六。

公开号召大家提意见，萧仪当然也不能不把皇帝的诚意放在眼里，于是就写了一封《应求直言诏疏》。没想到的是，一向和善的朱棣，此时却如同朱元璋附体，下令以诽谤之罪将萧仪关进诏狱。

还没等正式判决，萧仪就不明不白地死在里面了。显然，愿意替皇上背锅的枪手太多，但是，朱棣也并没有要求彻查此事，看来，他跟这个五品小官真是较上劲了。

其实，萧仪的上书中并没有新鲜元素，无非是指出皇上营建北京城和皇宫时间太长，花费太大，征夫太多，造成民力凋敝，民怨沸腾，以至于老天降罪。同时，他还委婉地劝朱棣还都南京，别折腾了！

问题是朱棣已经迁都，已经折腾得差不多了，再听你们的，再迁一回都，再折腾一次，还不得让天下老百姓当笑话讲啊！再说，营建北京是浪费，难道建了这么大的京城不用，就是节约了？怪只怪萧仪点儿背，撞在了朱棣的枪口上。

萧仪的死，无疑在群臣中引起了轩然大波。是你永乐要求提意见的，现在人家提了，不过就是批评得狠了一些，说的基本上都是实事，言者无罪，闻者足戒，居然就落得这样的下场！这种引蛇出洞的做法，显然不是正人君子能干出来的！

不过，错误是皇帝的，脑袋倒是自个的，谁愿意当下一个萧仪？言官们从此不批皇上了，而是指责内阁大学士和朝中重臣，说他们严重渎职，没有尽力辅佐皇上，有失人臣责任。不过没多久，又出大事了。

故宫午门外有一大片空地，是举行大型活动的好地方，召集几千士兵列个队，打个拳，甚至跳个舞，都没有一点儿问题。可就在萧仪死后没多久，这片空地上，突然呼啦啦地聚集了数百名穿戴整齐的文官，还排成了整齐的两队。

远处太监一声令下，这些人全都面对皇宫跪了下来，表情十分严肃，神情异常庄重。不过没多久，两帮人就完全丢下了文人的矜持，扯着嗓子对骂了起来。

一边是朝廷的言官，本来就以给大臣提意见为己任；另一边是六部三司的核心骨干们，他们辅助朱棣领导这个庞大的帝国。言官们痛恨这些骨干们太不作为，不仅不阻止皇上迁都北京，铸成大错，还一味地阿谀奉承，有失人臣职责；而骨干们则毫不客气，嘲笑言官们跪着说话不腰疼，就知道纸上谈兵瞎评论。

虽说两路人马吵得很热闹很过瘾，但跪的时间长了，大家的腿难免有点儿承受不住。可既然没分出输赢，朱棣又没有下令大家起来，那不还得跪着吗？日头一点点地西沉，天色一点点变暗，很多人的脸色，也变得越来越难看，吵架声也是越来越小了。

都是锦衣玉食的成功人士，谁受得了这份苦？眼看情况越发不可收拾，有人果断地站了起来，找朱棣汇报去了。

敢这么做的，也只有朱棣的心腹大臣。他就是户部尚书夏原吉。老夏跪在皇帝面前，毕恭毕敬地说："言官们给朝政提意见，那是他们的本分；我们这些当大臣的，事情没做好，有负皇上的信任，责任应该由我们来承担，请皇上处罚！"

朱棣当然知道他的真实目的，于是下令还在午门外跪着的那一大票人，赶紧起身，回家吃饭。如果继续这么跪下去，天知道会出什么事情。当大家伙知道事情真相之后，自然对夏尚书非常感激，当然也对皇上更加敬畏，再不敢随便发议论了。

摆平了众大臣，不等于说朱棣从此就没有麻烦了，没想到后宫又出事了。

四、鱼吕之乱的真相

这个世界由男人和女人组成，正是两性之间的关心与爱慕，才保证了人类世界的生生不息。正是两性之间的亲昵和欢愉，才给了人类前所未有的幸福感受。不过，在古代中国（以及一些东方国家），还有第三种人，他们似乎有着男人的体型与外表，也有着男人的欲望与需求，却没有了男人某些器官与机能。

他们就是皇宫中的太监。今天看来，将上万男人阉割，去为一个男人服务，这显然是灭绝人性的卑劣行径。但是在六百年前的大明王朝，不仅皇帝、官员以至老百姓，甚至净身者自己，都认为这种行为无可厚非。

甚至有些人，为了能到帝都谋取一份差事，以壮士断腕的无畏勇气，主动报名做手术，个别胆大的，甚至自行操作。在当时简陋的医疗条件下，因此感染而落病根，甚至丢掉小命的都大有人在。但是，期望通过这种手段加入公务员队伍的男人，可以说是络绎不绝。

可见，皇宫的工作多么有诱惑力，能让一个男人能心甘情愿地扔掉命根子。事实上，刘瑾和魏忠贤这两位知名太监，均是自行切割，主动要求加入太监队伍的。

太监惨，其实宫女也好不到哪里去，虽然没有被切除器官，但有和没有往往差不多。

偌大的皇宫里，通常只有一位皇后，一位贵妃，几十个嫔妃、妃子、昭仪、婕妤和美人，却有着多达上千甚至近万的女性从业人员。鉴于皇帝的至高无上，他想跟谁啪啪啪，都是自己的个人自由，是对方的天大荣耀。能得到临幸的宫女，只要能怀上龙种，很可能就会改变自己和家人一生的命运。

当然，皇帝只有一个，宫女数量太多，因此从理论上来讲，绝大部分宫女，一生注定是得不到皇帝临幸的，但她们往往既没有辞职的自由，也没有出嫁的权力，只能把一辈子的青春耗在宫里，从小丫头变成老太婆，皮肤松弛，皱纹加深，也不知道生命中最美妙的活动是何滋味，甚至不知道万岁爷长什么样。

而生活在永乐年代的宫女，命运可能更加不幸。

朱棣十六岁结婚，皇后徐仪华是他三十多年共患难的人生知己，永乐五年（1407），徐仪华不幸去世，朱棣自此再也没有立过皇后。

两年之后，朱棣将来自朝鲜的权氏封为贤妃，当成皇后的替身，次年朱棣北征鞑靼之时，都要把贤妃带在身边。可就在大败阿鲁台，胜利班师回京的途中，贤妃居然不幸去世，死因也不明不白，这给已经年过半百的朱棣，带来了无比沉重的打击。

而对朱棣的另一重大打击，更是令人难以启齿。我们知道，朱棣的九个孩子全是跟徐皇后生的，自从进入南京，即便佳丽无数，他也始终无法搞大任何一个妃子的肚子。即便是普通男人，都会为这样的事情感到耻辱，何况是一国之君。

一开始不能让妃子怀孕，还可以说是因为工作忙碌，你说这已经当了十来年皇帝了，京城都由南京迁到北京了，朱棣还没法再多留下一个后代，怎能不让别人怀疑，让宫女寒心，更让无良文人编段子笑话？

皇宫的传统，历来是母以子贵，那些抱着一线希望，想通过给朱棣生儿子改变命运的宫女，能不就此死心和绝望吗？

据历史学家分析，朱棣不仅仅是不育，甚至还患上了男人最忌讳的病症——阳痿。要不怎么说这老头怎么那么爱打仗呢，没法在床上征服女人，展示男人雄风，就在马上屠杀别的男人，也算能平衡一下内心吧！

如此说来，失去重要生理机能的朱棣，跟在紫禁城里晃悠的几千名太监，似乎有了共同之处。但事实上，他还不及这些伙计呢。

朱棣可能对异性已经真的不感兴趣了，毕竟贤妃那样的绝色美女，多少年才出一个。可太监们却不一样，他们的要求低得多。别看少了核心器官，可作为男人的审美还有，作为男人的渴求同样没有消失。男人女人在一起，也不能一天十二个时辰只做一种事，还想抽时间说说话，拥拥抱，亲亲嘴，这些事情，太监完全可以胜任，而且相比朱棣，这些人显然态度会更加认真，更能让宫女们为自己的性别自豪。

其实宫女与太监的"自由结合"——史书上的说法是"对食"，在历朝历代都是"不能说的秘密"，也是难以完全杜绝的现象。许多皇帝对此是睁一只眼闭一只眼，知道反正不会搞出多大事情：你们能生出来孩子吗？但另一些君主，却有不同的想法。

严格说来，宫女也是皇帝的女人，只能与万岁爷发生关系；跟别的男人亲热，当然是伤风败俗的行为，更证明了这种女人"不守妇德"。敢于参与这种事的太监，自然也不是好东西。

就在迁都北京之后，朱棣还真揪出来一对不怕死的。

今天的中国姑娘最喜欢看宫斗戏，看明星偶像们穿着古装撕来撕去。真实的后宫，当然比电视剧里描写的要和谐不少，但两个女人打架的事情，肯定也不是完全没有。只要让太监总管抓住了，后果一定相当严重。

但还有更可怕的。这一回，有两个宫女可能是商量好的，找了个僻静的地方单挑，她们一边动拳互殴，动手互撕，一边还动嘴互骂，你说女人打架能有多大力气啊，往往还是语言更有杀伤力。可她们骂着骂着，居然骂出忌讳来了。大概意思是这样：

一个说："你这个挨千刀的，贤妃你都敢毒死！"

另一个喊："你没人性，你才是害死贤妃的真凶！"

二人骂得够爽，撕得够欢，嘴上是痛快了，可身上却倒霉了。宫中巡察的太监很快发现了她们，当场给抓了起来，因为这俩敢于指名道姓地提及朱棣特别宠幸的贤妃，太监自然不敢怠慢，立即汇报了皇上，并对两女严加拷打。

这俩一个姓鱼，一个姓吕。

二人被打得没有人形，于是想起什么说什么。虽说她们根本就没有跟随朱棣北征，但也并非没有污点。

原来，她们都有各自的相好，都给供出来了。为了保命，她们甚至把自己知道的对食组合，也揭发了出来。

朱棣这一年整整六十岁，应该已经进入更年期了。不过用今天的话说，他对"对食"可是零容忍，因此下令，将查出来的这些男女，通通处斩。

朱棣的做法，让中国后世史学家狠狠批评一番。但还有更狠的，《朝鲜李朝实录》的编纂官们，可能是出于对朱棣常年在朝鲜不花钱征美女的愤怒，就将这位宗主国皇帝狠狠黑了一道。

按照《朝鲜李朝实录》的记载，朱棣下令处决的宫女和太监多达三千人（得杀多长时间），而且不是杀头，是活剐！朱棣不但监督行刑，甚至还不顾自己六十二岁的高龄，亲自提起长刀，一下一下地剐掉那些雪白肌肤上的细皮嫩肉，以惩罚这些女人背叛自己。有些宫女眼看活不成，就豁出去了，当场大骂朱棣是阳痿。

今天看来，朝鲜人的这种说法实在过于儿戏，就和征安南的八十万人一样不可信。《明史》《明通鉴》《国権》等权威著作都不予收录，当然也是明智的。要知道这些作品的编者，基本上都同情朱允炆，而对朱棣没什么好感，如果活剐事件为真，他们根本没有不收录的道理。

也就是说，《朝鲜李朝实录》的说法实在离谱，严重挑战读书人最基本的智商。

但是，"朱棣活剐三千宫女"的段子，居然就在民间流传开了，而且一传就是六百年。此事足以证明，我们这个民族热爱八卦，有着非常悠久的历史传统。而大部分中国人懒得思考，其实只要稍加分析一下，就知道这种事情根本不可能。

朱棣迁都第一年，就碰上这么多倒霉事，自然也让他的身体大不如前。但不管怎样，还有一件大事，他还是要坚持非办不可。

第十四章　大明第一圣斗士的归宿

一、袭击朵颜三卫，实为失策之举

永乐十九年（1421），朱棣已经顺利完成了迁都大业，万寿山下的长陵已经修好了，皇后早已被重新安葬了，恩师姚广孝也圆寂了，皇太孙已经长大成人了。

而他却感到自己的精力大不如昔，甚至在一天天地退化。这怎么行？

中国的二十四史（朱棣时代只有二十一史）中充满了谎言、骗局和狡辩，但有一点还是值得称道的，那就是从来没有虚构任何一位皇帝成仙之事。这些史官们也都清楚，这是忽悠不了人的。朱棣自己何尝不想成仙，不想长生不老？不过，他有自知之明，知道自己不可能实现这个心愿。因此，他不吃那些当时号称的仙丹，但按今天的观点，这些仙丹是和毒药区别不大的东西。尽管患有风湿等多种疾病，他还就活到了六十五岁，大大超过了中国皇帝的平均寿命：三十九岁。而把他捧为成祖的嘉靖皇帝，本来身体非常健康，却因为没事找事想长生，大量吞食丹药，只活了六十岁。

朱棣不会想到，他的历代子孙生活环境比自己好，居住条件比自己强，居然就没一个比自己活得长的。

朱棣在永乐八年（1410）第一次北征时，阿鲁台就是鞑靼的统帅，这么多年过去了，这伙计依然没有下台，依然是大明不大不小的威胁。

进入暮年的朱棣，也有了他老爹朱元璋当年的危机意识了，我得把这些麻烦事都摆平，给太子，不，主要是皇太孙，留下一个可靠的江山。

只有打仗才能让他真正兴奋。他对战争的热爱，胜于赌徒热爱手中的牌九。

只有阿鲁台才能让他亲征，他对这个鞑靼人的憎恨，甚至远远超过了那个生死未卜的大侄子。

朱棣召集除工部之外的六部尚书开会，商议出兵的事情，结果这几个位大员在没有事先协商的情况下，居然得出了完全相同的结论。

而这个结论，把已过花甲之年的老战士朱棣气坏了。

他们一致主张：现在国家财力紧张，休养生息为上策，不宜出兵。

朱棣火了，把兵部尚书方宾辱骂了一通，又把夏原吉和吴中两人抓了起来，没想到，方宾承受不了心理压力，居然自杀了。

国家高级干部的生命，怎么能由着自己糟蹋？朱棣大怒，下令将方宾戮尸，给尸体再抽四十鞭子，狠狠教训了这个职业素养太差的尚书。

朱棣余怒未消，又下令抄了夏原吉的家。好在老夏只会给国家理财，不会给自己创收，偌大的家里居然没搜出什么值钱东西，实在让朱棣有些失望。

这样一来，六部首脑们都学聪明了，纷纷主张北征利国利民，造福千秋。多花点儿钱算什么呢。这事就这么定了。

永乐二十年（1422）三月，朱棣终于如愿以偿，开始了第三次远征。就在三天前，边关传来情报，阿鲁台围攻兴和，还杀死了都指挥王祥。这一下，朱棣更是师出有名了。不过，王祥事件，怎么看怎么像个苦肉计。

朱棣下令，都督朱荣为前部先锋官，安远侯柳升统中军，宁阳侯陈懋统御前精骑，永顺伯薛斌、恭顺伯吴克忠统马队，武安侯郑亨、阳武侯薛禄统左右哨。

英国公张辅已经从安南回来了，这一次，朱棣也没让他闲着，令他和成山侯王通统帅左、右两掖。

这么大的阵势，讨伐实力已经大大削弱的阿鲁台，实在有一点儿大炮轰蚊子的狠劲。按理说，朱棣根本没必要亲自出征，更不应该带这么多人。

而且，这种战事，赌气的成分太大。阿鲁台在常年的战争中，早就从当年脑残的游击队长升级为一流的游击大师。蒙古高原占地上百万平方公里，有的是藏猫猫的好地方，他绝对不想和朱棣的神机营正面对抗。而且，蒙古人既不筑城，又不囤积物资，基本上是靠天吃饭，逐草而居，朱棣能把他们怎么样呢。

阿鲁台当然知道，朱棣大军远道而来，消耗巨大，多转悠一天，就得消耗数十万斤的粮食，只要自己多隐藏一天，离安全就近了一步。

想打仗的人，折腾了四个月却打不上仗，从春暖花开一直搜寻到酷热难挡，这个滋味换谁都不好受啊，士兵们纷纷感慨，自己和烤肉之间，只差了一撮孜然。朱棣的马也骑不住了，被迫钻进了马车里，但龙辇也不能安装空调，遮住了头顶的太阳，遮不住燥热的空气，更遮不住朱棣一肚子的失落表情。

贤妃已逝，世间再没有一个人，能够代替她。

道衍已故，世间再没有一个人，能够理解他的焦虑。

几十万人大老远来一趟容易嘛，这一路都是有史官随行呢，难不成，以后自己的实录会出现以下内容：

永乐二十年三月，今上亲率五十万大军，出师漠北，历四月一无所获，愤然收兵……

可耻，可悲，可恨！朱棣望着窗外的骄阳，突然灵光一闪，有了！当他兴致勃勃地说出自己的计划时，可把杨荣等人惊呆了。

他们赶紧跪下请求：陛下，使不得啊！万万不可！

使不得？听我的还是听你的？传令下去，就这么办！

太阳就要落山了，夕阳的余晖给齐拉尔河畔铺上了一层温和的金色。草原的傍晚相当凉爽，兀良哈三卫的牧民们，三三两两地聚集在一起，一边喝着马奶酒，一边聊着他们感兴趣的话题。大明又在打鞑靼了，瓦剌又在搞内乱了，朝鲜又在给永乐皇帝选妃了，女真又在和朝鲜攀亲了。他们时不时露出爽朗的微笑，脸上的表情真实而又自然。

突然，一阵急促的马蹄声，打破了原有的宁静。成群结队的大明官兵杀了出来，他们先用火铳山炮猛轰，把这里变成了一片火海，大小帐篷全是易燃品，哪里经得起这种折腾？随后，全副武装的大明骑兵，手提马刀和长矛，满世界追杀从大火中仓皇逃命的蒙古人。

这些牧民都傻眼了，大明军队不是去追剿鞑靼了吗？怎么会突然打我们呢？完全没有心理准备啊！我们一向是按时纳贡啊！二十年前，我们的父辈们，还跟随着不怕死的燕王殿下，一路杀到南京，开创了永乐盛世。功劳簿上，有你们的一半，也有我们的一半……

朵颜三卫的根据地，就这样毁在他们的老朋友朱棣手上了。他们一路狂奔，跑了三十里才停下脚步，腿脚不利落的，都原地跪下请降，只求能保住性命。

看着熊熊燃烧的营帐，尸横遍野的战场，打劫得到的物资，老战士朱棣非常开心，这下士兵们不会私下抱怨白跑一回，那些文官不会在我面前叽叽歪歪，史官们就不会讽刺我没有成果了吧！

看着朱棣得意的笑容，老学究杨荣差点儿没哭起来，这样败人品可不行啊，早晚报应要落到我们头上！

当然，朱棣也有自己的解释："阿鲁台敢于忤逆，靠的就是兀良哈为羽翼，我们必须发兵剪除之。"真应了一句古话，欲加之罪，何患无辞啊。

狠狠修理了一番朵颜三卫，朱棣心满意足地班师了。可是，回到北京没有多久，刚刚过完春节，宫里就又出大事了。

二、老三朱高燧的历史感叹号

朱棣病倒了。

都说岁月不饶人，连不怎么相信命运的朱棣，也不得不在时间面前低头。"靖难"时期，朱棣曾经有过几天不合眼的纪录，在执政期间，每天都休息不了几个时辰。但现在，他已经是六十三岁的老人，远征漠北，风餐露宿，整个夏天都在酷热的天气下行军，对身体的损害可想而知。

春节之后，朱棣把朝中政务放给了太子朱高炽，军务留给了皇太孙朱瞻基。自己则集中精力，做最重要、也是最应该做的事情——养病。

朱棣的身体越来越差，每天都要服用大量的药物。这个满头白发、满脸皱纹的老人，喝个粥都不停咳嗽，说句话都要喘半天气儿，解个手都得宫女伺候，别以为这是享福，他的苦闷真的是无以言表。

谁会相信这位看起来时日不多的"北京病人"，在一年之前，还亲自领着一大票人马追击鞑靼，偷袭朵颜三卫，还亲手砍倒了好几个蒙古骑兵？

朱棣并不忌讳死亡，但当死亡的威胁真的要来临之时，他无疑是相当痛苦的。还有那么多的事情没有做，还有那么多的障碍没有清除，就这么走了，实在不甘心啊！

一个好面子的人，把史书上怎么写自己，看得比自己什么时候走还重要。

但他大概不会想到，正在自己病情恶化的时候，有些人在打他的主意了。

长期以来，朱高炽和朱高煦两兄弟，为了大明江山的继承权各种明争暗斗。老二的招数是耍浑，专门搞各种无事生非，无中生有，无理取闹；老大的对策是忍，你要打我的左脸，我就把右脸伸给你，让父王看清你是什么货色。

朱棣既然立了朱高炽为太子，要把江山传给他，自然要对他严格要求，另外，出于对老二的亏欠心理，当父亲的也就分外宽容，不惜违背朱元璋"藩王不得留京"的训令。但遗憾的是，老二的表现实在过于弱智，让人怀疑他的情商是朱棣充话费送的。朱高煦各种拙劣的谋逆行为，不仅在大明被坊间百姓当成笑话反复传颂，连当爹的都实在看不下去了，最终将老二赶到了小城乐安，让朱高炽坐稳了继承人之位。

但所谓"鹬蚌相争，渔翁得利"，"螳螂捕蝉，黄雀在后"。有一股力量，长期被人所忽视：有一个人，并没有大家想的那么规矩。

此人就是老三朱高燧。

在最艰苦的"靖难"时期，刚到青春发育期的朱高燧，自然无法给老爹的大业做什么贡献——不添乱就很不错了，因此登基之后，朱棣在选太子时，也压根儿没考虑过老三。在确定了朱高炽的太子之位时，也封朱高燧为赵王，让他驻守北京，行在的事务，都要先向赵王汇报而后行。

可见，朱棣对老三也是相当看重的，不过让他继承皇位这种念头，恐怕从来没动过。人精朱高燧看在眼里，要说没有一点儿失落情绪，恐怕也不是事实。

三殿下的思路，其实和朱高煦没有本质上的区别。但他的表现，却比朱老二隐蔽沉稳得多。长期以来，朱高燧给人的感觉，不过就是朱高煦身边的小跟班，当老二陷害老大的时候，他或多或少地都要支持二哥。但如果看到局势向着不利于自己的方向发展时，他又果断地保持中立，跟朱高煦干脆利落划清界限。

自打朱高煦被削了两卫并赶到乐安之后，所有人都觉得继承权之争已经画上了句号，老大接班只是时间问题。但谁知道，还有第三股势力，试图搞点动静出来。

朱棣迁都北京，意味着朱高燧不再是北京的主人，他的权势必会大大缩小，而宫中很多太监，原本都是跟着老三一起诬陷太子的，眼见朱棣的健康一天天地恶化，大胖子的登基只是时间问题，一旦朱高炽当上了皇帝，他们的苦日子就开始了。

怎么办？老二已经靠不住了，而且远在乐安，那么……

永乐二十一年（1423）五月的一天，赵王朱高燧正在家中休息，突然有太监上门，说皇上要见他。这个三殿下隐隐感觉，可能要出乱子，但圣旨难违，他只好穿戴整齐，赶往了朱棣的住处。

一进门，朱高燧吃惊地发现，平日病得没有人形的父皇，此时却一脸严肃地坐在正中，而一边站的那个笑容虚伪的胖子，自己也非常熟悉。

然而，更让人吃惊的还在后面。

没等朱高燧行完礼，朱棣就让太监拿出一份诏书，甩在了老三面前，冷冷地说了句："这是你干的吗？"

朱高燧打开一看，当时吓得是面无血色，朱棣丢过来的，居然是一份遗诏。文件当然是伪造的，皇上本人不是还没死嘛，他也没有打算马上立遗嘱，可有些人，已经巴不得永乐早点儿死了。

这份遗诏当然是以朱棣的名义发布的，指出太子朱高炽有负圣恩，因此自己归天之后，要立赵王朱高燧为帝，大赦天下，等等。

这位也算见过大世面的赵王，半天根本说不出话来，只是拼命磕头哭泣。朱棣并没有马上发作，并没有跳起来用靴子踹他，可能是因为病得不轻，根本没这个体力。但从眼中流露的凶光，就足以让老三不敢直视了。

按理说，此时的朱高炽应该幸灾乐祸才对，但一贯慈悲为怀的他，看到这架势，似乎动了恻隐之心，大胖子跪在朱高燧旁边，以一种相当肯定的口吻说道："父皇息怒，这些事都是下属人等私自做出的，高燧必定没有参与阴谋。"

说得这么肯定，难道他知道什么内情？

那么，这份伪造的遗诏，又是怎么落入朱棣之手的？

时间来到了不久之前的一个晚上，时值深夜，朱棣正躺在病床上呻吟，他辗转反侧，无法入睡，身边伺候的宫女，自然也是丝毫也不敢怠慢，生怕一个小小疏忽，就带来灾难性后果。就在这时，一个太监快步进来，在朱棣耳边轻声说着什么。

都这么晚了，能什么事情呢，朱棣挣扎着坐了起来："宣他进来！"

原来，常山中护卫总旗王瑜求见。朱棣以前从未见过他，按说也完全不用接见，不知道为什么，他觉得此人一定有要事禀告。

朱棣让小太监退下，眼见左右无人，王瑜从怀里掏出一份文书，恭恭敬敬地呈给朱棣。

朱棣看着看着，突然猛地站了起来："岂有此理！"

原来，他刚才看的，就是那份伪诏。

王瑜是高政的外甥，而高政与常山中护卫指挥孟贤、羽林卫指挥彭旭、太监黄俨、江保等人，制订了一个相当复杂的政变计划。

第一步，收买朱棣身边的小太监，在皇上的药里下毒，反正朱棣病成这样，死了天下人也不觉得奇怪。

第二步，等朱棣的死讯传开，就立即调兵，夺取内库的武器与印玺，先拘捕外朝的五府六部大臣（基本上都是太子的人），将伪造的遗诏盖章发布，并交由太监杨庆的养子保管。

第三步，拥戴朱高燧登上皇位，拘押朱高炽。

朱棣没等王瑜说完，就已经坐不住了。二十四年前，他同样在北京，同样躺在床上，同样面临重大危机。不过，当时他是在装病，而现在，他真的是病得相当厉害，说不行就不行了。不过幸运的是，同样有人冒着生命危险，到病床前来告密。

关键时刻，朱棣的运气还真不是一般的好，如果稍有闪失，历史的走向就完全不同了。

这些人的胆子真够大的！过去二十年，朱高煦虽然坚持不懈地为夺位做准备，但他想争夺的，只是皇位继承权，却从来没有想过要谋害父亲。而朱高燧的手下，却想直接要了朱棣的命！

朱棣平时并不喜欢听朱高炽的意见，可这一次，父子俩难得地达成了共识，朱棣对朱高燧并没有深究，甚至还保住了他的王位。而那些参与疑似政变的太监与军官们，可就没一个能有好下场了，通通被抓捕，并很快遭到处决。

各位一定注意到了，王瑜始终未能透露一点，这个政变计划，到底是一帮人的自发筹划，还是由朱高燧来幕后操盘呢？

其实，即便王瑜没有告密，这次政变真的就能够成功吗？谁也不敢下肯定的结论。

首先，要毒死皇帝，无疑比勾引皇妃还要困难，朱棣在进餐和服药前，都有小太监试吃，确定没有问题才呈给皇上。其次，夺取内库的武器与印玺也是难于上青天，需要各种复杂程序和印鉴，而自从朱棣迁都以来，行在后宫的控制权，早已不是朱高燧说了算了。再次，这场叛乱也是太子根本无法容忍的，朝中文臣怎么可能支持老三？最后，你考虑过人在乐安那位爷的感受了吗？

但是平日奄奄一息的朱棣，此时突然完全恢复了健康，也是非常耐人寻味的事情，而且更离谱的是，两个月之后，他又跨上战马，率领十万军队北征了。

这是朱棣导演的一出"引蛇出洞"的苦肉计大戏，还是他受了极大刺激之后的"回光返照"？

三、也先土干归降，让朱棣有台阶可下

朱棣兵不血刃地镇压了一场未遂政变，但他似乎根本就不觉得过瘾，这个政变，也太过家家了一点儿。打仗，才是他的最爱。

不过就在这时，朝廷还真收到了一份模棱两可的边关情报，说阿鲁台正集结兵马，随时可能要侵犯大明。这个消息，等于是给瞌睡的人一个枕头。编造情报的人，心里都明得跟镜子似的，鞑靼能求得自保都不容易，哪里敢主动入侵边关？但朱棣喜欢打仗，他们就故意散布这类莫须有的信息，投主子所好。

永乐二十一年（1423）七月，已经六十四岁的朱棣，集结了号称三十万的军队，开始了他的第四次北征。这个时候，还真应了苏东坡的名句："老夫聊发少年狂。左牵黄，右擎苍。锦帽貂裘，千骑卷平冈。"

说来也奇怪，已经在病床上躺了大半年的皇帝，一旦骑上了战马，踏出了京城，奔驰在塞外，头也不昏了，眼也不花了，手也不哆嗦了，饭量也明显增大了。

这个范儿倍儿爽。

十天之后，大军来到怀来城边的土木堡，朱棣突然来了兴致，要在这里搞个大阅兵。

这个地点，对明史略知一二的同学，一定不会陌生。二十六年之后，朱棣的重孙朱祁镇也来到了同一个地方，但经历的事情，与朱棣却有天翻地覆的区别。

时值八月，已是初秋，阳光已经不再灼热，一阵微风吹来，让人感到很舒

服。手脚麻利的工兵，很快在场地中央搭起了高台，朱棣在朱瞻基的陪同下，登上了高处。穿着铠甲的大明官军，迈着整齐的步伐，接受皇帝的检阅。

朱棣看着这一个个健壮的身体，一张张年轻的脸庞，他的思绪不由得又回到了四十多年前，自己在中都凤阳军训的情景。

洪武九年（1376）二月十六，朱棣与秦王朱樉、晋王朱棡两位皇兄一起离开了京城，前往中都凤阳。这时朱棣新婚刚过二十天——蜜月都没有度完，而且三人都不能带家属。

朱棣兄弟们跟随大明帝国最精锐的部队，进行极为严格的训练。他们学会了如何管理与协调步兵、骑兵与炮兵部队，学会了如何组织部队行军、偷袭与撤退，如何利用天气及地形做掩护，如何鼓舞士气、稳定军心。他们不仅能熟练掌握各种武器，更懂得了如何成为一个战士，一名将军，一位统帅。

朱棣平时性格随和，喜怒不形于色，但只要跨上战马，就有了一种莫名的冲动和兴奋。可能是跟他传说中的蒙古血统，有一定关系。

在操练中，身边的卫兵都吃够了他的苦头，总是以被修理得狼狈不堪而告一段落。当然朱棣也知道，自己的特殊身份让这些人有所顾忌，自己赢得也不过瘾。

除了学习作战指挥，朱棣兄弟还要学习作战的后勤供应，如何有效运输粮草、救治伤员、筹措军费，等等。白天训练完毕之后，尽管相当疲劳，这位四殿下还总是要抽出时间，在灯下研读兵书，学习古人的智谋。

然而军事训练，并不是朱棣兄弟生活的全部。

朱棣和他的几个兄长，还经常微服走入农家，体察农民劳作的艰辛，认识淮河水势的无情。他们也理解了当时父亲为什么会出家，为什么能造反，领悟了老爸为什么能创造奇迹，实现从社会最底层到权力最高处的乾坤大挪移。

年轻真好，不服老不行啊。幸运的是，如今的朱瞻基已经二十六岁，完全是个成年人了，能够代替自己指挥军队，也有着类似自己当年的英勇之气。他那个胖子老爸，固然不令人满意，但帝国交到孙子的手中，我是放心的。

这时候，天上突然下起了雨，雨点儿越来越大，砸在士兵身上，但没有将官的命令，哪个士兵敢乱动。士兵们没有惊慌，他们的队形依然那样整齐，他们的操练依然那样认真，他们的呐喊依然那样有力，朱棣也被这种气氛感染了。

他想起了二十四年前，自己和道衍在北平起兵"靖难"，举行出征仪式时，也赶上了一场大雨，甚至把王府的瓦片都掀掉了，关键时候，还是道衍挺身而出，一句话就稳定了军心：

"飞龙在天，一定会有风雨相随；殿瓦落地，预示着大王要更换黄瓦，大吉大利啊！"

可惜，道衍和金忠这两个朱棣最信任的人，已经离开人间了。道衍死于永乐十六年（1418），而金忠更是早在永乐十三年就病逝了。

朱棣的军事演习搞得很隆重圆满，但对战争的进程却起了反作用。阿鲁台打听到消息之后，哪里还敢与明军正面冲突啊，他使出了看家本领——躲猫猫，让朱棣的大军在沙漠中东跑西颠，最多能抓几个掉队的病号，却还是无法搞清楚阿鲁台的主力在哪里。

这一下，朱棣无疑又要面对与上次同样的尴尬。

不过，老皇帝的努力，还是感动了上天，鞑靼部落一个小有名气的王子——也先土干（和后来在土木堡收拾明军的也先没关系），听说了朱棣的英雄事迹，居然带着手下数百兄弟，主动前来投奔。

朱棣极为看重也先土干的归顺，如果不是这位年轻人，自己第四次北征的实录，又没法写下去了。他传令在营内大摆宴席，好好款待这位蒙古朋友。也先土干虽说出身于鞑靼的高级干部家庭，生活质量和中原的小地主相比，都差了几个档次。光满桌叫不上名的酒菜，都能让他看得表面平静，暗自吃惊。人常说要征服一个男人的心，首先要征服他的胃。今天很多姑娘都不明白的事情，六百年前的朱棣倒是玩得门儿清。

酒逢知己千杯少，美酒能让男人和女人的心贴在一起，也能让男人和男人不再戒备。在亲切友好的气氛中，朱棣宣布，将宴会用的精美纯金餐具，全部赠送给也先土干。这位年轻人还没有从狂喜中缓过神来，朱棣又给他封官了。

朱棣大手一挥，直接把也先土干封为忠勇王，并且把老朋友金忠的名字赐给了他，从此，大明就又多了一个金忠。在回来的路上，老战士朱棣特别兴奋，和小伙子金忠骑着马，并辔而行，说说笑笑。而手下的文臣武将们都有些哭笑不得：十万人在沙漠里转悠了四五个月，浪费了多少粮食物资，连一枪都没放过，这算个什么事啊！

更让人难堪的是，朱棣刚回北京休息，阿鲁台又出来活动了。本着敌退我进、敌疲我打的游击精神，阿鲁台对九边重镇大同发动了袭击，虽然没有占领这座城市，但把守城官兵吓得够呛，之后几个月都睡不好觉。这完全是在向天朝示威，这是赤裸裸的挑衅。朱棣能受得了这个气吗？

看来，三年内第三次北征，已经不可避免了。

刚刚投奔过来的金忠，为了表现自己的忠诚，主动要求担任先锋官和向导，发誓要和阿鲁台死磕到底。朱棣装模作样地征求文臣的意见，几乎没有一个人敢公开反对，事情就这么定了。

除了带回也先土干，朱棣第四次北征真的一无所获吗？还真不是。

当年七月，就在遥远的边关宣府，朱棣遇到了一个千里之外赶来的老部下。

到底是什么事情这么着急，都等不及让朱棣回北京之后再说？

四、夜会胡濙，建文帝到底去了哪？

敢于深更半夜敲朱棣房门的，当然都肩负着重要使命。那么，这位名叫胡濙的文官，为什么要赶到漠北？

一切还得从二十一年前讲起。

建文四年（1402）七月，朱棣不发一枪一弹占领南京，适逢宫中大火，士兵们从火堆中拉出一具五官烧焦的尸体，送到金川门。正忙于指挥抢救火灾的朱棣，看到尸首之后伏地大哭，严肃认真地宣布，这正是他这三年来朝思暮想，一直试图保护其免受奸臣陷害的好侄子，皇帝朱允炆。

朱棣还当着众多将士的面，一把鼻涕一把泪地数落道，我和你，就像当年的周公姬旦和成王姬诵。你小朋友真是好无知，我是来保护你的，你为什么要自杀呢。随后，朱棣就命令厚葬这具尸体，并沉痛地向全世界宣布，万民景仰的建文帝，不幸在宫中大火中遇难死了。这才有了群臣拼死劝进，朱棣被迫登基的华丽演出。

但这具尸体是不是朱允炆，朱棣心里是最清楚的。而且，皇宫中的十八方宝玺，居然少了最重要的三方：皇帝奉天之宝、制诰之宝和敕命之宝。这两件事联系在一起，朱棣很快看出破绽了：这些宝玺，谁偷了去也换不来钱财，反而会引火烧身，带来杀头之祸。宫中值钱的金银珠宝多的是，为什么偏偏要偷它们，而且偷得如此精准？

能在一片忙乱中，准确从容地挑中三方最重要的宝玺，并最终顺利出逃的人，也只有朱允炆自个儿了，因为他是大明皇帝，很多人愿意为他牺牲；因为他平日的宽厚平和，很多人都不愿意看他倒台；因为他被朱棣害得很惨，很多人希望他能卷土重来。

这样，无论朱允炆走到哪里，哪里就是行在，他说出的每一个愿望，做出的每一项承诺，发布的每一道命令，盖上这三方宝印中的任意一个，那都是合法的圣旨。

在登上皇位的二十二年里，大侄子的影子始终在朱棣的脑海中晃动，挥之不去，让他感觉相当痛苦。无论朱棣怎样努力，他都逃脱不了一个"篡"字。无论朝中大臣如何小心逢迎，朱棣都能意识到，想得到这些读书人的真心拥护，其实是非常困难的。

幸运的是，朱允炆既没有朱元璋那样的治国能力，又没有朱棣那样不达目的不罢休的狠劲儿。在南京之时，朱允炆能够调动全国军队，能够得到全国的物资援助，能够获得全国的舆论支持，尚且不能粉碎朱棣的攻势，扼杀朱棣的挑衅，最后还让朱棣直捣南京。

朱允炆就算逃了出去，就算带着三方宝印，他还能有多大作为呢？皇帝已经换了，年号已经改了，无论是武将还是文臣，都倒向朱棣那边了。少数顽固坚持只承认建文皇帝的人，如徐辉祖和梅殷，都不得善终，谁还会步他们的后尘？

对于老百姓来说，无论是谁当皇帝，江山都是朱家的，能有多大差别呢。对于武将来说，投奔朱棣比效忠朱允炆能有更多机会打仗，能有更好的地位和物质补偿。对于文官来说，虽然朱允炆更投他们的脾气，但他们已经习惯为朱棣打工，要反叛主子可真需要莫大勇气。

而且，方孝孺的前车之鉴，谁能不震惊不害怕啊！

朱棣并不害怕朱允炆出现，他怕的是大侄子不出现。你不找我，那我去找你吧！

早在永乐四年（1406），当胡濙还是个小小的礼部主事时，就领到了一个光荣的任务。

八年来，他跟着同一个老板——朱棣，做着同一份工作——找人。对外宣称的是寻找神奇道士张三丰，实际是捉拿流亡和尚朱允炆。

虽然他的上司是太阳底下最有权威的人，他做的事情却是偷偷摸摸的，不能让世人知道。

让大家都知道建文帝没有死，这不是在抽朱棣的耳光吗？

因此，胡濙只有低调低调再低调，雨里来，风里去，带着一身的尘埃。八个春夏秋冬，他没有心情观赏身边的美景；近三千个日日夜夜，他没有一天轻松自在。从太湖到洞庭湖，处处都留下了他疲倦的身影，从九华山到峨眉山，一家又一家寺院都被他敲开了大门。就像当年治水的大禹，他路过家门也不能入，甚至母亲去世也不能去哭灵，更不可能守孝。

永乐十二年（1414），胡濙被召回南京，所谓没有功劳也有苦劳，没有苦劳还有疲劳，看着十二年岁月在这个小官身上留下的痕迹，朱棣心里也不是滋味。他当即传旨，加封胡濙为礼部左侍郎（首席副部长），把胡濙感动得语无伦次："臣就是肝脑涂地，也难报答陛下的大恩……"

胡濙做了五年左侍郎，日子过得还算舒服，但姚广孝的死，让他平静的生活画上了句号。

永乐十七年（1419），朱棣派胡濙再次秘密出行，继续履行未完成的使命。这一年，朱棣已经整整六十岁。

一天，两天，一月，两月，一年，两年……对于年过六十的人来说，时间的紧迫感与日俱增。难道，他要带着遗憾和未解之谜，住进已经修好的长陵去吗？

永乐二十一年（1423）夏天，在即将踏入沙漠之前，朱棣先进驻宣府操练兵马。

晚上，劳累了一天的朱棣已经睡下，想好好缓解一下白天的疲劳，突然，一个卫兵急急忙忙地跑了进来："万岁，有人求见！"

朱棣火了，我老人家睡个安稳觉都这么难吗？不过，当卫兵说出那人的名字之后，朱棣马上换了一副表情："快，快请进来！"

然后他火速穿衣坐起，脸上带着激动的表情，紧张程度，恐怕只次于当年第一次见徐仪华。

敢在深更半夜吵醒朱棣的人，这个世界上可能一只手就能数过来。但能把朱棣吵醒还能让他开心的男人，全世界恐怕只有一个。

这人正是胡濙。朱棣很清楚，没有特别重要、特别靠谱的事情，胡濙根本不可能大老远追到边关来见自己，更不敢半夜把自己吵醒。

看来，一定是大侄子的行踪有确切消息了。

胡濙见到了朱棣，屏退了旁人，君臣两人交谈了很长时间，直到漏下四鼓（半夜一点到三点），胡濙才从朱棣的帐中出来。明史记载："至是疑始释。"

什么叫"疑始释"呢？就是从这一刻起，朱允炆的问题，再不会苦恼朱棣了，他已经完全安心了。

那么，是什么事情，能让朱棣如此释怀呢？

他们两个人交谈的内容，后人永远无从知道，本人写的是历史传记小说，以历史事实为基础，当然不能虚构他们的谈话内容。但可以根据史料，展开合理的推理分析。

胡濙既然从江南跑到了宣府，肯定是有重大情报来汇报，不然他根本不敢来。

而这个情报如此重要，以至于胡濙觉得，必须第一时间，当面向朱棣汇报，而且朱棣绝对不会因为被打搅了睡眠而发火。

那么只有一种可能，就是他掌握了朱允炆的切实行踪，他的任务终于完成了。

那么，朱允炆的行踪，无非是三种可能。

第一，他死了。要么是发现并确认了他的尸体，要么是胡濙亲手将其杀死。如果这样，胡濙三两句就能向朱棣汇报清楚了，根本不需要那么长时间。

但是，朱棣与胡濙却谈了很久，这只能让人怀疑，朱允炆并没有死。

如果前皇上没有死，便肯定被胡濙控制起来了。

第二，他没死，但被胡濙捉住，这样胡侍郎才敢来向朱棣汇报，等待朱棣的发落。

如果这样的话，两人的对话时间也不会长，反正朱允炆也跑不了，他打完趔趄，回去再审也不迟。

第三，胡濙发现甚至是控制了朱允炆的行踪，并且随时可以捉拿他。但这个时候，需要得到朱棣的指示。

抓，还是不抓？

放，还是不放？

这样一个问题，朱棣怎么可能不纠结，两人怎么可能不讨论很长时间，甚至争得面红耳赤？

如果换年轻时的朱棣，也许处理方法会很简单。

直接派锦衣卫干掉，然后严肃认真地宣布，你老东西是假冒的，朱允炆早就被烧死了。

可这么多年过去了，朱棣自己走到了人死灯枯的边缘。朱允炆也从少年天子，变成了四处躲藏的中年人。

而且，他既丧失了重夺皇位的能力，也完全没有了那份心情。

对于朱允炆来说，很可能已经习惯了当和尚这份适合自己的工作，还想继续当下去，因此他完全有可能向胡濙说出了心里话，并请胡濙转告朱棣：

你就不要再花精力在我这了，好好忙你的国家大事吧！

潜台词就是，你当你的永乐大帝，我当我的和尚。

朱棣心里也在纠结，要不要处理朱允炆，杀，他是自己的亲侄子，不杀，能说一点儿风险都不存在吗？

胡濙必定好好开导了朱棣一番，说了很多朱允炆的好话，并且担保，这个前皇帝已经相当安全，绝无公害，甚至免不了磕头求情的戏码。

而朱棣，应该也是接受了胡濙的建议。不然，胡濙也不可能继续留在朝廷受到重用，当上礼部尚书。在朱棣的孙子朱瞻基去世时，他甚至还是顾命五大臣之一。

今天，我放过了你，也是让自己紧张了二十年的情绪，得以完全放松。

今天，我不杀你，不是我不敢杀，而是我相信，我的永乐盛世已经深入人心，没有人能破坏得了，包括你在内。

今天，我不杀你，不是我尊重你，而是我可怜你，可怜父皇朱元璋的良苦用心。

你就与枯灯木鱼为伴，了此残生吧！

从此以后，我朱棣再不用为你纠结。

从今天开始，你也不必担心我的清算。

我是永乐皇帝。我的时间不多了，我还有许多重要的事情要办！

过去这些年来，凡是朱棣惦记之人，通常都没有好下场。那么，除了朱允炆，让永乐大帝放不下的还会有谁呢？

五、魂断榆木川，留下太多遗憾

永乐二十二年（1424）四月初三，六十五岁的朱棣又一次披上了铠甲，离开了他生活了近四十年的北京城，出发北征鞑靼。这是他第五次亲征。

朱棣上一年十一月才回到北京，没过半年又动身，是不是有些太折腾了？是，不过有人就是想折腾他。

谁啊？当然是他的老朋友阿鲁台。就在正月，在大明百姓欢度春节的时候，他居然带了一队人马，对大同发动了袭击。

阿鲁台是光脚的不怕穿鞋的，他似乎知道了朱棣的身体情况，想用这种方式羞辱大明皇帝：怎么样，来咬我呀？

但这一回，朱棣却没有以前那么冲动了，这当然也和自己的身体状况有关。但是，如果不给阿鲁台一点儿颜色看看，显得也太没面子了。

朱棣罕见地征求文武大臣的意见，这些人当然不愿意上当，很快把皮球又踢给了他："请皇上圣断。"

好吧，当断不断，反受其乱，那我就拖着这个病体，再为皇太孙站一班岗吧。

英国公张辅、安远侯柳升、成山侯王通，武安侯郑亨，阳武侯薛禄，这五个永乐年间最受器重的大将，分别统领五军。而杨荣和金幼孜两位内阁重臣，也随军出征。

这一次，朱棣没有带上皇太孙朱瞻基。一路之上，他甚至都没有骑马，而是坐在了车驾之中，他的健康状况，已经不允许他承受马匹的颠簸了。

这已经是朱棣连续第三年亲征鞑靼了，前两次虽然没有找到阿鲁台的骑兵，没有和他们发生直接对抗，没有擒获哪怕一名军官，但怎么说，也算是严重破坏了鞑靼人夏天的放牧的草场，让这些人冬天也过不好，生活越发困难。都说事不过三，这一次，朱棣能如愿以偿吗？

朱棣的生命不仅属于自己，更属于大明帝国。自己的身体自己清楚，他希望能痛快地再和阿鲁台打一次，但又担心自己出什么意外。

六十五岁的老人，还能剩下多少时光呢？

洪武十三年（1380）三月十一日，二十一岁的朱棣拜别了父皇母后，带着徐妃和五千余名亲兵，离开南京，第一次奔赴北平。

建文四年（1402）六月十三，已经四十三岁的他，带领十万人马开到了南京城下，夺取了他父亲曾经坐过的，本来不属于他的大明皇帝宝座。

从北平到南京，从藩王到皇帝，他用了二十二年，走上了那个象征最高权力的地方。

以后，又是一个二十二年，他励精图治，从一个无数人咒骂的篡位者，转变为天下人景仰膜拜的永乐大帝，并且开创了一个全新的盛世。

夜深人静，除了个别卫兵，大部分人都进入了梦乡。烛光下，朱棣捧着一本书，看着看着，精神就恍惚起来。

他看到了父亲朱元璋，母亲马皇后。朱棣赶紧起身参拜，他们却不吃他这一套，指着朱棣的鼻子大骂："你为什么要抢了皇太孙的江山？"

他看到了生母硕妃，她边哭边说："儿啊，你为了当皇帝，就连我都不想认了吗？"

他看到了大哥朱标和大嫂常氏，他们狠狠地瞪着他："你到底把允炆怎么样了？"

他看到了朱高煦，他一脸无辜地说："父皇，'靖难'的时候，你不是说世子多病不适合继位吗？我哪点儿比朱瞻基差了？"

好不容易有个人对他说话客气了，不过这番话让他感觉更瘆得慌："陛下，臣妾已经等了你十七年了，你不想我吗？"

是她，没错，是徐皇后，她还是那样美丽温柔，朱棣想去牵她的手，可是她已经慢慢消失了。

朱棣正烦恼之时，突然看到了一个老道士，鹤发童颜，神情严肃，一看又是个找茬儿的。果然，道士发话了："我就是你要找的张三丰。你好战成性，究竟是为了天下苍生，还是为了你自己的虚名？你连年征战，可知道多少家庭解体，多少女人成为寡妇？你打着找我的旗号去搜捕建文帝，何苦做事这么绝情？"

道士越说越气，挥起拂尘，就准备给朱棣来一家伙。朱棣慌忙躲闪，却一下栽在了公案上……

朱棣揉了揉眼睛，原来看书太困，趴在公案上睡着了。不过，梦中的情景历历在目，就像真的发生过一样。

朱棣累了，他想家了。阿鲁台，放他去吧，连续三年的远征，也把他折腾得差不多了。

七月上旬已经立秋，漠北的天气一日日地凉快起来了，出征时所带的粮草已经出现了短缺，朱棣下令，班师回朝。

他五次亲征，有四次都是针对阿鲁台，却最终没有将此人抓获。

那就这么回去了，实录上怎么对付呢？朱棣已经不愿意想这样的问题了，爱咋写咋写！

他只有一个强烈的愿望：早点回到北京！

而且，他已经有了一个更为大胆的想法，并告诉了身边的重臣。

这些人立即跪倒在地："万岁，万万使不得啊！"

他们以为这是皇上对自己的考验，其实，这正是朱棣的真实想法。他是这么说的：

"东宫历涉年久，政务已很熟悉。回到京师之后，我就把军国大事全部交给他，我在人生暮年也就游乐一番，享受安和之福。"

回顾历史，主动向太子让位的皇帝，两千年来都非常罕见。朱棣有这样的胸襟，更有这样的气度。

不过，他能挺到这一天吗？

七月初，北征大军行至榆木川，这是一片人迹罕至的荒原，却从此成为一块青史留名的宝地。因为朱棣一到这里，好像换了个人似的——他又病倒了。

而且，这一次病得比以前任何一次都要严重。

任何人的生命都有尽头，死亡是每个人必然的归宿。既然死亡是不可避免的，那为了维持生命所做的一切努力，到底有多大意义呢？

你是天下最大帝国的君主，你的一句话能决定无数人的生死，但你不也和普通老人一样抗拒不了死神的召唤吗？

我还有很多没有完成的心愿，我还有很多必须要做的事情。

就这样结束了，我实在心有不甘。

可是，留给他的时间已经不多了。回忆的闸门一旦打开，往事就如同潮水般喷薄欲出。

曾经的往事，一幕幕地在眼前闪过。

曾经的朋友，一个个地从记忆深处走来。

曾经的荣耀，曾经的失意，都已经成为过眼云烟。

曾经的执着，曾经的坚守，现在已经没有意义。

七月十八日，在榆木川，朱棣为世人留下了最后一道命令：

"传位皇太子，丧服礼仪，一遵太祖遗制。"

遗诏如此简单，可见，他对于自己的死亡准备不足，对于离开多么的不情愿。他真的真的还想再活五百年，建设一个真正的永乐盛世。可惜，上天不会、也不可能给他机会。

朱棣终究还是输给了时间，相比他的许多同行，特别是下个世纪那两位后代，二十二年的执政时间实在太短了。

时间对任何人都是公平的吗？真的未必。

同样是藩王，朱棣四十三岁才登上皇位，还是靠之前三年提着脑袋造反换来的；而把他捧为成祖的嘉靖，十五岁时不用打一天的仗，就如同彩票中奖一样，神奇地当上了皇帝，而且一干就是四十五年。

如果给朱棣四十几年的统治时间，他又会做出哪些惊天动地的大事来？难以预料，不可想象。也许更令朱棣始料不及的、更为痛心的是，自己精心选择、一再培养的接班人朱瞻基，并没有依照他的期望行事，大明并没有成为比肩大元的庞大帝国。再后来，他的后代们却重新开始修起了长城，并出现了"天子守国门"这样让后人不解和诟病的行为。

这责任能由朱棣来负吗？

不过，有明十六个皇帝中，朱棣的寿命居然排在第二，仅次于他的父亲。他的十四个后代和继承人，没一个活满六十岁的。他的儿子和孙子，死得多少都有些蹊跷。

就这样，朱棣的人生落下了帷幕，五次北征也写进了历史，实事求是地说，相比前两次北征的军事成就与威慑作用，后三次不仅意义不大，而且太过折腾，只是充分展现了一位六旬老战士的执着（任性）。

曾经随驾参赞北征的杨荣，对北征倒是大加赞颂：

皇上以神武之资，继志述事，旄钺一麾，而龙沙万里之外，罔有遗患，以为圣子神孙万年无疆之业。其于古昔因循不究以蹈后艰者，霄壤不侔矣。圣德神功，巍然焕然，直与天地准。夫岂浅见薄识，所能形容万一哉！然臣荣猥以非才，叨职翰墨，备员扈从于戎马之间，亲睹皇上，躬御戎衣，以临六军，神谟庙算，机敏睿发，出奇料敌，变化若神。天戈所至，罔不披靡，是以扫除胡孽，易若拾芥，此致此万世不拔之功业也。

帝师姚广孝也曾有如此评价：

曾未及月，即抵虏境，群凶嗷嗷，无所逃命。搂其窟穴，尽其丑类，所获马驼牛羊，不计其数。扫净朔漠，洗清草野，士卒卷申，兵不血刃。诚为王者之师，自古所无有也……北南一览，尽归王化，大无外今。神功烈烈，圣德巍巍，与天齐今。纪诸史册，刻之金石，昭万世今。

今天看来，朱棣亲临战场、不畏艰辛的精神显然是可嘉的，但偷袭朵颜三卫实属败人品，也先土干的归降，当然也不算什么战绩。至于第五次北征，更是相当不负责任的赌气行为，事实上也因此缩短了自己的寿命。

粗通历史的人都知道，在专制统治年代，一个皇帝的突然去世，特别是没死在京城里，往往会给这个国家、这个民族带来多么深重的灾难，想想中国第一个劳模皇帝赢政吧！

那么，皇太子朱高炽会顺利接班吗？

第十五章　朱棣之后再无朱棣

一、仁宗离奇驾崩，是否真有隐情

世间已无永乐大帝。不过，出于安全的需要，朱棣的死讯并没有马上公布出来，因为身边的文臣，大都是朱高炽的拥护者，他们可不希望朱高煦趁机造反，而是期盼太子能顺利继位。因此，向着朱高煦的张辅，当然必须被晾在一边。

大臣们都明白，朱高炽是个好人，好人喜欢按规矩办事，但坏人却不按路数出牌。在这个国家，善良往往被视作无能的表现，而残忍却总是被看作英武的象征。

一千六百年前，秦始皇在第五次出巡时，病死于沙丘行宫，他既没有公开指定继承人，也没有留下遗嘱，如此就给大秦帝国留下了隐患。按始皇本人的意思，当然是希望大儿子扶苏回来接班，可丞相李斯和宦官赵高联合起来，伪造皇帝遗书，逼扶苏和大将蒙恬自杀，把老二胡亥送上了皇位。胡亥的登基推倒了多米诺骨牌，短短四年之后，曾经不可一世的大秦帝国，就成了历史名词。

眼下的朱高煦，当然比胡亥更加心狠手辣，而目前的朱高炽，似乎还真有点扶苏的轴劲儿。不过幸运的是，朱棣身边可没有李斯和赵高。

在阻止朱高煦政变一事上，马云发挥了特殊作用，他是内宫的主管，皇帝的秘密他最清楚。朱棣一死，他立即就告诉了杨荣和金幼孜。

杨金二人都是坚定的太子党，他们知道老二肯定想浑水摸鱼，于是就和马云商量，暂不发丧，悄悄赶制了一个锡棺，然后将工匠全部处死。（谁说文官就一定善良？）此后，他们还按朱棣的日常习惯，向车里按时奉送饮食。让外人觉得，伟大的永乐皇帝，依然有条不紊地指挥着一切。

这几位的保密工作做得太好，不仅忽悠了大明帝国所有不知情者，也让一直关心老爹病情，随时准备发动政变的朱高煦蒙在鼓里，等他知道确切的死讯时，大哥已经在北京宣誓就职了。

朱高煦盼这一天已经盼了二十年了，他最喜欢自比唐太宗，却没有李世民逼父亲退位的胆量，但他敢把大哥不放在眼里。这个死胖子，让我给你称臣，门儿都没有！

可惜，他再一次被人给忽悠了。

永乐二十二年（1424）十二月十九，北京已经到了寒冬，萧瑟的北风之中，新皇帝朱高炽主持了下葬仪式，将父皇朱棣埋进了他亲手选定的长陵。在此之前，已经上谥号为体天弘道高明广运圣武神功纯仁至孝文皇帝，庙号太宗。

历代专制王朝将开国皇帝尊敬为太祖，将二代尊为太宗，已经形成习惯例。宋朝开国皇帝赵匡胤为太祖，其继承人赵光义为宋太宗；忽必烈按照汉人王朝模式建立大元之后，追谥成吉思汗为元太祖，窝阔台为元太宗。朱棣的庙号，显然有意识地将朱允炆给否定了。

而且，这也非常符合朱棣的经历。这位四皇子通过造反，夺取了本不属于自己的大明皇位，在位二十二年，励精图治，锐意进取，开创了一个远迈汉唐的永乐盛世，让自己的名字，与汉武帝、唐太宗、清圣祖这些最光荣的帝王排在了一起。

这一年，四十七岁的朱高炽已经满头白发，当了整整二十年的皇太子，由青年变成了中年，现在又直奔老年。

这一年，跪在父亲后面的皇太子朱瞻基只有二十六岁，却已经做了十年的皇太孙，出落得非常干练。看着日益苍老、行动不便的父亲，他心里说不出是什么滋味。

这一年，徐皇后已经去世十七年。这十七年间，朱棣没有立新的皇后，没有人能够取代徐皇后，也没有人能够取代她在朱棣心目中的位置。

徐皇后已经在长陵等候了十一年，现在，是他下去陪她的时候了。

朱棣一生只有四个儿子、五个女儿①，全都是和徐皇后生的。在北平时，他过的是一夫一妻的生活，但我们由此也不难想象，徐皇后的大好时光，都用在了什么方面。朱棣称帝之后，后宫美人自然不少，只要他愿意，每天都可以不用重样。但是，朱棣居然再没有留下任何一个后代，这就不能怪佳丽们肚子不争气了，是他自己，已经丧失了这方面的能力。

过去二十年来，朱高炽每日小心谨慎，瞻前顾后，战战兢兢，唯唯诺诺，在朱棣面前，他可不是装孙子，孙子朱瞻基的发言权比他大多了，他正是靠孙子才保住了工作。朱高炽还要承受二弟和三弟的栽赃陷害。这俩货经常串通一气，以在父皇面前说老大坏话、在朱高炽背后搞小动作为人生一大乐趣。

当然，朱高炽比朱标还是要强，他终于熬到了朱棣归天，终于坐上了龙椅，终于可以做自己最爱做的事情了。他没有想到的是，自己不过是明代第四位国君，但以四十七岁登基，居然是有明十六帝中，继位时年龄最大的一个。论在位时间，也仅长于当了三十天皇帝的光宗朱常洛。

朱高炽等这一天已经等好久了，上台之后，他手脚麻利地进行了一系列的政务革新，表现得相当老练沉稳，跟之前在父亲面前的懦弱形象反差实在过大。

原来朱高炽也是属编织袋的，真能装。现在，他终于卸下了伪装，露出了本来面目。

一个人装一天傻并不难，难得是一装就是二十年，蒙蔽了所有对手，甚至让最亲近的人也摸不着头脑。看来，朱高炽扮猪吃虎的本事，确实和自己的老爹有一拼，守卫北平时的坚韧，面对老二挑衅时的隐忍，登基之后施政的高效，都证明了这个大胖子，真的是朱棣的亲儿子，和表哥朱允炆根本不一样。

不过，朱高炽有一点非常值得称道。搁一般人，这时候还不得下道圣旨，说父皇最挂念老二老三，请他俩收拾一下东西，搬到长陵里头去住。可朱高炽并没有这么做，你可以说他是缺乏魄力，妇人之仁，但我们不应该低估，一个

---

① 老四朱高爔生于洪武二十四年（1391），未满月就夭折。

饱读诗书的君子，对骨肉之情的真心维护。

我一直都相信，中华民族的传统文化中，不仅仅只有厚黑学与阴谋论，更多的还是仁义礼智。

八月，朱高炽正式登基，定次年为洪熙元年，大赦天下。朱棣死时，朱高炽的一大票心腹——夏原吉、吴中、杨勉、共淮、杨溥和金问，都还在监狱服刑，新皇帝当然要把他们全都放出来，官复原职。

针对朱棣时期的进取政策，朱高炽做了大幅度的收缩。首先，停止大规模征讨蒙古的政策，安排军队镇守边关；其次，收缩驻安南的军队，为全面撤出做准备；最后，他强调恢复生产，与民生息。（潜台词是，再不像我爹那样折腾了！）朱棣生前的若干事宜，如下西洋、云南取宝石、交趾采金珠，撒马尔罕等处取马，以及采办烧铸进供诸务，都通通停止。

看待历史问题，切忌站在今天的角度上当"事后诸葛亮"，洪熙的政策当然有其合理性，永乐最后三年的连续北征当然不是常态。减轻百姓负担也绝对没有过错，但在朱棣刚刚去世不久，就打算在南北两端进行实质性的大幅收缩，显然不像是一个有为之君的做法。要知道，此时的基础，可是朱棣付出极大代价才形成的。

贤明的国君，通常都会不拘一格用人才。朱棣一生，从来不怎么偏袒自己的燕藩老臣，而是唯才是举，尽量给他们展示才华的机会。但朱高炽却喜欢重用自己东宫的那批老人，而且更可怕的是，这些人的政治见解，跟保守的皇帝可以说大同小异——不然也不会成为如此坚定的同盟。

也就是说，凡是与朱棣立场接近的进取派，基本上都被朱高炽排除在权力核心之外了，而朱高炽死后，儿子朱瞻基基本上全盘接收了父亲的班底。如此一来，我们就会明白，为什么被无数文人美化的"仁宣之治"，在内政外交上会如此保守，给大明王朝未来的发展埋下了太多隐患。

朱棣六十多岁时依然有那样的进取心，而这个好儿子，四十来岁满口全是与民生息，时时刻刻不忘打老爹的脸。

还有更让人闹心的。洪熙元年（1425）三月，朱高炽的新举措，在朝中赢得了广泛赞誉，不过要是朱棣九泉有知，这位老战士非从长陵里爬出来，搞二次"靖难"不可。

朱高炽要还都南京！

父皇去世仅半年多，尸骨未寒，朱高炽就悍然下诏，将在北京的各部司名称前，一律加上"行在"，并恢复了北京行部和行后军都督府。四月，朱高炽命太子朱瞻基前往南京，名义上是拜谒孝陵，其真正目的，就是为迁都做先期准备。

还都是朱高炽的一个远大理想，不过父皇活着的时候，他可从来不敢吱声，知道后果是极其严重的。但现在，天下还有谁能管得了我，不，朕？

朱棣自永乐四年（1406）开始，经过十五年的艰难营造，克服了各种想象到的和想象不到的困难，才在永乐十九年（1421）正式迁都北京。

迁都是朱棣一生中最大的工程，也是他最引以为豪的成就，而且，这也直接与他的宏伟蓝图有关。

可朱高炽就这样轻率推翻了朱棣的决定，是啊，当初营建北京花费巨大，迁都浪费多多，但当太子的，却鸡贼地从来不吱一声儿。如今，你再迁一次，又要造成多少浪费，给百姓带来多大麻烦？

当然，公平地说，朱高炽并非是出于对父亲的报复，并非为了拆永乐盛世的台，他的做法，其实是大部分文官所期望的，是许多朝代传统的做法，更是这个民族一贯的方针。而朱棣的进取战略，甚至比元清两个异族王朝还要大胆。

不过，我们当然都知道，大明并没有迁都。到了五月十二，朱高炽就突然去世了。

朱高炽在打发儿子离京时，身体似乎还没太大毛病，显然，如果这时候他已经重病缠身，肯定不会让朱瞻基走的。而且，这位仁宗甚至并没开始为自己修建寝陵。他认为办这事还早得很。（而且，修也得修在南京才有面子。）

这样的皇帝，怎么可能说死就死呢？

一般认为，仁宗平日热衷于亲近女色，但他违反一年守孝期内禁绝房事的规定，个别大臣可就看不下去了。据说翰林官员李时勉的直言批评，令皇上受刺激发病而死。

　　但这种说法可能比较牵强。一个仅仅四十八岁的中年人，平日并没有严重病症，就算是小老百姓，也不会因为别人的风凉话说死就死，何况是专门有太医院为之服务的当朝皇帝？

　　朱高炽死后，南京依然是京师，北京依旧被称为行在，但迁都事宜事实上已经彻底停止了，连仁宗本人都被埋到了昌平的献陵，安葬在长陵附近，此举显然违背了朱高炽的心愿。

　　再联想到朱瞻基接班的顺利，有人甚至推测，这儿子有弑父的嫌疑。

　　从朱瞻基后来处死二叔一家十二口，没有任何思想顾虑来说，他要谋害自己的父亲，并不是一点儿可能性都没有。

　　朱瞻基弑父的理由，可能会有哪些呢？

　　这一年的朱瞻基年仅二十七岁，正常来说，人生之路还相当漫长，他肯定不急着接班。而且，让父皇处理二叔和三叔，给自己留下一个更好的局面，不是更好吗？

　　能让他恼火的，恐怕就属朱高炽的迁都行为了，不过，北京城是朱棣千辛万苦修建起来的，是他顶住重重压力迁都的。对朱瞻基来说，倒不是什么特别重要的事。

　　而且，别看爷爷疼孙子，孙子通常更喜欢他爹，从古到今，一向如此。如果朱瞻基当时是三十七、四十七，为了早日登基，弑父倒是有理论上的可能，但在这一年，确实不应该。

　　当然也有另外两种可能。

　　一是朝廷中某位大臣受了朱棣密诏，如果朱高炽敢于迁都，就除掉他。

　　朱高炽的悍然迁都，否定的是朱棣执政期间几乎忙碌了一辈子的成果，也将彻底改变了后者遏制东北和蒙古的基本国策，其可能的后果不堪设想。更重要的是，朱高炽的打脸行动来得太快太猛，实在是将老子完全不放在眼里。这甚至能根本改变其历史地位。

而且，以朱棣的智慧，他一定能看出，老大可能在自己死后还都南京，因此做一些预防措施，当然也不是不可能。

那么，有必要让朱高炽押上生命做代价吗？

只要翻一下中国历史，就会发现为了争夺最高统治权，杀父亲杀孩子真的不叫个事。唐玄宗还有一天之内斩三王子的纪录呢！但从明朝开始，这种情况有了明显改观，朱元璋可以说杀人如麻，没有一丁点儿心理负担，却从来没有处决过一个儿子；朱棣本来孩子就少，就更舍不得了，换成中国大部分朝代，老二和老三早就能死上好几回了。

因此，朱棣如果要留密诏，最多也是说，如果朱高炽要迁都，就废了他的帝位，而让皇太孙早日登基。

都说朱高炽即位前是极度压抑，上台后是极度放纵，一有时间就要进行男女之事，身体虚弱是必然的。

那么，当接受密诏的大臣，向仁宗出示先皇旨意，逼他下台时，这位皇帝受到的打击和伤害，必然会远胜过李时勉等人的讽刺挖苦。

如果就这样猝死，倒也不失为一种可能。当然，一向为朱高炽唱赞歌的《明史》《明通鉴》等官方史书，肯定要遮掩事实真相。

朱高炽显然不是正常死亡，而本人的这种推测，想必也是情形之一。

二是在永乐朝受朱棣恩惠很深的大臣，或者锦衣卫，或者太监，看到永乐辛辛苦苦完成的迁都大业就要毁于一旦，出手暗杀了皇帝。

这种可能性也并不是一点儿都不存在，比如朝中的好战派张辅，对朱高炽的收缩政策肯定就非常不满。

不管怎么样，朱高炽的突然死去使他迁都的计划落空，此后二百二十年间，北京一直是大明的京师。

老爹这么一死，朱瞻基可就能当皇帝了，这个朱棣亲自选定的继承人，从此可以甩开膀子大干一场了。

受益者可不光是朱瞻基，有个老熟人得知消息之后，也开心得不得了，恨不能马上开个 Party 庆祝。

这哥们儿是谁啊？

二、宣宗亲征，让朱棣第二不再出现

仔细盘点一下历朝历代，就会发现一个藩王武装夺权而能够成功的，竟然只有朱棣一人。朱棣之后，再无朱棣。

但有些自命不凡的傻瓜偏偏不这么想，远的有一百年后的宁王朱宸濠，近的则是朱棣的二儿子朱高煦。

朱高煦和朱棣乍一看，似乎是有很多共同之处，他们都性格豪爽，喜欢笼络部属，在士兵面前没有架子，打仗喜欢冲在最前面。但这些，只是表面现象：朱棣的憨是装出来的，朱高煦的二是自然流露。

朱高煦只是个军人，而朱棣却是个成功的政治家，可以说，他身上集中了两个儿子朱高炽和朱高煦的全部优点，或者说，他把自己的特质一分为二，让两个孩子继承了，因此，他们两个人都和自己差得太远。一加一不是等于二，而是远远大于二。

正如美国总统尼克松所说，政治就是演戏。他讲这番话的时候，朱棣当然不会在场，但深得此话的精髓。洪武和永乐时代没有好莱坞，没有艺员培训班，但朱棣却无师自通，练就了出神入化的表演才华，相信以他的能力，就算活到现在，皇帝的岗位被取消了，他一样能在影视行业谋到一份高薪工作。

而全部聪明劲儿都写在脸上的二皇子，显然和他父亲的段位差得太远。这是一个武夫和英雄的巨大差距。而且，这差距绝对不是通过努力就能消除的。

即便被赶出了京城，即便守在四线城市乐安，凭着多年来在武将圈打下的人脉，朱高煦得以在京城布置了许多眼线，留意着那里的一举一动。

洪熙元年（1425）五月，朱高煦得到了这条可靠的消息，真是无比震惊，又格外兴奋。

大哥只当了十个月皇帝，就急着去和父亲团聚了。而此时的朱瞻基，也已经被父皇打发到南京，筹备迁都的事情。

人在乐安、心系京城的朱高煦，造反的愿望依旧强烈，篡位的理想依然坚定，一想到可能睡在龙床上，他就浑身热血沸腾，像个小伙子一样冲动。梦想是一定要有的，万一实现了呢？但整天光会做梦也不行，特别是一大把年纪的时候。

朱高煦改变不了时间的自然流逝，阻止不了容颜的日益衰老，更抗拒不了精力体力的不断下降。眼看就要奔五十了，就算造反成功，在龙床上还能打几次滚儿呢？这个时候，有个知心朋友好好劝一劝，没准儿他也能悬崖勒马。可惜，这样的人始终没能出现。

贵为太子的朱瞻基又不可能有专机，要来北京继位，坐船走大运河太慢了，走陆路，肯定要经过山东，路过他二叔的地盘。

朱高煦不需要大侄子留下买路钱，他想要的不多，只是朱瞻基的人头。皇太子一死，京城群龙无首，还不得由自己来主持工作啊！

我朱高煦振臂一呼，北京城的兵马，还不得听我指挥？

我朱高煦慷慨陈词，全天下的百姓，还不得三呼万岁？

朱高煦盼星星盼月亮，也没盼到大侄子路过山东的那一天。就在他困惑不解的时候，六月，京城里却传来了特大新闻：新皇上登基了！而且不久就确定了年号，明年就是宣德元年了。

什么宣德，真缺德！朱高煦这个愤怒啊，自己一个参加"靖难"并有卓越表现的老战士，一个坚持造反几十年如一日的老愤青，就这么被一个小孩玩了？

"朱瞻基"三个字不是白叫的。这名字寄托着朱棣的远大理想。这个"基"，正是登基坐殿的"基"。在北平装疯中朱棣得了孙子，坚定了造反的信念，最后还真夺了天下，"瞻"上了"基"。朱高炽这个胖瘸富，正是靠自己儿子在老爹那里的受宠，才勉强得到了太子的位置，还是靠自己的儿子的保佑，历经种种考验，总算坚持到了父皇归天，当了十个月皇帝。

不过，朱瞻基怎么避开他二叔的重重埋伏，顺利地登了基，这也是一个让历史学家们倍感困惑的问题。

难道是朱瞻基为了阻止朱高炽迁都南京，就突然潜回北京发动政变，把父亲干掉，自己提前接班？

或许，朱瞻基这小子根本没有离开京城（当年又没有录像监控），而是安排替身南下，自己则留在北京，主持政变的全局？

这两种可能性不是一点儿不存在，但朱瞻基和父亲毕竟感情深厚，似乎用不着杀父自立。

再或者是朱高炽身边的大臣们，又把一年前用在朱棣身上的招儿使了出来，秘不发丧，通知朱瞻基火速进京，等到朱瞻基到了之后，才对外宣布洪熙皇帝的死讯，同时派人去南京，假装去接朱瞻基，刺探朱高煦的反应？

反正朱瞻基顺利继位了，朱高煦扑了个空，内心的失落感可想而知。

一个人努力了二十年，还没有做成一件事，皇帝都换了三拨了，自己除了年龄之外什么都不长，除了皱纹之外什么都不增，除了失落之外什么都没得到，太让人伤心了！

如果这时候的朱高煦认清形势，认真地在侄子面前装孙子，他还能多活几十年，也能保住子孙后代的荣华富贵。但他的选择是什么呢？

宣德元年（1426），汉王朱高煦已经四十七岁，即将进入知天命之年，这位屡战屡败的叛乱分子，还是不甘心就此认命。

镜头切换到行在。英国公张辅正准备上床休息，门房拿了一件东西，说是有帮人求见。张辅看了之后，吩咐让他进来。

来的是他的多年至交枚青。下人端上了茶，张辅一看枚青的神色，就猜出了七八分。

"有什么我能帮到你的吗？"

"有，当然有啊！"枚青警惕地看了看四周。张辅乐了："到我这里了，还有什么信不过？"

"没有，没有。"枚青小心地解开衣服，掏出了一封信。

这是朱高煦亲笔写的，问候完老朋友之后，汉王也就不拐弯抹角，直接希望张辅成为他的内应，打开京城，事成之后，重重有赏！①

"呵呵，"张辅笑了，笑声中俨然有一种鄙视。对啊，人家已经是武将之首，年纪轻轻就是英国公了，你还怎么封赏？学朱棣，裂土为王？可能吗？

张辅并没有客气地把枚青打发走，而是把他留了下来。

而且，还招呼下人，给他身上缠了很多道绳子。枚青傻眼了，没想到张辅做得这么绝。张辅还有更绝的，转眼就把他送到朱瞻基那里，虽说不是什么要犯，好歹也能换点儿赏钱。

朱瞻基听了张辅的汇报，立即召集手下大臣开会，讨论怎么对付自己的二叔。张辅和薛禄都跃跃欲试，想带兵去收拾朱高煦，为自己的功劳簿再重重添一笔。皇上对他们却还是不够放心。毕竟是当年"靖难"的老战友啊，万一你们联合起来，我，不，朕的江山就危险了。

而文官杨荣和夏原吉，却有不同的看法。特别是夏原吉，看似轻描淡写地说了一句话，就让朱瞻基拿定了主意。

"陛下还记得李景隆当年的事情吗？"

几位武将的脸色刷一下都变了，这是把我们比作李景隆这个废物啊！而朱瞻基也从龙椅上一跃而起，"仓啷啷"抽出了宝剑。

为了这么大点儿破事，就要诛杀户部尚书？现场空气相当紧张，不过朱瞻基一张嘴，大家都松了一口气。

"朕意已决，亲征乐安！"

此刻的朱瞻基，真如朱棣附体一般强硬，他不是一个人在战斗，他不是一

---

① 参见《明史纪事本末·卷之二十七：高煦之叛》。

个人，而是一台开足了马力的战车。

枚青被抓，朱高煦的造反嫌疑也坐实了。按说，这时候你老人家应该火速行动起来，赶紧多占几个城市，多囤积一些兵器物资，多串通些叛乱分子，造反也得有个造反的样子嘛！但是……

这里的黎明静悄悄，这里的夜晚也很平静。

朱高煦曾联络山东都指挥靳荣，希望他一起造反，人家根本就不搭理这个汉王。

不知道朱高煦这些天在忙什么，既然要造反，你倒是带兵出来溜一溜啊！八月二十，朱瞻基已经杀到乐安城下了，他还没出城活动过呢。

再怎么着，你也得出兵占领济南，有个根据地再说，或者更有追求一点儿，你可以占领南京，这样就有了称帝的资本。可惜，朱高煦做的，就是待在自己的府里怨天尤人，怨父皇欺骗他，怨大哥忽悠他，怨母后不疼他，怨大侄子挤对他，怨所有人都亏欠他。

没有受到朱高煦批判的，只有他自己。但让他落到今天这样田地的，也只有他自己。一个二十多年前就准备造反的人，真正要造反时却是无所作为，没有章法，实在是造反界的耻辱。

翻一下历代的史书，有造反造得这样不成气候的吗？近一百年后的宁王朱宸濠，做得都比他好得多。（当然结局一样悲惨）

说什么都晚了，十万精兵把四线城市乐安围了个里三层外三层。朱瞻基并不急着进攻，而是吩咐手下书生们写好了讨伐朱高煦的檄文，宣传了一番坦白从严、抵抗更严的道理，并且为朱高煦的人头开出了理想的价码，让士兵绑在箭上，向城内发射。

听说大侄子亲自来攻打自己，朱高煦开始还挺高兴，把这小子干掉，自己不就能顺利登基了吗？理想很丰满，现实却很骨感。他想调集兵马出城迎战，发现手下的将官已经叛逃了一大半。

叛逃都算厚道了，没把你绑了献给皇帝，已经是便宜你了。官军这边，众将建议朱瞻基强行攻城，这位年轻皇帝没有答应，那得死多少人啊，能显示我的圣明吗？继续玩心理战！

朱高煦被困在王宫，每天如坐针毡，不断有传言，说手下将军受了朱瞻基收买，准备把他绑了当作投名状。

朱高煦，这个在"靖难"中万军中取人首级的猛将，会有什么样的应对措施？

镜头切回。稳坐中军帐、悠然自得的朱瞻基突然得报，说汉王使者前来，并呈上了朱高煦的亲笔信。朱瞻基一看乐了，"好！"赏了使者，让他回去交差。

第二天一早，朱瞻基命令在乐安城南搭起一座高台，把能叫的官员都叫来，还不收门票，开放群众参观。

要出什么大事情？

在吃瓜群众的夹道欢迎之中，一位身材壮硕、目光却十分呆滞的中年人，骑着一匹快马，向着高台方向奔驰。人群里突然发出一声惊呼：

"汉王！"

这不正是信誓旦旦要夺取天下的朱高煦吗？他这唱的是哪一出啊？

他已经没戏可唱了。在昨天晚上呈给皇上的信中，这位曾经无比嚣张的二殿下，居然像小学生写检查一样，提出向朱瞻基负荆请罪，请求放他一马。

第二天，朱高煦果然告别了妻子儿女，单人独骑前来投降，倒是挺讲信用的。

朱瞻基的卫兵当然不放心，先给汉王全身来了个大搜查，然后将他捆得像个粽子，押着向高台走去。沿路之上，对高煦的咒骂声和嘲笑不绝于耳，更有人丢出了臭鸡蛋。

朱高煦面无表情，也不理会这些攻击。走到朱瞻基面前时，这位汉王深吸了一口气，做出了一个足以载入史册的潇洒动作，把在场的卫兵都看呆了。

这还是万军之中取上将首级的汉王吗？

这还是连大哥都不放在眼里的二皇子吗？

这还是二十年来一直叫嚣要夺权的朱高煦吗？

只见这位虎背熊腰的壮汉，如同温顺的邻家小媳妇一样扑通跪倒，拼命叩头，嘴里还念叨着："臣朱高煦罪该万死，请陛下惩罚……"朱瞻基看着不敢抬头的二叔，眼神中充满了蔑视。身边的大臣们纷纷跪下，建议将朱高煦就地正法，建议被朱瞻基一口回绝。这么好玩儿的活宝，就这样弄死了，朕还真是舍不得啊！

朱瞻基很想亲自夹枪带棒地狠狠数落朱高煦一顿，既让二叔出丑，也让自己过瘾，但显然，这不是一个皇帝应该干的事情。于是他挥了挥手，身边一个御史挺身而出。

此人一看，就是脑瓜极其好使，知识极其渊博，口才极其了得，根本不用打草稿，上前一步，指着朱高煦就开始辱骂，而且逻辑严密，条理清楚，抑扬顿挫，半天不带重样的。骂得朱高煦完全没有了脾气，跪在地上大气都不敢出。骂得围观群众非常开心，爆发出一阵又一阵强烈的欢呼声。

这位御史的名字，从此也在大明历史上占据了一席之地。二十三年之后，朱瞻基早已不在人间，他却以一肩之力，扛起了挽救大明江山的重任。

此人正是大明英雄于谦。眼看骂得差不多了，朱瞻基指示二叔写信，把十一个儿子都召来投降。随后大赦朱高煦余党，下令班师。

其实朱高煦在准备投降之前，曾被部将王斌拦住过。王斌跪在主子面前，一把鼻涕一把泪地劝他："王爷，不能去啊，咱们宁肯战死，也不要去给宣德当俘虏啊。"朱高煦一听，说得真好啊，我听你的。你先去准备一下，咱们这就和朱瞻基拼命。

王斌走了。朱高煦换了身衣服，从另一条道路秘密出城，去给大侄子磕头求饶。这招"明修栈道，暗度陈仓"，也算是他老人家这些年来唯一成功的谋划了。如果朱棣在天有灵，只会为自己当初的决定欣慰，老二真是扶不上墙的烂泥。当然，跟错人的王斌也难逃一死。

朱瞻基收拾了二叔，心里还对另一个人念念不忘。谁啊？三叔朱高燧。想当年，这俩哥们串通一气来欺负他爹，导致朱高炽十年如一日地当缩头乌龟。现在，朱瞻基既想为父亲出气，也想给自己立威，打算带兵直扑彰德，给三叔来个突然袭击。

不过，杨士奇力主不要动朱高燧。他认为，当年赵王手下伪造诏书企图政变的事情败露之后，太宗都没有逮捕朱高燧，而仁宗更是为三弟苦苦求情。现在，皇上就这么一个叔叔了，如果捉拿他，恐怕先帝在天之灵，不会感到宽心。

朱瞻基也认为有道理，因此没有采取行动。而赵王不愧是人精，他得到风声，火速请求交出仅剩的一支护卫，最终换取了自身平安，从而得到了善终。不过，他二哥的下场，可就不那么美妙了。

朱高煦的叛乱，就这样过家家一般地被粉碎了。十一个儿子乖乖前来投降，和老爹一起被关在了西安门里。丢掉做人尊严的朱高煦以为能多活几年，但很快连命也丢掉了。没过多久，朱瞻基就编造个理由，说朱高煦试图谋害他，把这位爷扣在一口大铜缸下，活活烧死了。随后，朱瞻基也许觉得二叔一个人在地下太孤独，体贴地将十一个堂弟通通杀掉，让他们一家在阴间团聚了。

朱棣再讨厌这个败家子，也从来没有动过杀他的念头。朱高煦被老二折腾得够呛，但有机会处死弟弟时，他却不忍心下手。但到了下一代年轻人掌权时，一切都不一样了。同时也证明了一点，父子之情，手足之情是真情，叔侄之情可就差得太远喽。

还是那句老话：没有金刚钻，别揽瓷器活。光有梦想是不够的，超出个人能力之上的梦想，带给你的不是喜悦而是痛苦，不是欣慰而是麻烦，甚至是灭顶之灾。

轻松收拾了朱高煦，无疑让年轻的朱瞻基，得到了朝廷内外的广泛拥护，接下来，他是不是应该大显身手，将朱棣开创的战果扩大下去呢？

三、朱瞻基的希望与失望

朱瞻基是朱棣亲自选定的接班人，在这个孙子的身上，寄托着永乐皇帝太多的期盼。在第二次北征蒙古之时，朱棣还特意将皇太孙带在身边，为的就是让他早日认识战争的残酷，蒙古铁骑的凶险，未来执政的不容易。

朱瞻基刚一上台，倒是表现出与胖子父亲所不同的英雄气概。他效仿朱棣亲征，弹指一挥间，就铲除了朱高煦势力，为自己赢得了极高声誉。在这短暂的时间里，他确实有了爷爷的一些影子。

但是，朱瞻基的辉煌似乎也就到此为止。从此以后，反而走上了父亲的保守道路。他不去开疆拓土，反而如宋徽宗一样迷恋书法绘画，当然最大的贡献，是保住了北京的首都地位。

有些历史学家，好心地将"永乐盛世"与"仁宣之治"合称为"永宣盛世"，但事实上，这是两个相差很多的时期。

永乐时代的二十二年，朱棣的重大举措接连不断，北征蒙古、南平安南，修建新都，出使西洋，疏通运河，建立巡抚制度，等等，令国库消耗确实不轻。宣宗继承了父亲的施政策略，继续轻徭薄役，休养生息；遇到水旱灾情，就减免相关地区的租税；他也曾经微服出巡，考察百姓的实际生活状况。平心而论，朱瞻基绝对不是个昏君。

朱瞻基继续倚重内阁"三杨"和夏原吉、蹇义为核心的前朝老臣，能做到从善如流，虚心纳谏，并对勤政认真的地方官进行奖励，涌现了以苏州知府况钟为代表的一大批清官廉吏。

宣宗当政期间，南北两线都没有了重大战事，也没有了大规模的修造工程，即便是父亲的献陵也修得并不奢华。

因国力强盛，政局稳定，朱瞻基就用不着如爷爷一样，每天都忙于处理政务。他继续扩大内阁的权力，采用了一种称之为"条旨"或"票拟"的办事程序。大臣们的奏折，首先要由内阁大学士审议，并将自己的解决方案贴在草拟的诏令上，供皇上审批，而皇上用朱笔进行批示就予以生效。

因为掌握着批红，朱瞻基根本不用担心大权旁落。但没过多久，这位宣德皇帝就指示司礼监太监代替自己，为诏书批红画圈，取得这种权力的宦官被称为"秉笔太监"。

朱瞻基为什么要把这么重要的权力下放呢？难道他不知道后果的危险吗？他当然清楚。不过，一来，宣宗的业余爱好实在太多，要他像皇爷爷一样整天扑在国事上，那万万不可能；二来，让渡的这种权力，他可以随时收回，太监们断不敢因为自己的私利，而触怒了龙颜。

一切都在我的掌控之中！朱瞻基显然有这种底气。

太祖朱元璋对历朝太监专权的事情相当在意，他当政时，曾经铸了一块铁牌挂在皇宫门上，上面刻着"内臣不得干预政事，预者斩"。不过，自打朱棣时代开始，宦官就在积极地为大明江山贡献力量。《明史》强调说："盖明世宦官出使、专征、监军、刺臣民隐事诸大权，皆自永乐间使。"但事实上，郑和、马云、阮安和王景宏等人，都有着不错的口碑。

朱元璋深深懂得"知识就是力量"，禁止太监学习文化知识，让他们当睁眼瞎，省得为祸作乱。但他的重孙朱瞻基，居然顶风作案，在宫里办了内学堂，给太监们教授文化知识，从中选拔可以为皇上代笔之人。

本人并非朱瞻基的黑粉，对于开办内学堂一事，无意完全否定，叫宫中服务的太监读书识字，也是为了能让这些人更好地做好工作而已。况且"读书识礼"，一定程度上还能提高他们的素质。当然，知识能为良善之士提供帮助，也可以给邪恶之徒插上翅膀，提升他们作恶的能力。但作为与皇帝朝夕相处的人，自然不应该都是些奸佞之辈吧。

因为宣宗本身有着不错的政治智慧，在他秉政的十年，并未出现宦官乱政的情况。但是，日后的王振、汪直、刘瑾和魏忠贤这四大恶奸的出现，朱瞻基多少还是要负一点儿责任吧？

继位之后的朱瞻基才二十七岁，正是精力旺盛的年龄。和父亲一样，他对男女之事呈现异乎寻常的兴趣，似乎不想放过每一次可能的激情，也不想冷落宫中每一位异性。对女人来说，承认和欣赏其魅力最直接的表现，不就是使出全力和她啪啪啪吗？今天一个屌丝都明白的道理，六百年前的大明皇帝岂能不知。

朱瞻基还废掉了结发之妻胡氏，另立孙氏为后，开创了大明皇帝换皇后的先河。虽然母亲张皇太后和杨士奇等重臣都极力反对，可孙氏为宣宗生下了长子朱祁镇（后来的英宗），朱瞻基还是得逞了。

不过有一点，朱瞻基似乎做得很失败。太爷爷朱元璋有二十六个儿子，十八个女儿；父亲朱高炽有十个儿子，七个女儿；就连得了那种病的爷爷朱棣，也能有三子五女；而他折腾了那么多年，只有两个儿子，两个女儿。

朱棣知道自己是个粗人，他不仅希望孙子学习文化知识，还注重培养其艺术底蕴。成年之后的朱瞻基，不仅喜欢打猎和游园，还确实掌握了提笔作画的能力。他当然没有宋徽宗那样的造诣，不过也没有后者那样不幸的命运。

但是，朱瞻基贵为皇帝，居然还喜欢斗蛐蛐，成为史书上有名的"促织天子"，这种爱好，应该不能怪罪于朱棣的培养。而且，更辜负爷爷的事情，还在后面。

朱棣花很大的心血栽培朱瞻基，希望这孙子能将自己一手开创的永乐大业进行到底，让大明真正成为大元的继承人。可朱瞻基的所作所为，如果爷爷在九泉有知，必然是相当失望。

首先是从安南撤军。安南可是当初朱棣调动二十万大军，耗费上百万银两才打下来的，地盘虽然不大，却很有示范意义：这是当年元世祖忽必烈想做而没有做到的事情。但自打对安南用兵起，朱高炽就从来没有支持过。他当了皇帝之后，适逢黎利反叛的声势越来越大，更是露骨地想甩掉这个包袱。

而朱瞻基的心理则是摇摆不定，他不想就这么放弃，怕被人笑话，又不想费心太多。（耽误自己斗蛐蛐？）于是在宣德元年（1426），这位宣宗抱着试试看的态度，先后派出王通和柳升前往安南。

作为朱棣相当赏识的将军，柳升曾组建了中国历史上首支正规火器兵种神机营，并在忽兰忽失温战役中，让鞑靼骑兵吃尽了苦头。但安南的丛林，显然更有利于游击战，不利于正规军火枪兵的发挥。宣德二年（1427），柳升在倒马坡中了叛军的埋伏，壮烈殉国。都督崔聚与工部尚书黄福继续前进，最终双双被俘。本应前来支援的沐晟听说了他们败亡的消息，居然不战而走。

人在东都的王通，更是感觉世界末日到来。他完全不顾国家大义，擅自与黎利达成了媾和协议，约定在年底班师北回。此等卖国行径，会得到什么样的下场呢？

要说中国太大，大明都城与安南相距六千里，消息传递需要两个月，在北京，朱瞻基与他的重要大臣们也在激烈争论安南事宜。杨士奇与杨荣建议放弃，而蹇义、夏原吉及张辅主张继续镇压。

二十一年前，张辅带领二十万明军，克服了种种困难，付出了极大代价，才将安南收归大明的管辖。上万大明将军的遗体，长埋在这片土地之下。平定安南，是张辅一生最大的荣耀。此后，他又三次入安南平叛。不过，永乐二十年（1422），朱棣却将他调到北京，并参与了最后的三次北征。永乐对张辅当然充分信任，但问题是，如果张辅一直留在交趾，黎利这孙子还能如此嚣张吗？

二十一年过去了，张辅已经年过半百，两鬓斑白。但正如父亲张玉一样，他的内心，依旧和当年一样充满斗志。

张辅对年轻的朱瞻基寄托着很大希望，期盼他能如祖父一样，用铁与火的手段，让这些不知好歹的叛徒们付出代价，他希望宣德圣旨一下，自己再度披挂整齐，带领子弟兵杀向交趾，去捍卫帝国勇士的尊严，去告慰太宗文皇帝的在天之灵。

可是，朱瞻基却不愿给他机会了。这个二十八岁的年轻皇帝，思维却和六七十岁的老臣们一样保守。

当然，黎利并不是朱高煦一样的莽夫，他知道自身实力终归有限，主动向大明求和，并立了一个名叫陈暠的傀儡，号称这是陈朝的后裔。（这都是些中国人玩剩下的手段）有了台阶可下的朱瞻基，果断地决定撤军，一如他去年果断地兵发乐安一样。

就这样，安南彻底独立了，黎利定国号为大越，到了英宗正统元年（1436），明廷又册封其子黎元龙为安南国王。不过，独立之后的安南君主，也算是相当明智，并不打算和大明发生冲突，确实让朱瞻基及其子孙保住了面子。

南方就这样了，北方的经营，能不能用点儿心？答案同样是"No"。

宣德三年（1428），朱瞻基在京外巡游时，正好碰到一群兀良哈牧民窜入长城之内，试图打劫。皇帝带了三千骑兵，将他们赶了出去，这算是三十岁的宣德，最值得吹嘘的军事胜利了。

两年之后，当薛禄建议放弃开平时，忙于打猎斗蛐蛐的朱瞻基，居然没用多长时间就批准了。开平是元朝的上都，无论地理位置上的重要性，还是对蒙古的心理威慑作用，都是无比重要的。如果朱棣能彻底征服蒙古，他很可能会在开平设置布政司来管理。可他的好孙子，这么轻易就把这座重镇放弃了，而且，随着战线向后移动了数百里，北京郊外差不多就成了"边疆"，从此之后，大明真的要向世界诠释什么叫"天子守国门"了。

还有更糟糕的。在朱棣统治时期，本着中华民族最擅长的战略，明廷在瓦剌和鞑靼之间大玩挑拨离间，让他们自相残杀，并且坚定地奉行一个原则：绝对不能让其中一方有压倒优势，谁强了就灭谁，谁弱了就扶谁。

然而，在宣德期间，这种均势渐渐被打破。鞑靼的阿鲁台走向了衰败，而瓦剌的脱欢势力日益强大。

永乐十四年（1416），瓦剌首领马哈木病死。两年之后，脱欢承袭王位，被朱棣封为顺宁王。宣德九年（1434），脱欢向鞑靼用兵，杀死阿鲁台，又杀死了本部的贤义王太平、安乐王秃孛罗，从此成为一家独大。

英宗正统三年（1438），朱瞻基已经不在人间，十二岁的小皇帝朱祁镇当然无法亲政，实权由张太皇太后掌握。脱欢又攻杀了阿鲁台拥立的阿台汗，立脱脱不花为大汗，自任为丞相，进一步控制了东部蒙古，草原的平衡彻底被打破了。

如果朱棣还在人间，他绝对不会允许这样的事情发生，会毫不犹豫地出兵北征，教脱欢怎么做人。但朱瞻基及其母亲，似乎满足于瓦剌的定期朝贡，并没有采取必要措施。知道脱欢的儿子叫什么吗？说出来吓死人，这是一个令大明由盛转衰的关键角色——也先。

当然，把土木堡惨剧的主要责任归结于老爹宣宗，肯定有失公允；这个锅还是由儿子朱祁镇自己背吧！但要是说跟朱瞻基一点关系都没有，显然也不是事实。即使也先成为瓦剌领袖时，已经是正统五年（1440），朱瞻基早已不在人世。

在东北，朱瞻基还干了一票大的。

宣德九年（1434），明廷宣布放弃奴儿干都司，朱棣当年千辛万苦才设置起来的这一机构，仅仅存在了二十五年。当然，都司下属的各卫所并没有撤销。但毫无疑问，大明对东北广大地域的控制，肯定只能是减弱而不是加强了。这件事情相当蹊跷，本人是翻阅了很多文献才发现的。

更有甚者，正是在宣德任内，辽东都司在与奴儿干都司相邻的区域，居然修开了边墙，最终与长城连了起来，让鸭绿江口成了长城东端。辽东都司似乎希望用这道墙，把东北各少数民族挡在外面，防止他们进入富庶的辽河平原捕鱼打猎什么的，给当地人的美好生活带来冲击。但如此一来，东北与中原的交流，只能是更加困难。女真与汉族的矛盾，不就进一步升级了吗？

朱棣一直致力和东北各族拉关系，而朱瞻基却在破坏爷爷的心血和成果，还说自己是与民生息，这生出来的麻烦，要多严重有多严重。

宣德十年（1235）正月初三，三十七岁（其实也就三十五周岁）的宣宗朱瞻基突然去世，这个岁数，在今天还算个青年，还是生命力最为旺盛的时候。在那个年月，肯定也不可能得场病就治不好，而在执政的十年间，朱瞻基都是精力充沛，思维敏锐，兴趣广泛，根本不是病秧子，说死就死，缺少征兆，显得相当蹊跷。《明史》《明通鉴》对朱瞻基的病症也是遮遮掩掩，语焉不详。

仁宣这对父子的真实死因，很可能永远就要被淹没在历史长河之中了。太子朱祁镇作为唯一的继承人，毫无悬念地登基。让人痛心的事，正是这位招人喜爱的孩子，却成了大明由盛转衰的关键人物。

不过，相比朱高炽，宣德在位期间还是做了一件好事，圆了一位老人的最终梦想，他是谁呢？

四、郑和之后，再无郑和

朱棣自己一路向北开疆拓土，郑和一路向西乘风破浪。两人的距离似乎越来越远，但事实上，他们的心却是离得最近的。朱棣最遗憾的事情，也许就是郑和的太监身份了，要不然，恐怕就得把他提为首辅，承担更多更大的责任。

到了仁宗朱高炽继位之后，大张旗鼓地更改朱棣的进取政策，罢下西洋只能算其中之一了。

朱棣去世之时，郑和正在进行第六次航行。等他回到国内之时，已经是洪熙元年（1425）二月。郑和的心情想必非常悲痛，他未能看到皇上最后一眼，未能给他汇报此行的经历。

但接下来的事情，无疑更让这位老人无奈。根据户部尚书夏原吉的建议，所有下西洋的宝船，都被封停在太仓刘家港。而郑和则被任命为南京守备，其实也就是个养老的差事。在此期间，郑和还主持修缮了南京宫殿和大报恩寺。

宣德五年（1430）正月，五朝老臣夏原吉去世。而长时间被老夏约束的朱瞻基，似乎也得到了解放，也终于可以充分按自己的意图行事了。

当年六月，郑和接到了再下西洋的诏书。

这一年的郑和已经六十岁。烈士暮年，壮心不已。还记得朱棣生命中的最后三年，每年都要发动北征，甚至最终病死在大漠吗？如果说朱棣的舞台在北疆，郑和的战场就在大海。跨上战马的朱棣，能从北京病人一下子变成凶猛战士，而踏上宝船的郑和，也不再是颤颤巍巍的虚弱老太监，而是指挥若定的航海家。

当年闰十二月，船队从南京龙江关启航，二十一日抵达刘家港，在那里，郑和主持维修了天妃行宫。他相信，过去六次远航的成功，靠的正是天妃的保佑，而这一次，当然更离不开她的庇护。

宣德六年（1431）二月，郑和船队由长乐太平港出发，正式开始了第七次远航。这一次，他的重要使命之一，就是给各国传递新皇登基的消息，永乐大帝早已经不在人间，现在执政的是他的孙子。

宣德七年（1432）七月初八，在先后历经占城、爪哇和旧港，向各地宣示了宣德皇帝诏书之后，郑和一行到达了满剌加，慰问了这个正遭受暹罗侵扰的国度。郑和的态度是相当坚定的，他要维护这个小国的独立与领土完整。他的下一站，当然就是暹罗。

郑和宣示的诏书中，委婉地批评了暹罗的对外扩张政策，但又将责任推给了文武大臣，为的是保住国王的面子。他说："陛下，我认为这必定不是您的本意，而是您身边那些鼠目寸光的头目之蓄意挑唆，因而才有今日之后果。希望您能对他们的行为予以约束。"其实，抢夺满剌加商船，正是他老人家自个儿想出来的。而郑和给了他台阶下，他当然要有所收敛，并且意识到，在这片区域，谁都得听大明皇帝的。

随后，郑和船队又走访了阿鲁、那孤儿、黎代、南渤里和锡兰等国，一路传达宣德皇帝对各地的关心，但此后，流传下来的记录就说不清楚了。

这是郑和最后一次出海，从此之后，大明再没有精力，也没有兴趣进行如此大规模的远航活动了。

郑和船队造访了印度洋上的翠兰岛屿之后，横穿阿拉伯海，并派洪保访问古里。据中国史书记载，洪保的助手马欢跟随古里国王，前往天方朝圣。

我们中国人都知道《天方夜谭》，天方是伊斯兰教的发源地，穆斯林的三大圣地——麦加、麦地那和耶路撒冷，都为天方管辖。作为虔诚教徒的郑和，当然以去麦加朝拜为人生第一大心愿，但他七次航行，中国史书均未有明确的朝圣记载，这实在是耐人寻味的事情。

不过，就算人没有踏上麦加大清真寺，但郑和的心，显然已经和马欢他们在一起了。花甲之年，又不能像普通人一样留下后代，这位老人的心中，必然会有很多遗憾。常年的海上之旅，狂风恶浪的侵袭，突发事件的干扰，朝中文臣的非议，他都挺过来了。但是，和他的主人朱棣一样，他终究战胜不了时间，终究还是要走到人生的终点。

当返航的船队走到古里时，郑和突然病倒了。这里，正是他首航时路过，并立下"刻石于兹，永昭万世"石碑的地方，冥冥之中似有天意。

始于古里，终于古里。这位老人实在太累了，恍惚之中，弥留之际，他似乎又看到一个曾经极其熟悉，却一度变得陌生的身影。

没有他的魄力，大明还在谨守太祖"片板不得出海"的祖训。

没有他的威望，就不会有数十个国家的定期朝贡。

没有他的坚持，下西洋之事早就半途而废。

没有他的信任，当然也没有郑和七次远航的壮举。

人生得一知己足矣！朱棣与郑和，地位上是君臣。就四夷臣服、怀柔远人的见解来讲，他们当然是最知己的伙伴，是这项伟大事业的创意者与执行人。

宣德八年（1433）三月，中国最伟大的航海家郑和在古里去世，享年六十三岁。注意我这个用法，不是"之一"，而是唯一。在二十八年时间里，他七下西洋，将大明永乐皇帝与各国友好往来（并非平等交往）的意愿传布到了三十多个国家；他指挥庞大船队，书写了十五世纪早期人类远洋史中最为精彩的篇章；他用自己的善举，为泱泱中华的大国气度做了一次最为圆满的海外宣传，铸起了一块永远不会磨灭的丰碑。相比六十年后，拿着火枪四处破坏的达伽马和哥伦布，郑和用和平手段，赢得了沿路各国的尊重，并巧妙达到了自己的政治目的，显然更为高明。另外，他还有一件事，值得特别强调。

永乐十四年（1416）十一月到十七年（1419）七月，郑和进行了第五次远航。这次海上之旅特别值得强调：据中国官方的记载，船队到达了非洲东岸的索马里。但是，郑和就没有可能走得更远了吗？再往南，就是好望角，穿过这里，就可以到达美洲了。

如果郑和到达了这片新大陆，当时西半球还处于奴隶社会的三大帝国：玛雅、印加和阿斯特克，以他们的原始武器，根本抵挡不了地球上装备最先进的大明水师，如同三国军民一百年后抵挡不了西班牙船队一样。这样一来，地理大发现就会被提早一百年，而亚洲与欧洲以至于整个世界的历史，完全是另外一种景象。

2002 年，就在即将迎来郑和下西洋六百周年纪念日的前夕，一部英国人的著作，却让整个世界炸开了锅。这个名叫孟席斯的英国退役军官，在其所著的《1421年：中国发现世界》（*1421: The Year China Discovered The World*）中，向世界抛出了自己的惊世大发现：最早到达美洲和进行环球航行的，不是意大利人哥伦布，也不是葡萄牙人麦哲伦，而是十五世纪的中国人郑和及其船队。鉴于中国史书一贯的春秋笔法，隐藏很多真相根本不算什么。真相有没有揭开的一天呢？

其实，就算没有到达美洲，就算没有进行环球航行，仅凭那七次成功的航海，郑和就足以称得上伟大。郑和驾驭着当时世界上规模最庞大、装备最先进、战斗力也最强的船队，航行于太平洋和印度洋之上，却没有侵略外邦的一寸土地，没有掠夺一点不义之财，却主动承担起了维护地区和平的义务，为大明王朝的口碑传播，做了一番最好的推介。他的贡献，一直被低估，他的才华，无论怎么强调都不为过。

郑和之后，再无郑和。

不过，如果把下西洋看作是一个大项目，首席执行官当然是郑和，而幕后的总决策人、董事局主席，当然只能是朱棣。下西洋的创意是朱棣想出来的，下西洋的操作方式是朱棣决定好的，下西洋的经费是朱棣硬要出来的，下西洋的船队是朱棣信得过的，而郑和，是朱棣思想的合格执行人。

说到底，还是朱棣的后世子孙，没有他那种四海之内皆兄弟的宏大气魄，没有他怀柔远人的胸襟和胆略，更没有他不惧骂名、不怕后世作史者曲解的心态。也就是说，朱棣之后，再无朱棣。朱棣对外开放，他们闭关锁国，能把什么事情都赖在先人头上吗？

五、土木堡之变，明朝的拐点

明正统十四年（1449）八月十五，是传统的中秋佳节，但都城北京的居民，却没有庆祝节日的意思。他们的年轻皇帝朱祁镇，亲率五十万大军北征蒙古，还没有回来。

这一年，距离太宗朱棣发动"靖难"，已经过去了整整半个世纪。五十年前的七月，朱棣正是从这座城市起兵，带领八百壮士横扫南北，席卷天下，用不到三年的时间，就夺取了大明江山。

也正是朱棣，从这座城市出发，五次北征蒙古，让鞑靼和瓦剌吃尽了苦头，不得不向大明朝贡，接受册封，做表面上的臣服。

这座城市虽然有四百多年为异族直接统治的历史，但自始至终，市民中的汉人都占多数。在永乐十九年（1421）正式迁都之后，北京改称京师，取代了南京，不久就成了中国最大的城市。但民间还是习惯于用北京的名字。

朱棣于永乐二十二年（1424）第五次北征，死于榆木川之时，正统皇帝朱祁镇还没有出生，也就是说，朱棣从来没见过这位重孙。

朱祁镇是大明第二位亲征漠北的皇帝，这位年仅二十三岁的国君，决心要重走朱棣当年的道路，不说别的，单单这份勇气，也是他爷爷和父亲做不到的。

人们自愿摆上香案，为朱棣的重孙子祈福，盼望他早日凯旋。

第二天，一则消息如长了翅膀一样，很快地传遍了京城，无疑在这个千年古城，当今帝都，引发了一场大地震。很多人丢下手边的工作，面朝西北下跪，号啕大哭。

而哭得最厉害的，还属于紫禁城里那些住户：皇后、嫔妃和宫女们，她们的男人，已经被瓦剌俘虏了。

不管怎么说，年轻的皇帝毕竟还活着，而十多万士兵，已经永远睁不开眼睛，见不到亲人了。

跟他们一同阵亡的，还有英国公张辅，成国公朱勇，兵部尚书邝埜，户部尚书王佐、大学士曹鼐和张益等六十多位大臣，差不多大明一半的文武精英。

其中一个人的死，倒是他为大明江山做出的最大贡献。但他生前所造的孽，已经永远无法弥补和挽回了。

就是将他再处决一万次，也抵消不了对国家和民族犯下的罪行。

他就是怂恿朱祁镇亲征，实际是想为自己捞取政治资本的王振。

朱棣当年起兵第一战，就在八月十五偷袭雄县，打了耿炳文一个措手不及。可整整五十年后，他的重孙子，却在这一天成了别人的阶下囚。

还是那句话，没有金刚钻，别揽瓷器活。不是每一个皇帝，都有杰出的军事才华，当然也不是每个皇帝，都有必要御驾亲征。

大明开国皇帝朱元璋行武起家，可在鄱阳湖大战取胜之后，他再也不亲自领兵上战场了。

土木堡的悲剧，原本根本不用发生。而引发这场战争的人，还是王振。

王振原本是个读书人，可能是因为科举考试的竞争压力过大，他就想到了"壮士断腕"的招数，自阉后参加内书堂的选拔，结果幸运地被选中，并在东宫陪太子读书。没过两年，宣宗就去世了，太子变成了皇帝，自然对王振不断提拔，持续依赖，到最后，简直变成他的傀儡了。

如果不是英宗的父亲朱瞻基开办内书堂，王振也不太可能走得那么远。但是公平地说，王振的专权，不应该由朱瞻基背锅，更不能怪罪太爷爷朱棣。主要责任，当然还在于英宗自己。

如果说九岁的孩子不懂事，喜欢跟太监玩还没关系，一个二十三岁的皇帝，已经娶妻生子，完全是个成年人了，还要受太监摆布，这就不能不让人叹息了。

当张太皇太后还在世时，王振自然不敢有多放肆，朝中还有大名鼎鼎的"三杨"辅政。但正统七年（1442）张后过世之后，"三杨"中也只剩下老迈的杨溥，根本限制不了王振。

正统十四年（1449）七月，瓦剌首领也先因贡马受到王振的勒索，居然大发脾气，主动向大明发动进攻。

时代真的变了，半个世纪以来，蒙古骑兵几乎从不敢踏入大明地界，只因为朱棣执政时期，把他们修理得如同惊弓之鸟。可永乐皇帝刚刚去世了二十五年，他们就敢向大明挑衅，就敢悍然越过长城，发动攻势了。

瓦剌军队本来就不多，还要兵分四路，一路攻辽东，一路攻甘肃，一路攻宣府，一路攻大同。最后一路，由也先亲自率领，目标是九边重镇大同。

不难看出，也先把架势摆得很高，战线拉得很长，声势搞得很大，似乎显得很不专业。但实际上，他只是想吓唬一下南边的朋友，想从日后的边境贸易中捞到更多筹码。但他哪里知道，有人握着一手好牌，却打得如此之烂。

不知道出于什么原因，早就不是孩子的英宗，对王振依旧无比信赖，甚至是言听计从——有这么当皇帝的吗？

王振得知也先的队伍只有两万人，主动出击，非但没有任何风险，还是扬名立万的大好时机。但他一个太监，又不能领军出征，不得已，还得煽动自己的学生。

于是，王振以英宗的名义召集了二十万精兵，本着天朝一贯以来的作风，号称五十万，并带上了在京一半左右的文武大臣，浩浩荡荡开向边关。

二十万对二万，似乎是没有任何悬念的一边倒，但结果呢，地球人都知道。

七月十七，明军从北京出发，八月一日抵达大同。王振的老家蔚州就在此地，要是能在家乡父老门前走一遭，那别提多有自豪感了。但此时的他，却突然没有了和也先正面对抗的勇气，下令班师。画风突变，这是为什么呢？

几天前，在大同郊外的阳和爆发了一场大战，明军死伤惨重，随军太监郭敬却奇迹般地逃了出来。听取了郭敬的汇报之后，王振做出了似乎明智的选择。

富贵不还乡，如衣锦夜行。王振当然也不能免俗，他带着二十万人开向蔚州，但为了给父老乡亲留下好印象，避免军马踩坏庄稼，明军不得不返回大同，准备从宣府入居庸关。

这通折腾，把二十万人搞得体力透支，精疲力竭，怨声载道，说士气低落一点儿都不夸张。

八月十三，明军到达了怀来郊外二十五里的土木堡，只要进入怀来城，他们就安全了。短短二十五里，甚至都不够二十万人列个队形的。

可就在土木堡，就在八月十五，大明最精锐的二十万军队，却遭到了两万瓦剌军队的致命打击，几乎全军覆没，实在是中国军事史上的一大耻辱。

朱祁镇做了俘虏，也先原本想用他换来一大笔赎金，但北京那边，朱祁镇的弟弟朱祁钰在于谦等大臣的支持下登基，让也先非常恼火，他的野心，也因为土木堡的大胜而极度膨胀。

城防空虚的北京城，难道我就攻不下吗？

北京这座名城拥有三千年的建城史，发生的大大小小战事难以统计，但提起"北京保卫战"，所有人都知道指的是哪场战役。

那就是正统十四年（1449）十月，在北京城下发生的那一场无比惨烈的战事。很难想象，如果北京城破，大明会不会重蹈大宋的覆辙，丢失半壁江山。当然历史不容假设，幸运的是，明军取得了胜利。保住了长城之内的领地。也先在景泰六年（1455）死于草原内战，瓦剌也逐步走向衰落。但"土木堡之变"留给后人的心理阴影，恐怕永远也难以抹去。

景泰八年（1457），支持英宗的将领石亨、政客徐有贞、太监曹吉祥发动"夺门之变"，将这位太上皇重新扶上台，英宗执政后，于谦以谋逆的罪名被处死（处死于谦无异于自毁长城）。而这场政变的策划者，从此都当上了大官，掌握了大权，他们的胡作非为一点儿也不亚于王振，甚至发生了曹吉祥企图弑位的"曹石之变"。

经过这一连串的折腾，大明国力受到严重削弱。到了英宗之子宪宗朱见深执政时期，鞑靼重新崛起，并在此后的一个多世纪里长期威胁大明的安全，甚至有了嘉靖二十九年（1550）的"庚戌之变"，北京城在一百年后，又一次面临被攻破的危险。

因为鞑靼反复入侵，从宪宗朝开始，明朝开始大规模修筑长城，希望能借此缓和一下他们的侵略势头。随着蒙古势力的不断扩张，大明都城北京与国境线的距离越来越近，出现了中国历史上让人哭笑不得的"天子守国门"。在隆庆年间，高拱、张居正解决了蒙古问题之后，东北的女真又悄然崛起，终于为大明王朝的灭亡，钉上了最后一颗钉子。

崇祯十七年（1644）三月十九日，明思宗朱由检在煤山上吊，次年五月二十五日，清军占领南京，标志着明朝的正式灭亡。大明起于南京，亡于南京，在二百七十七年（1368—1645）[①]历史之中，永乐时代的二十二年，成了其最为辉煌的一段时间。疆域最为广大，国力最为强盛，对外战争几无败绩，南洋各国慕名朝贡。

如果沿着朱棣设计的轨道发展，大明全盘接收元朝的遗产，建立一个将整个蒙古草原和满洲包括在内的庞大帝国，可以说有很大希望。但"仁宣之治"的保守政策，令大明丧失了最好的时机。而土木堡的惨败和内耗，于谦等人的冤死，更让这个原本最有血性的汉人政权，回到了内向退缩之路，最终不可避免地走到了终点。

一定程度上，朱棣的子孙做得多糟糕，就证明永乐大帝当年做得多出色；他们的眼光有多短浅，就显示了朱棣的意识有多超前；他们的行为有多保守，就验证了朱棣的做法有多开拓。

朱棣在去世一百一十四年之后，他的伟大终于被后人发现了，庙号就由太宗发展到了成祖。这又是搞哪一出呢？

---

① 关于明朝灭亡的时间，有 1644 年、1645 年、1662 年和 1683 年四种说法，本书将南明弘光朝的灭亡，作为明朝正式灭亡的时间，因此明朝一共有十七位皇帝。

六、朱棣从太宗升为成祖的玄机

朱棣已然不在人间，但他对后世的影响依旧深远。

通常来说，只有开国皇帝才能称为祖，而以后的继承者们只能称为宗，但宋朝之前，庙号的设置却比较混乱，三国时期，曹操、曹丕和曹叡，分别被尊为太祖、高祖和烈祖，并称"魏氏三祖"；隋朝开国皇帝杨坚被尊为"高祖"，儿子杨广的庙号则是"世祖"。

唐朝之后，庙号就相当规范了，开国皇帝可以把自己的三代祖先，都追尊为祖，但非开国皇帝，只能称为宗。就连李世民这样的"天可汗"都不能例外。但第一个打破这个惯例的，就是明世宗嘉靖皇帝，他非要把朱棣给搞成"成祖"。

这里面又有什么玄机呢？

清朝的康熙并不是开国皇帝，但他死后的谥号就是"圣祖"这一庙号，是当年唐玄宗为道教创始人李耳所设计，历代汉人皇帝从来不用，但满洲人显然不计较这些。而且，康熙平定三藩之乱，收复台湾，平定噶尔丹，抗击沙俄，武功卓著；在内政上也是与民生息，发展经济，开创了号称中国两千年专制史顶峰的"康乾盛世"，作为远远超过了其父顺治皇帝，成为"圣祖仁皇帝"似乎也没有什么争议。

但康熙能获得这样的庙号，正是建立在朱棣已经称祖的基础上，完全是有样学样。嘉靖对先祖朱棣的追尊，才是真正的突破，具有划时代的意义。

朱棣死后，被尊为"太宗文皇帝"，这个庙号也算是中规中矩。他的继承人朱高炽，本身性格就保守拘谨，显然没有突破祖制的勇气。不过值得一提的是，庙号再次强调了建文帝身份的非法性，强调朱棣才是太祖朱元璋的合格继承者。

自汉朝以来，历代皇室通常把开国之君的庙号定为"太祖高皇帝"，而把第二代君主尊谥为"太宗文皇帝"。太祖是一个王朝的开拓者，通常出身军旅或崛起于江湖，以大无畏的勇气，经过血与火的重重洗礼，在前朝废墟上建立一个全新的政权；而太宗则在太祖开创的基础上，励精图治，安抚百姓，发展经济，把帝国引向一个正确的轨道。并不是每一个王朝的第二个君主，都有资格称为"太宗"的，例如那个把引发八王之乱、把西晋搞垮了的晋惠帝，就得不到这样的待遇。

特别值得一提的是，从第一个统一的王朝——秦朝开始，中国历史就无一例外，不同程度地出现二代危机。几乎没有一个朝代是顺利过渡的，那些没有扛住危机的帝国，如秦、晋和隋，很快走向了灭亡；而经历了严重动荡但艰难走出危机的一些朝代，却获得了相当长期的繁荣，如汉、唐和明等。而元和清两个少数民族政权，相比之下危机并不严重，解决之后，国家也迈向了正轨。

这其中最具有戏剧性的，无疑当属唐太宗李世民的玄武门兵变和明太宗朱棣的"靖难"夺权。

唐太宗生活的年代，距今已有一千三百多年，历史真相早就被一代代的历史学家精心地粉饰而变得面目全非。一个亲手杀死亲哥哥与亲弟弟，并逼迫父皇退位的逆子，摇身一变，居然成了中国历史上的千古一帝。

李世民的所作所为，和有"篡位嫌疑"的杨广比起来，无疑更加血腥，更加明目张胆，更加不计后果。为什么后者就遗臭万年，前者却留芳千世？难道就是因为隋朝二世而亡国，而唐朝没有？

这一点，朱棣早于我们六百年就看出来了：强者可以创造历史，这个"创造"有两重含义，一是可以通过自己的英雄行为，让历史进程重新改变，比如他的"靖难"；二是通过自己控制的文人，对史书进行删删改改，把真相小心地掩埋起来，包装出一个全新的皇帝形象。

朱棣的权力，不是来自太祖的授予，而是来自武力夺取。

这一点上，他和唐太宗李世民无疑是一致的，但李世民夺取最高权力只用了三天，而他却用了整整三年。李世民的玄武门之变，从一开始就优势明显，甚至可以说几无悬念；而朱棣的三年"靖难"战争，却是胜利与失败相互交替，机遇与危机始终并存。直下南京的决策，近乎孤注一掷。

生前，朱棣最佩服的就是李世民，永乐也和后者一样，使用武力夺取了江山，坐上了本不应该属于自己的皇位。为了这个宝座，两人都不惜向亲人开刀。李世民杀死了自己的亲哥哥和亲弟弟，而朱棣则让自己的亲侄子生死不明。

他们登基之后，对内励精图治，勤于政务，为本朝三百年统治奠定了基础；对外抗击强敌，屡次获胜，让自己的国家成为当时东亚的核心。作为太宗，他们二人得位最不正，但执政期间，成果却最突出。

唐朝是在突厥帮助下建立的，唐高祖曾向东突厥称臣，而李世民却彻底消灭了这一帝国，并被西域各族首领拥为"天可汗"；在经济方面，唐太宗进一步完善了自北魏开始实行的均田制与租庸调制，促进社会稳定发展，百姓安居乐业；在文化方面，他继续推广科举制，大力奖励学术，修史多部，并在长安设国子监，吸纳优秀人才。

按这个标准，朱棣可以升级为"祖"，李世民自然也没有问题。要怪只怪他的后代思想过于保守。

嘉靖十七年（1538）九月，明世宗朱厚熜将朱棣的庙号追谥为"成祖"，虽然这个道君皇帝的主要目的，是抬高自己的生父朱祐杬，但嘉靖也无意中道出了一个事实：朱棣和其父朱元璋一样，也是大明帝国的创建人，并且将朱元璋未竟的事业变成了现实。让我们听听陈学霖[①]教授怎么说：

[①] 陈学霖（1938—2011），著名金元明史研究专家，美国普林斯顿大学哲学博士，华裔。历任新西兰奥克兰大学历史系高级讲师，美国哥伦比亚大学［明代名人传］编纂处研究员，澳洲国立大学远东史系研究员，台湾大学历史系客座教授，美国华盛顿大学杰克逊国际研究学院及历史系教授。是《剑桥中国明代史》第四章《建文、永乐、洪熙和宣德之治》撰稿人。主要著作包括《明代人物与史料》《明初的人物、史事与传说》《刘伯温与哪吒城：北京建城的传说》等。

回顾起来，1538年追赠给皇帝的最后谥号成祖，似乎是一个恰如其分的称誉。它集中体现了与传统治国之道——贤君理想地联系起来的文治武功。永乐帝被公认为是一个足智多谋和精力充沛的征战者，通过其征剿和对外远征，他完善了开国皇帝的丰功伟绩，并使明朝的力量和影响达到了顶峰。他被誉为一个有干劲和献身精神的统治者，他恢复了儒家的治国之术，重新建立起古代的政制，他又被誉为一个把帝国南北两部分统一起来，从而为王朝奠定新基础的人。

这个评价是相当公允的。而且，我们完全可以这么理解：相比朱元璋，朱棣对明代历史进程的影响要大得多，他是大明王朝的真正奠基人。

《明史·本纪第三》如此称赞：

文皇少长习兵，据幽燕形胜之地，乘建文屡弱，长驱内向，奋有四海。即位以后，躬行节俭，水旱朝告夕振，无有壅蔽。知人善任，表里洞达，雄武之略，同符高祖。六师屡出，漠北尘清。至其季年，威德遐被，四方宾服，明命而入贡者殆三十国。幅陨之广，远迈汉唐！成功骏烈，卓乎盛矣！然而革除之际，倒行逆施，惭德亦曷可掩哉！

应该说，这个评价还是比较公道的。我们的男一号朱棣，绝对配得上"成祖"这个加谥，配得上永乐大帝的威名，配得上远迈汉唐的赞誉。

别说中国，放眼全世界，五千年历史中，真正可以被称为"大帝"的统治者，也并不算太多。他们都是因为自己的文治武功，对人类历史进程产生过极其重大影响的人。如亚历山大大帝、罗马的凯撒大帝、俄罗斯的彼得大帝，法国的拿破仑大帝等。平心而论，朱棣的功业与他们相比，也可以说并不逊色，各有千秋。

朱棣得位确实不正，但历史贡献是无法抹杀的。他确有滥杀行为，但更多是出于巩固政权的无奈措施。他以自己的顽强意志，为中国历史书写了浓墨重彩的一笔；他用自己的特殊贡献，为大明三百年统治奠定了坚实的基础；他凭自己的超前眼光，为中国版图的最终确立、中华民族的最终形成，发挥了无可替代的关键作用。

尾声：永乐大帝的遗产与历史地位

俗话说"盖棺定论"，永乐二十二年十二月十九（1424 年 1 月 8 日），朱棣就住进了北京西郊的长陵。清宣统三年十二月二十五（1911 年 2 月 12 日），长达两千余年的帝制也宣告终结。那么问题来了：

在中华民族漫长的专制帝王史中，朱棣到底处于什么样的水平？这当然是个见仁见智的问题。

在明朝二百七十七年的历史中，十七个皇帝先后执政，相比清朝，有作为的君主确实不多。梁启超先生甚至认为，明朝只有一个皇帝，那就是朱元璋。正因如此，朱棣的历史地位，长期以来被史学家所低估，他的种种前瞻性思维与大手笔战略，也总是被历代文人视为浪费与折腾之举；而他的儿子仁宗与孙子宣宗，却因保守政治赢得了广泛赞誉，二人统治时期甚至被誉为"仁宣之治"。但历史的吊诡之处就在于，正是在宣宗时代，明朝为"土木堡之变"的惨剧埋下了伏笔，也使迁都北京的终极战略目标，在很大程度上失去了意义。

但只要我们抛下有色眼镜，客观地看待这近三百年的历史，就会发现一个事实：朱棣在位时期的成就，绝对不亚于明太祖朱元璋，甚至更为重要。在奠定大明立国三百年基础上，朱棣的贡献要大于他的父亲。说朱棣是大明王朝的真正缔造者和总设计师，应该并不是什么夸张之辞。

朱棣在位只有区区二十二年，却开创了中国历史上非常著名的"永乐盛世"。

这个盛世有几个特点：

一、出现在明朝建国仅三十余年之时，而并非如汉武盛世、开元盛世或乾隆盛世那样，都是经过百年左右的积淀与发展，才逐步形成并达到巅峰的。

二、持续时间相当短，仅有区区二十二年，有后人将"永乐盛世"与"仁宣之治"合并起来，统称"永宣盛世"，但我们都知道，永乐与仁宣年间的执政理念，差距不是一般的大。

三、文治武功都极其突出，势力范围创下历代汉人王朝之最，一改华夏政权最擅长的软弱做派，展现出了强大实力与可贵血性，开创了"万国来朝"的局面。

四、经济方面的建树并不突出，资源浪费比较严重，社会财富的积累与创造，显然落后于中晚明。当然，这也和明朝建政时间不长、经济方面人才储备不够有关。

不过，放眼三千五百年中国史，一个纯正的汉人王朝，能同时在政治、军事和文化上达到这样高度的，能同时在南北两面开展大规模战争，同时又进行修建新都、疏通运河等多项工程的，似乎只有永乐一朝。

永乐盛世的二十二年，在大明历史二百七十七年中只是浪花一朵，却开出了最艳丽的花，结出了最饱满之果。它如同一道最耀眼的流星，在悠长的黑暗岁月中，令人猝不及防地照亮了整个天际。

永乐盛世是独特的，因为其缔造者永乐大帝，是大明历史上独一无二的统治者。这位汉人和蒙古人的混血儿，身上既有汉族政客的圆通世故，又有蒙古武士的坚韧嗜血；既有永远不服输的劲头，也有必要时候低头的智慧；既能手不释卷地阅读历代经典，也能大胆质疑前人做法的合理性。

永乐的后世子孙，尽管失去了祖先的血性和魄力，也大幅度更张了朱棣的内外政策，但是朱棣定下的许多基调并没有改变，直到明朝灭亡，他们一直继承和使用着永乐的遗产。

他们继承了距边境线不远的京城和国家第一大都市，继承了一个有多个朝贡国的庞大帝国，继承了从陕西到辽东的漫长军事防线，继承了内阁制、两京制、巡抚制，并进一步发展完善，继承了庞大的漕运体制，也继承了朱棣时代的开明专制作风，并让知识分子扮演起了越来越重要的角色。

今天，中国学办出现了一股明史热。越来越多的学者认为，从中晚明开始，中国社会出现了早期近代化的开端，在成化、弘治与正德年间（15世纪中叶至16世纪初叶），向近代社会转型的苗头已经出现；嘉靖年间至明末（16世纪初叶至17世纪中叶），新的经济人文因素更为普遍而显著地增长起来，向近代社会的转型开始启动。

我们知道，朱元璋在建立明朝之后，大行恐怖统治，将三百余万平方公里的土地，变成了一座"动物庄园"。政治上，他大搞极权政治，废丞相，多次实施大清洗，屠杀功臣，令做官成为风险极高的职业；经济上，他大搞闭关锁国，"片板不得出海"，令宋元时代显著发展的商品经济，受到了致命性打击；文化上，他大搞文字狱，捕风捉影地将可能的"诽谤污蔑"者置于死地，令读书人噤若寒蝉，不敢表达真实观点。诚然，除了修建南京城和孝陵之外，朱元璋在位期间并没有搞太多的面子工程，也没有发生过大面积饥荒，但如果仅凭这些就将其称为明君圣主，这标准似乎有点儿低。

朱棣打着"恢复祖制"的旗号上台，却心口不一。他开启的内阁制，事实上是对皇权专制制度的限制，并最终为大明中后期趋于完善的文官政治打下了基础；他并没有完全改变闭关政策，但派遣郑和下西洋，在海陆两端推进对外贸易，让人看到了宋元遗风；他举贤不唯亲，大力推进科举，提拔草根知识分子入朝为官并充任要职，甚至一再容忍他们对自己的苛责。

当然，朱棣执政二十二年间，步子是大了一些，但正如一枚硬币都有正反面，朱棣的锐意进取精神和超前战略眼光，肯定也会带来一些副作用。但相比朱元璋，到底是进步还是退步，相信这根本不是什么问题。

如果大明完全按照朱元璋定下的基调发展，恐怕只会成为一个封闭保守落后的极权国家，怎么可能出现十六世纪初的文化复兴，出现王阳明心学的滥觞，出现兴办书院与民间讲学的热潮，出现江南商品化农业和手工业的繁荣？

主动迁都北京，主动将国家都城放在传统上的边境城市，主动顺应民族融合的大趋势，无疑是个极为大胆的举措。明朝能够有近三百年国运，恰恰因为首都设在离国境线不远的北京，而不是看起来离危险很远的南京。

朱棣用自己的智慧和努力，为大明政权打下了一个扎实的基础，给后世子孙留下了一笔丰厚的遗产，并期待他们能百尺竿头，更进一步。但遗憾的是，中晚明的经济还能继续发展，政治和军事实力，却是大大下降了。

朱棣在大明近三百年历史中的地位独一无二，如果放在两千年帝制中，又会如何呢？

有历史学家曾经说过，浩如烟海的中国历史，不过是两大主题——夺取皇位与捍卫皇位。正因为专制制度有着巨大的惯性，中国传统文化又反对创新与改革，鼓励保守和传承，如此一来，能有所作为的帝王，当然就不会很多，通常都集中于开国时期的一两任君主。

朱棣并不是开国皇帝，但从其得位方式看，他显然无限接近于一个新王朝的奠基人。上台之后，他面临的困难与矛盾，承受的压力和挑战，也更像一个开国君主。从这个意义上来说，朱棣想要平庸，也是不太现实的。

历史学家们大都认为，朱棣是个好皇帝，不过这个好，是"好大喜功"的缩写。但好大喜功，往往是与勇于担责联系在一起的。朱棣的文治武功，显然胜过了父亲朱元璋以及中国大多数皇帝，唯有秦始皇、汉武帝、隋世祖、唐太宗、元世祖和清圣祖等少数君主方能与之相提并论，而其他大多数人，似乎都与他相距甚远。

公元前246年，年仅十四岁的秦王嬴政登基，成为战斗民族的领航者。公元前238年，二十二岁的他开始亲政，随后，在公元前230年到公元前221年，秦始皇用十年的时间，消灭了战国七雄中的六个。在中国历史上，一个政权同时能够完全控制黄河与长江流域，秦朝无疑还是第一个。

这时候如果停止战争，这二百余万平方公里的地盘，已经是足够庞大的了，偏偏嬴政没有停止扩张的步伐，也完全没有这种意识。他一路向南，将闽江与珠江流域完全划入帝国范围，并且设置郡县直接管理。在北边，秦军则不断驱逐匈奴势力，并攻占了河套等地。事实上，荡平六国之后，秦始皇的最后十年，对外战争几乎就没停止过。

大规模地修建驿道，修筑长城，修筑新宫，修建皇陵，都对社会资源形成了极大消耗。原本一统天下之后，就应该与民生息，但秦始皇似乎并没有这么做。

朱棣有五次北征，秦始皇则有五次巡游。他第五次出巡到沙丘（今河北平乡）附近时，突然离奇身亡，到底是病死还是遇刺，已经成了永远解不开的千古之谜。秦始皇因为没有事先立储，导致赵高和李斯联手发动政变，扶持胡亥上台，为四年之后的灭亡埋下了种子。而朱棣死后，他身边的重要大臣却能稳定局势，让太子顺利继位。

秦始皇奠定了统一中国的基础，首次将华南纳入中国版图，但其建立的帝国，不过区区三百万平方公里，而朱棣迁都北京之后，直辖领土和势力范围超过了一千万平方公里，达到了历代汉人政权的最高峰。

朱棣以自己的行动和经历证明，汉人王朝也有能力同时控制长城南北，汉人帝国也有实力让四海宾服，汉人皇帝也能让强悍的马上民族臣服，游牧政权能够做到的事情，汉人政权一样能够做到，甚至可以做得更好。

在对外战争上与朱棣有同样辉煌的汉人帝王，非汉武帝刘彻莫属。他执政的五十四年间，被认为是西汉统治的高峰，也是衰落的开始。在刘彻上台之前，祖父文帝与父亲景帝实行了近四十年的休养生息政策，社会安定，经济发展，国库有了积蓄。因此，他才有条件发动公元前135年到公元前119年对匈奴的大规模战争，以及统治后期在华南和西南的征服行动。正是在汉武帝执政时，广东、广西和云南再度回到中国控制之下，中国南部基本疆域得以奠定。汉武帝时期，汉人政权罕见地打出了血性，这一点倒和朱棣时代有些相同。

在修城建庙、大兴土木方面，汉武帝倒是显得低调和保守，五十四年内唯一的重大工程，就是有"中国金字塔"美誉的茂陵。但封禅出游，入海求蓬莱真神，李广利和李陵投降匈奴，逼死太子刘据和卫皇后的"巫蛊之祸"，都让他承受了巨大压力，迫不得已，汉武帝下《轮台罪己诏》，开在位皇帝自我批评的先河，但这并没有给自己挽回多少印象分。武帝死后，汉朝开始全面走向衰落，八十年后就被王莽篡位了。

试想一下，如果汉武帝也学习朱棣，在对外长年战争的同时，也营建北京并迁都，疏通运河，六下西洋，以当时落后的经济条件，能不能扛得住？一手将大隋帝国送上绝路的隋世祖杨广，从另一个方面回答了这个问题。

朱棣与杨广，这两个生活年代相差八百余年的皇帝，在许多方面都有相似之处。

他们都迁都，都修大运河，都以建立一个大帝国为己任，都在对外连年战争的同时，于国内大搞工程，但是，杨广把老爹"开皇之治"打好的基础给败光了，甚至丢掉了自己的性命；而朱棣在"洪武之治"基础上继续前进，国力达到了有明一代的最高点，缔造了"永乐盛世"。

他们的父亲都是开国皇帝，他们都不是长子，但最后还是继承了大位。当然，杨广能够继位，得益于自己的才华和大哥杨勇的无能，他并非采用政变或暴力手段上台。而朱棣则是用三年"靖难"战争，硬是从侄子手中抢到了帝位。

朱棣原本是南方人，自从就藩北平之后，反而喜欢上了北方的粗犷；而杨广明明是个陕西人，自从参与灭陈并长期担任江都（今扬州）总管之后，也逐渐喜欢上了江南的繁华。

朱棣在南京新城修建仅仅四十年后，就开始重新修建北京城。而杨广在大兴城竣工不过二十二年之后，就下令营建东都洛阳新城，将都城由大兴迁到这里，并下令开凿以洛阳为中心、全长五千四百里的大运河。

朱棣五次北征，后三次都浪费甚大而收效甚微，杨广的三征高丽更是带来了极其严重的后果，引发了全国规模的起义与叛乱，最终导致了隋朝灭亡。而朱棣统治末期，虽有唐赛儿等起义，但规模与危害显然要小得多。

公平地说，朱棣文化程度不高，治国能力是在登基之后一步步积累起来的；

而杨广的文化造诣远胜朱棣，领袖才华极为突出，也不缺少军事眼光，但因自己的自负而走上了绝路。除了运气因素，杨广显然缺少朱棣的自律精神和政治嗅觉，更不能把文臣武将真正团结在一起。朱棣在"靖难"最危险的时候，大将也没有一个变节的，而隋世祖困守江都，却被自己的亲信夺走了性命，可见，朱棣的人格魅力远大于杨广。

朱棣最喜欢自比唐太宗李世民。李世民在继位之后的二十三年中，厉行节约，与世生息，促成了"贞观之治"的出现，为唐朝国脉延续三百年奠定了基础。

但李世民远征高丽和表叔杨广一样惨败，朱棣却能让李朝朝鲜成为大明最忠实的纳贡国。李世民开创了二代皇帝政变上台的先例，此后一百余年，在代宗以长子身份继位前，唐朝皇帝几乎全是通过不当手段上台的。因为没有处理好接班人问题，还为武则天篡位埋下了伏笔。相比之下，朱棣在接班人问题上做得无疑更好一些，基本上杜绝了后代子孙通过政变登基的可能性。就朱棣迁都北京一事对后世的影响来讲，恐怕朱棣还是要更胜一筹。

清朝皇帝自顺治元年（1644）入关之后，事事模仿明朝，从这一点上来说，他们就失分不少。康熙大帝在位六十一年，文治武功上取得了很大成绩，他本人也锐意进取，但相比朱棣，还是略为逊色。

康熙为了立威，不仅惩治根本不可能造反的鳌拜，甚至逼反了只想安稳度日的吴三桂，让整个华南陷入内战之中。他的这种做法，显然更接近于建文式的莽撞，而缺乏成熟政治家的稳重。如果不是年迈的吴三桂战略过于保守，大清能不能保住，女真人要不要撤回东北，都是个未知数。康熙倒是不乏血性，两次亲征噶尔丹，但大清军队配备的火器，居然没有近三百年前的明军多！朱棣的噶尔丹，战斗力甚至丝毫不亚于鸦片战争时的清军。康熙用数千精兵艰难取胜雅克萨的数百俄兵之后，还开了获胜割地的可悲先例。

康熙执政期间，发动了无数场战争，因《尼布楚条约》丧失了东北大片土地，也无法控制新疆南部。他去世之时，清朝国土面积依旧不如朱棣离世时的大明。在文化上，康熙更是大搞文字狱，实行愚民教育，扼杀读书人的创造力。

这一点也远远不如朱棣开明。

其实，朱棣真正想效仿的皇帝，是元世祖忽必烈。别忘了，朱棣也是有一半蒙古血统的。

《草原帝国》的作者，法国著名汉学家勒内·格鲁赛指出："忽必烈曾着手为蒙古人建立一个蒙古帝国，而如今的永乐皇帝，却努力想为汉人赢得忽必烈后人的蒙古遗产。大汗忽必烈由黄河向北部湾推进，得到了整个中原的臣服，成为一位名副其实的天子。而明朝的第三位皇帝则希望征服蒙古，并扮演大可汗的角色。"日本学者宫崎市定同样认为，永乐以元世祖忽必烈再世自居。

在迁都北京之后，朱棣治下的帝国疆域与忽必烈时代相差不大，甚至还占领了忽必烈搞不定的安南。忽必烈晚年对东南亚各国的军事侵略均以失败告终，而朱棣却通过下西洋，让他们主动朝贡，在东亚世界建立起了一个以明朝为中心的政治、经济一化体系，或称永乐式的东亚国际秩序，甚至连忽必烈两次远征也未能征服的日本也乖乖地对大明表示臣服。

从这些方面来看，朱棣不仅有资格成元世祖的继承人，甚至做得比前者更好。当然，历史条件不同的两人，不好直接判定高下，正如元大都夯土而筑，而明北京城却全用砖石修建，气派宏伟得多。但无论如何，我们似乎可以小心翼翼地得出这样一个结论：

朱棣的名字，足以跻身中国历史上最伟大的前十位帝王之列。

相信这种说法，是不会引来太多非议的。

后 记

本书创作于 2011 年，次年 3 月在中国友谊出版公司出版，定名为《皇帝是怎样炼成的：朱棣的成功之路》。原计划创作上下册，但由于某些原因，只出版了上册，即朱棣"靖难"部分。本次不仅完成了下册内容，还对上册内容进行了一定的调整与删改，希望能给读者呈现一个完整的朱棣。拙作的写法力求突破传统传记小说的模式，力图让读者看得过瘾，同时还能传递出一定的思想深度。

传记小说可不可以虚构？个人认为，重大历史事件是不能虚构的，历史人物也是不能虚构的，但一些细节可以通过合理的想象及推理，进行适当的"现场还原"。否则，事事拘泥于原始文献，我们恐怕只能是束手束脚，不敢越史料半步，那么，让读者直接看《明史》《明通鉴》的白话版，岂不更好更省事？

而且，这些所谓的原始文献，也并非完全都是事实，同样也会为尊者讳。身为一个写作者，我认为写得好看，比看得好多更为关键。

农夫山泉的一则广告说："我们不生产水，我们只是大自然的搬运工。"此举当然受消费者欢迎。但身为一个创作者，如果打出"我们不做创新，我们只是文献史料的搬运工"，那恐怕不是明智的选择，读者也肯定不买账。

创作，在我看来，当然就是一种创造性的写作。你的叙事手段，是别人以前没有运用过的；你的行文方式，能为读者带来新鲜感；你的创新见解，会让读者觉得耳目一新，却又不是故作惊人之语的哗众取宠。

朱棣是我们中国人既熟悉又陌生的名字。说熟悉，是因为很多人知道他是朱元璋的儿子，知道他发动"靖难"，知道他迁都北京；说不熟悉，是因为大众对他的了解还停留在表面上，有着许多误解和曲解。别的不说，朱棣迁都北京的意义，就长期被无限低估了。许多人甚至认为，朱棣迁都北京，是因为在南方根基不稳，一些人甚至认为，是朱棣习惯了北方的生活环境，以这样的心态揣测古人，特别是那些胸怀大志的英雄，恐怕不是明智的行为。

我们今天的生活环境和古人已经大不一样，别的不说，今天一个普通人所能享受到的医疗卫生条件，已经远远胜过了朱棣这样的帝王。任何一个小区的便民诊所，都要胜过专门为皇室服务的太医院。今天一个初中生所掌握的数字知识，肯定要比祖冲之丰富得多。但我们千万不能认为，古人的智慧就一定不如我们。他们只是受制于当时的条件。如果我们穿越到过去，恐怕会万事艰难，而古人如果来到当下，一样可以发展得很好。

因此，用今人的价值观念去要求古人是不理性的，以今人的思维习惯去猜度古人是不明智的，拿今人的道德标准去苛求古人是不公道的。为古人立传，就是要站在当时的时代背景下，对传主做出尽量合理的分析。

当然，朱棣是人不是神，也曾经有过失误与错误，特别是在晚年，连续三年北征鞑靼实属徒劳无功，甚至可以说劳民伤财。但所谓瑕不掩瑜，功大于过，朱棣的治国成就，足以令他跻身中国历史上最伟大的前十位帝王之中。而且相比朱元璋暴发户式的狭隘与残忍，朱棣身上，显然已经拥有了许多贵族式的大度与自信。明朝中期开始的社会、经济与文化繁荣，其始作俑者并非仁宣二帝，而恰恰是无数知识分子并不欣赏的朱棣。

历史写作是漫长而艰苦的，但正是广大读者的鼓励与支持，才让我走到了今天。首先，要感谢各位读者的支持，正是你们的认可，才给了我坚持创作的勇气和信心。其次，衷心感谢那些在写作过程中给予帮助和指点的朋友们，特别感谢北京博采雅集图书公司的领导，以及本书策划编辑郑英祖老师。同时还要感谢李黎明、刘鹏、杜君立和吕峥等同人。本人水平有限，书中难免会出现错误与纰漏之处，也真诚希望读者朋友们不吝赐教，非常感谢！

燕山刀客

二〇一七年三月于北京

附录：朱棣的双城生活

年份	年龄	事件
元至正二十年四月	1	在南京出生。
明洪武十三年四月	21	前往北平就藩。
建文元年七月	40	在北平开始靖难，此后大部分时间在外征战。
建文四年六月	43	在南京登基，建立永乐王朝。
永乐七年二月	50	第一次北巡北京。
永乐八年二月	51	首次北征，攻打鞑靼。
永乐八年十一月	51	回到南京。
永乐十一年二月	54	第二次北巡北京，四月到达北京。
永乐十二年二月	55	第二次北征，攻打瓦剌。
永乐十四年七月	57	离开北京，十月返回南京。
永乐十五年三月	58	第三次北巡北京，五月到达北京。（此后七年一直未回南京）
永乐二十年三月	63	第三次北征，九月回到京师。
永乐二十一年七月	64	第四次北征，十一月回到京师。
永乐二十二年四月	65	第五次北征。
永乐二十二年七月	65	崩于榆木川，享年六十五。

主要参考文献

1.［清］张廷玉等编．明史［M］．北京：中华书局，2015．

2.［清］谷应泰著．明史纪事本末［M］．北京：中华书局，2015．

3.［清］夏燮著．明通鉴［M］．北京：中华书局，2014．

4.［英］崔瑞德，［美］牟复礼编．剑桥中国明代史［M］．北京：中国社会科学出版社，2006．

5.［美］黄仁宇著．明代的漕运［M］．北京：新星出版社，2005．

6.［美］黄仁宇著．万历十五年［M］．北京：生活·读书·新知三联书店，1997．

7.［加］卜正民著．哈佛中国史·挣扎的帝国：元与明［M］．北京：中信出版社，2016．

8.［加］卜正民著．纵乐的困惑：明代的商业与文化［M］．桂林，广西师范大学出版社，2014．

9.［日］檀上宽著．永乐帝：华夷秩序的完成［M］．北京：社会科学文献出版社，2015．

10. 陈学霖著．刘伯温与哪吒城：北京建城的传说［M］．北京：生活·读书·新知三联书店，2008．

11. 蔡石山著．永乐大帝：一个中国帝王的精神肖像［M］．北京：中华书局，

2009.

12. 当年明月著. 明朝那些事儿 [M]. 杭州：浙江人民出版社，2006.

13. 葛剑雄著. 统一与分裂：中国历史的启示 [M]. 北京：商务印书馆，2013.

14. 黎东方著. 细说明朝 [M]. 上海：上海人民出版社，2007.

15. 鲁西奇著. 中国历史的空间结构 [M]. 桂林：广西师范大学出版社，2014.

16. 毛佩琦著. 永乐大帝朱棣 [M]. 石家庄：花山文艺出版社，2006.

17. 孟森著. 明史讲义 [M]. 北京：民主与建设出版社，2015.

18. 吴晗著. 朱元璋传 [M]. 西安：陕西师范大学出版社，2008.

19. 吴晗著. 明朝大历史 [M]. 西安：陕西师范大学出版社，2010.

20. 雾满拦江著. 烧饼歌中的历史 [M]. 郑州：河南文艺出版社，2008.

21. 赵中男著. 明朝的拐点 [M]. 北京：中华书局，2015.

22. 张宏杰著. 大明王朝的七张面孔 [M]. 桂林：广西师范大学出版社，2009.

23. 张宏杰著. 坐天下很累：中国式权力的九种滋味 [M]. 长春：吉林出版集团有限责任公司，2012.